大型新诗丛刊

星河

2019秋季卷
总第三十九辑

风起

骆寒超 黄纪云◎主编

人民文学出版社

图书在版编目(CIP)数据

风起/骆寒超,黄纪云主编. —北京:人民文学出版社,2019
(星河)
ISBN 978-7-02-015860-7

Ⅰ.①风… Ⅱ.①骆…②黄… Ⅲ.①诗集—中国—当代②诗学—中国—文集 Ⅳ.①I227②I207.22-53

中国版本图书馆 CIP 数据核字(2019)第 238507 号

责任编辑 周方舟

出版发行 人民文学出版社
社 址 北京市朝内大街 166 号
邮政编码 100705
网 址 http://www.rw-cn.com

印 刷 浙江广育爱多印务有限公司
经 销 全国新华书店等

字 数 295 千字
开 本 787 毫米×1092 毫米 1/16
印 张 13.25 插页 1
版 次 2019 年 11 月北京第 1 版
印 次 2019 年 11 月第 1 次印刷

书 号 978-7-02-015860-7
定 价 49.00 元

目录
MULU

主　编
骆寒超　黄纪云

执行主编
骆　苡

诗歌编辑
袁丹丹　周小波

理论编辑
安　操

责任校对:菡　萏
封面题签:黄纪云
封面设计:王　辰
篆　　刻:姚伟荣
内文插图:麦浪　等
责任印制:洛　依
印制助理:李春芝

风起
FENGQI
【秋季卷】
QIUJIJUAN

001 XINGHE 庆祝新中国成立70周年

016 XINGHE 星光灿烂

032 XINGHE 繁星满天

目录
MULU

风起
FENGQI
【秋季卷】
QIUJIJUAN

目录
MULU

风起
FENGQI
【秋季卷】
QIUJIJUAN

今年十月一日是新中国七十周年华诞。在这样一个令全体中国人引以为傲的日子即将来临之际,我们推出了纪念特辑。回顾新中国七十年的艰难历程,从一穷二白、满目疮痍,极大多数的人民挣扎于苦难之中到摆脱贫困、逐步富裕,直至今日构建起强大的社会主义经济强国,七十年来风雨兼程、砥砺奋进,中国从"站起来"到"富起来"更向"强起来"迈进。这波澜壮阔的历史进程无疑让每一个中国人心潮澎湃。情系祖国、情系人民的诗人自然有话要说,有激情要喷发。为此,我们特选出七位优秀诗人的诗篇作为纪念特辑刊载于此,以飨读者,同时也表达《星河》诗刊全体同仁对新中国生日的一份心意。

中国在赶路

"走得再远,不能忘记来时的路。"

——题记

◉陈　灿

序　诗

祖国,我心上的国家
我要用文字的车轮,把对你的爱
一行一行搬运出来

一

我调动起一个诗人的想象力
想着你的好,也想你的难
想着你大风中
把头埋下像一头牛
用头颅顶着风雨
爬坡过坎
行走在大漠
行走在草地雪山
从今天的角度看过去
行走在无人区里的一支队伍
那每一个驱动的身影
多像一个个跳荡的音符
在用自己的命为一首大合唱
努力发出自己的声音
多像是一个个深情的汉字
向脚下的土地表达自己
发自内心由衷的情感

噢,不——请再仔细看看
那分明就是一首诗在走啊
一首前无古人的诗在走着
一直走了二万五千里
才走出一首诗的题目
叫作——长征

那是一个国家

沿着一首诗的韵脚在走着
在这样一场气势磅礴的行走中
没有一个文字能够迈着悠闲的脚步
在兵荒马乱中安营扎寨
更没有一道布满血丝的目光
能在残阳中落荒而逃
只有一个埋伏在心中的名字
一块意志的铁
在走,在走
走啊走啊,多少年来
真的不知道
是一条道路走成了一首诗
还是一首诗被走成了一条道路
行走在这条路上的人
都怀着朝圣一般的心情
目光坚毅,脚步铿锵
直到今天依然没有停下
一直在走着
哪怕有的掉进无声的雪谷
陷进不能自拔的沼泽
也坚信自己披了一身好山水

那是一个国家在走
——中国在赶路

二

这就是一支队伍出发时的样子
他们走在种满愤恨的土地上
那时他们心上的国家没有春天
而他们每一个人的心中
都揣着一个火红火红的信念
他们愿意燃烧自己为国家取暖
他们要给子孙留下一个没有恨的人间

从今天这个角度来说
他们的确生而有憾
但他们死而无憾;
他们的确生而有痛
但我们死不足惜!
这就是一支队伍最初的模样
他们在不知不觉中跑丢了自己的影子
却收拾好了一个兵荒马乱的旧河山

那是一个国家在走
——中国在赶路

三

现在,我们把一首诗摊开来
如果再仔细阅读一遍
就会清晰地看到一些字句上
还粘着当年的草叶、污泥、汗渍
叹息、呻吟和早已暗淡的血迹
这首诗很长很长
这样一首长长的史诗啊
她不是哪一位诗人用笔写出来的
而是一群穿着草鞋的队伍用脚踩出来的

是的,她是迄今为止
世界上最独特的一首长诗
二万五千里的长句,一气呵成
至今我仍然喜爱这首诗的意境
让你在阅读中不仅仅
发出一声声赞叹
而且会让你从内心深处
产生惊惶,震撼又肃然起敬
那是一群人为另一群人
用命铺设出的一条有韵脚的长路
只要你走上去骨骼的裂痕里
会有一只展翅的鹰扑棱棱飞出来
如灵魂策马,追赶落月日升

那是一个国家在走
——中国在赶路

四

后来,在这条道路上
行走到最关键时刻,人们听到
一个声音提醒着身后追随者的脚步:
“走得再远,不能忘记来时的路
不能忘记为什么出发。”
噢,那声音不仅仅是提醒
那是告诫,更是新长征途中

一声伟大号令

是啊，一束幸存的光阴可以作证
一块活着的石头可以作证
无论那些走到今天还是
没有走到今天的人们
在这样一场伟大的集体创作中
一些人把自己化作一块块石头的灵魂
作为路标或田野里的种子
或者把自己融进了一首诗
不可或缺的一个字
一个词一个顿号逗号抑或
感叹号破折号省略号……
把自己化作了心中红色江山的一部分
像一面鲜红的旗帜
无论是在晴空下还是风雨中
你从任何一个角度看上去
那都是无数颗心织就的锦绣
一支队伍就是追随着心中
那一道红——在走！

那是一个国家在走
——中国在赶路

五

而这条路就是
从上海滩石库门里走出来的
就是从江南烟雨中
那只红船的内心走出来的
在这样一条长长的路途上
我们一直在走
从茫茫雪山草地走出来
从苦难困顿中走出来
从陆地走进海洋
把波光粼粼的海平面
走成一块迷人的丝绸
把大海航行中一个人内心翻腾的巨浪
构划成人类命运共享的思想
海上丝绸之路呵
从郑和下西洋就已经播撒下
东方文明的种子
从马可波罗自西方来到东方
就带走文明互鉴的曙光
我们从来不把自己的爱强加在别人头上
我们也不会把别人的爱无端挽留
即使走进一片陌生的土地
我们只是为了彼此多一份了解
学会一门异域的语言真的就是为了
把心里话真诚顺畅向你表达

大海知道我们每一次奔赴远海
都是想把东方文明的笑容
紧握着你的手望着你的眼睛再笑一次
大海知道我们带走的也只是对你深深思念
一条路就是这样
像一条红丝带飘落在人间
飘落在一群担当者的肩头
无论是那条走了千年的古丝绸之路
还是今天启航的海上丝绸之路
亦或是沿着二万五千里长路继续往前走
每一条都是落在肩上的责任与使命
如同纤夫肩头那道深深忍耐
在没有路的地方走出了
一条人间奇迹

那是一个国家在走
——中国在赶路

六

世界终于看到了
一条波光粼粼的海上丝绸之路
看到了一个
构建人类命运共同体的中国方案
一位新时代的领航者
将一条红色小船的初心
紧紧把握在手里
驾驭中国这条大船
劈波斩浪锐意前行

你看，全球瞩目的杭州峰会
让世界坐在了同一条船上
这条船，从南湖到西湖

沿着一条古老运河
走过了将近一个世纪
两条船,一条轨迹
两个湖,已经是二重天地
当年南湖里的那条红船
在桨橹声里把身处灾难中的中国人民
划进安全水域
西湖里的这只船那一天
乘坐着来自世界的领导者
这艘船由中国舵手引航
他们一边领略中国风采
一边探讨着一份由中国人民提供给世界
探索人类命运共同体的中国方案
这是让全世界惊叹的一条船
这是最具有中国特色的一条船啊
行进在风平浪静的西子湖里的这条船
让多少华夏儿女心潮起伏久久难以平静
难以平静的是江潮激荡是海潮汹涌
是一次又一次的春潮澎湃
这一次次春潮涌动啊
都让一条道路更加清晰
都让大地提振一次精神
都把一个国家的位置提升一个新高度
这国家的高度就是人民心中的高度
一个国家在人民心中的高度
就是一个国家在世界心目中的高度!

那是一个国家在走
——中国在赶路

七

群山沸腾的土地上每一寸都有血
鲜花盛开的村庄里每一朵都有心
黎明前提灯的追梦人
每一位怀里都揣着一支歌上路
从石库门走到天安门
每个人都有一颗不变的初心,如同
每一条河流都有着源源不断的热爱
因为,还有那么多路等着我们去走
中国的路上繁花似锦
中国的路上道阻且长

那是一个国家在走
——中国在赶路

十月，母亲的生日宴

——为新中国70周年华诞而作

◉张德强

一

十月，玉露金风
一年中最圆熟丰盈、香甜饱满
最辉煌庄重的时节
大地锦绣富饶
秋色缤纷绚烂

我要伸开满山红枫的叶掌
为你鼓掌欢呼
我要垂挂遍野高粱穗尖的缨珞
给你的披肩镶上流苏
而金灿灿
除了向日葵的笑容
除了每一扇窗户点亮的灯光
更有江河湖海
簇拥着浪花在欢跳闪烁
那是我内心诚挚的爱
在感恩致意
在为你庆贺

母亲，亲爱的妈妈
祝你生日快乐

我知道，丰硕的秋果
源自春栽精耕细作
夏育栉风沐雨
你在炮火硝烟中锤炼筋骨
你从泥泞坎坷间踏出坦途
需要何等的坚韧勇敢
何等的智谋远虑
母亲，我相信是初心与执念
使你青春永驻

二

开国大典的礼炮
是你向世界报到的第一声啼哭
母亲，从旧时代襁褓中
抗争而出，你的新生
让五千年文明史诗
增添了一章崭新的段落
少年壮志
用秦篆汉隶、行楷狂草
一次次反复书写
书写着成长、希望和寄托

黄河以肤色健康着你
长城以巍峨雕塑着你
母亲，风暴或灾难
摧不垮夺不走优秀善良的基因
啊，劳动着是美丽的
你弯腰割禾的姿势
灯下缝补的姿势
多么靓丽动人
你在朴素的蓝印花布衫上
用辛勤的汗渍
描画了蒸蒸日上欣欣向荣的蓝图

山路，崎岖不平
河道，曲折险恶

总有荆棘试图牵绊你的衣袖
总有浊流妄想污损你的裙裾
碎石戳破脚跟
母亲，你没有停步
带领儿女们摆脱阴霾纠缠
磨亮镰刀
收获光明，喜听
麦苗拔节、芝麻开花的美妙音乐

未曾忘，贫瘠小山村里
茅屋大胆地挺直了腰
十八个手印按下土地承包契约
终于，庄稼找到了主人
未曾忘，拨浪鼓一响
鸡毛换糖的吆喝
渐渐唱成流行歌曲
小商品堆积为国际大市场
母亲呵，南方巡视的风
吹开了你的笑颜
春天的故事
激活了中华民族生命的膂力
你奇迹般突然强劲起来
令全世界惊愕

三

母亲，今天是你的生日
我要在大江南北、锦山秀水之间
设一席平常家宴
恭贺你不平凡的七十寿辰

昂首远眺
北斗导航卫星正在夜空巡逻
嫦娥号探测器登上月球
挂好了祝福你华诞的豪华灯盏
此刻，客厅里红烛高照
那是天安门前华表所发射的光芒

餐桌中央
巨大的塔形蛋糕
由众多城市新矗起的楼群环抱组成
奶油标花时刻变幻着灯光秀

解下围裙吧，妈妈
今晚由我来掌厨
烹饪一顿筵席大餐，招待宾客
看，佳节盛装的母亲
贤淑端庄地坐着
古稀华年却更显容光焕发
目光慈祥，普洒恩泽

母亲你看，我让每一盆菜
色香味俱全令人惊叹——
智能手机和电脑
拼成了最普通的家常冷盘
疾驰的高铁
恰如竹山疯长的春笋
万顷沃野河川
被高速路网围兜，鱼虾满碗
乡村文化礼堂笑语盈盈
是原生态手工豆腐
航空母舰巡洋，烧制成各式海鲜
更有互联网选购商品
蒸煮煎炒，佳肴简易丰盛
至于饭后水果
当然来自各民族最著称的特色果园

来，让我们共同举杯吧
举起琥珀色浓情酒
亲爱的母亲，敬祝生日快乐
你成熟的风韵赋予我
秋的深邃与思索
十月怡荡的云彩引领我
不断走向胜利，走向辽阔

呵，五星红旗

◉龙彼德

七十年　一棵幼苗长成参天大树
七十年　一个稚子成为国家栋梁
七十年　一个民族挺直了腰杆
七十年　一个国家让全球喝彩
这一切的原点与开端
都来自那一天的下午三时
在雄伟的天安门城楼之上
毛泽东用带着湖南口音的洪亮声音
向全世界庄严宣告：
“中华人民共和国中央人民政府成立了！”
欢呼的声浪顿时托起了三十万军民齐聚的天安门广场

在中华五千年的文明史新翻开的一页
在《义勇军进行曲》雄壮高亢的旋律中
毛泽东按动了电钮
新中国第一面鲜艳的五星红旗
冉冉升起
恰似朝霞映红了整个神州
五颗金星点燃了所有的心脏
全场肃立
全北京肃立
九岁的我跟着父母在湘西的渔船上肃立
一律翘首　向国旗行注目礼
广场上五十四门礼炮齐鸣二十八响
望志路树德里106号　南湖红船　井冈山道路　雪山和草地　延安窑洞　卢沟桥　平型关　西柏坡……　放电影般从眼前闪过
组成旗的章节内涵
我阅读你

在联合国总部的旗帜之林
你强劲的拍翅受到不同图案旗的欢迎
在神舟七号飞船舱门打开
翟志刚在太空擎旗行走
个人的一小步　中国的一大步
在鸟儿飞不到的高山鱼儿游不过的深涧架桥
旗语是“世界路桥看中国　中国路桥看贵州”
我仰望你

呵，五星红旗
在“歌唱祖国”的音符
欢乐跳跃所达到的广度与高度
在2008北京奥运会绕场一周
如绕地球一周
所获得的金牌与银牌
所扇起的鲜花与掌声
在编队行进威武地驰过远洋
驰过蓝色的眼睛之海
在出示护照
昂头挺胸骄傲地宣称
“我是中国人！”
你提升我

在案头近在咫尺地默默注视
一言一行
是否从国家的利益出发
在天边远隔万里地遥遥祝福
一冷一暖

均挂在母亲的慈爱之上
在逆境耳边总有你的叮咛
无论命运怎样粗暴地揉搓
也要颜色不掉　形象不改
在顺境眼前常有你的纹路
功劳只能属于过去
一切从头开始
你监督我

在没有太阳的日子
向你敞开胸膛
在水银柱骤降的时刻
靠近你升温
在艺术平庸的篇什
呼唤创新
在缺少激情的刹那
恢复激情
你燃烧我

呵,五星红旗

你是教科书
每一个皱褶翻出新的内容
孙中山的《实业计划》
李大钊的《庶民的胜利》
毛泽东的《沁园春·雪》
邓小平的南方谈话
紫荆花与五星同时升起
三峡大坝在锣鼓中合龙
“一带一路”正在塑造“欧亚世纪”
北斗卫星导航系统由区域延展到全球
你是珠穆朗玛峰
难以企及的海拔
无法绕过的存在
你是黄河与长江的源头
两条大川组成一个最大的V字
翘在亚洲的东方
你就是胜利之源
你是大写的汉字
蔡邕的飞白钟繇的隶楷
王羲之的“天下第一行书”
怀素的狂草米芾的尚意
徐渭的《青天歌卷》
颜筋柳骨一波三折逆入平出
笔断意连怒射千里天马脱衔
你是生命的基因
所有奇迹　成功的原因
一本创刊于一九四九年十月一日的巨刊
任天风翻动
让世界诵读

呵,五星红旗

你可以折叠
但不能践踏
你可以覆盖遗体
但不能为个人收藏
你可以任风雨洗涤
但不能让脏水泼洒
我的一生都是为你
你的庄严
你的崇高
你的自由
你的富裕
你的强大
你的美丽
如果给我第二次　第三次
乃至更多次生命
我仍要做你的一根纤维
在红色的凝聚里鼓荡翻动
在经纬的编织中发光发热
五星红旗呵　五星红旗

红船吟

◉周孟贤

己亥初夏
天高云淡
我冷置了许多江河
专注地奔赴南湖
一朵朵欢跳的浪花呵
争相清亮我的眼睛——
当年的红船
仍在凸现南湖的秀丽
当年的南湖
仍在弥漫红船的气韵……

凝望湖面的船头
我仰起沉思的头颅——
轻问那年的天空
为什么极为阴冷极为低沉
那天大片的阴霾
为什么在翻卷中慢慢退隐?
回望过去的来路
为什么非常崎岖非常险峻
那天佝偻的山峰
为什么在晨曦中渐渐雄峙……

南湖的红船呵
我带着我的虔诚和敬意
兴冲冲穿过百年风云
请告诉我　告诉后代——
那天的天空
出现几朵砸篷的乌云?
那天的南湖
出现几片撞船的浊浪?
那天的杨柳
全都扬起还是低垂不动?
那天的鸟儿
边飞边唱还是躲进草窝?
那天的林荫
幽暗中亮了多少条小路?
那天的民宅
静寂中开了多少扇窗户?

我真想端坐船舱呵
感受那年那月和那天——
万千红菱怎样簇拥船舷
万千浪花怎样隐住船身
感受一个小小的船舱
怎样储存苦难民族的求索
怎样容纳千万百姓的期望
怎会开出一个冲破黑暗
孕育胜利　惊动历史的大会议……

我真想化作船后的浪花呵
助推红船破浪前行
感受船的刚毅
感受桨的魄力
倾听船与桨的互动
倾听波与浪的对话
还要细辨当年船的履痕
在履痕中读出行舟的艰难
也读出中华民族的胆魄!

我久久地面对着红船
一颗心追溯着历史
我邀来当年的清风
用清风复述几个男人的语音
我捧起当年的碧波

用碧波显现几个男人的身影……
我要看看盛开的花朵
当年怎样把几个男人的思绪缤纷
我要拍拍远处的山头
当年怎样把几个精英的思想耸立……
我还要扯来大片大片的烟柳
耐心地营造朦胧等待幻境
等待毛泽东出现
我要与他絮语——
那年　几个叱咤风云的精英
是怎样聚首点破黑暗?
那年　几个睿智的额头
是怎样稳住颠簸的船头?
那年　那长橹搅起的欸乃声
是怎样发酵成澎湃的革命大潮?

呵　我惊诧满湖的浪涛
全都簇拥船舷
拍出我几十年前的思绪——
毛泽东用他的战略眼光
锁定了一个个胜利
毛泽东用他的湖南口音
转化成嘹亮的冲锋号
毛泽东用他的军事著作
鲜艳了中国的红旗
毛泽东用他宽阔的额头
智慧了当年未成熟的革命……
他呵　习惯双手叉腰举目远望
那些风涛那些云浪
全都在胸中汹涌奔腾
他用他睿智的指头
死死摁住封建王朝
随即　他用他的思想
提炼中华民族的曙光……

那年呵　他伫立长江临风而立
面对压城摧城的乌云
他把他的战略目光
够到一九四九年十月
他右手一挥
所有的木桨声
齐刷刷　同时演变
成为解放全中国的号角声……

呵　黎明的晨曦
将我焊在红船的舷边
我久久地伫立着
静静地感受着自语着——
该怎样丈量红船的长短?
该怎样评估红船的大小?
谁能说出船的吨位?
谁能讲准舱的容量?
我只能说只能说
普通的南湖红船呵
她承载着千山承载着万水
她承载着北国承载着南疆
她承载着风雨雷电和冰雪
她承载着春风雨露和阳光
她承载着几代人含泪的梦想
她承载着亿万人企盼的自由
她承载着苦战的中国革命
她承载着血染的中华史册……
如今呵　我要说
前行的南湖红船
在欢声笑语中
在历史嘱托中
承载着九百六十万疆域的中国
承载着伟大复兴的使命
再度加油　再度起航
再度提速　再度飞冲……

湖光拂面
湖水起烟
悠然漫步湖心岛
浑身浑脑是烟雨
一只水鸟
用两翼翻飞我的思绪——
波光粼粼的南湖呵
你颐养了气宇轩昂的红船
赐予了永远的精气神!
气度非凡的红船呵
你庄重了万里江山
也庄重了中国……

红　船（外三首）

◉李建军

蓝色的摇篮上悬挂蓝色的穹顶
一种独特的蓝，深邃的蓝
蓝得纯粹，蓝得清澈透明
九十八年的风云变幻
才能使之拥有历史般的湛蓝
红船，南湖的红船
庄严肃穆地停泊在湖中心
像暗夜里一根火柴点燃的金焰
像波浪中飞起来的一条红鱼
像云雾间跃出来的一轮弯月

暮色过于浓重，阴云触手可及
水草饱含苦难的岁月
芦苇举起反抗的手臂
湖水的唱片卷动巨大的波澜
第一支曲：一声炮响
漩涡的中心是真理的桃花瓣
第二支曲：青年运动
怒火一经燃烧，波浪前赴后继
第三支曲：红船诞生
浊浪后退，云袖飘舞，峰峦竖立桅杆

湖在闪光，波痕即回忆
风雨呼啸，漫长且狂烈
形形色色的雪山草地在移动
枪林弹雨的炼狱深渊在闪现
失败、磨难、死亡、桎梏、废墟……
像流水反复地撞击红船
胜利、幸福、新生、解放、繁华……
像星群永恒地支撑天空
湖水浩荡，她在泼墨，在挥毫
绘一幅开天辟地的山水画
丝网船，灯光船，船影晃动
沉重而又坚定，一往无前
一座时间的南湖，苍茫黑夜
她是唯一的灯光，云开雾散
风光旖旎，她是唯一的勋章
探寻和思考体内的光源
初心锲刻诗碑，精神彩蝶飞舞
“她引领中国前行，未来又在哪里”
星云含笑，波光无语，只要她
屹立不倒，流水独有的舒卷梦想

遵义灯光

时间与空间被黑暗注满
阴云密布，日月无光，风雨如晦
追兵围堵，湘江的血浪冲不散雾霾
旗帜倒向暮色，更是一种黑暗
黑夜，太久太久，像毒蛇
缠绕噬咬着红军的心脏
灯光是黑暗的救星和灵魂
遵义屏住呼吸，张开双臂，迎接
油灯闪亮，言辞锋利，目光如炬
否定黑暗，让灯光指引子弹的方向

几声鸡鸣，东方已白，光明苏醒
终于，油灯吸收鲜血和泪水
在尸体和血腥里寻找火种
使真理的灯蕊越燃越长
生与死的路径，不止柳暗花明
还有舵一样的油灯光芒四射
像山与江重新集结，兵马起步

一脚踏平赤水、金沙江、大渡河……
历史学家书写的伟大转折
让整个世界注视、倾听并思索
油灯又出发，带着新的灯芯
转换成曙光，再上升为不熄的太阳

延安窑洞

农人挖掘的窑洞
那一年，在延安遍地开花
与黄皮肤一样的颜色
和黄河一样的嗓音
同枣园一样的芬芳
它的土，它的墙，它的窗
瞧瞧、闻闻还是陕北的味

它翻阅的书卷——
攻城略地的金骑铁旅
大生产的旋律、整风的旗帜
都系在一棵棵枣树上
让人凝视和倾听，形成历史
的真谛，与黄土地一起存在
犹似教诲或举世铿锵的玫瑰
叙述不可复制的灯塔意义
它的上方
太阳的光芒具有饱满的暖意
它的空间
始终保留伟人的呼吸
黄土的流失像苦难的岁月
思想的步伐声从未停息
是时间老人一件永恒的礼品
或巨人脚上的一双鞋子

枣　树

根系。抓住这掬黄土
像无数个孩子
吸吮无限的乳汁
腥风血雨的记忆尤其深刻
集聚黑暗转换光明的力量
让腥味的太阳重新冉冉升起

叶芽。树下埋葬着无名烈士
通过绿色传递信息
不会倒下腐烂，崛起
需要用成吨的星光陪衬

花朵。占领树枝
收复一寸一寸黄土地
避开野草的暗齿和锋芒
强大的花，像不能撕裂的红旗

果实。一首枣子的诗
必须包含血与泪的种子
它的叙述：有不息的战鼓
有不灭的爆竹，还有樱桃红的圆月

果园。延安的窑洞
转换出一片片红彤彤的果林
像真理和教科书，从后退、前进
到胜利的号角只是树与树的距离
枝上，挂满历史的勋章漫天遍地

从此强壮　屹立的祖国(组诗)

◉南尾宫

国歌响起

旋律的大锤
敲击胸头的大鼓
敲痛我敲动我敲出泪敲出血敲出结痂的疤

……五胡乱华几近灭族
“崖山之后无中华”是怎样一声喟叹!
敲吧敲吧敲吧
……他们将鸦片一船船运往这里
从一个民族的身体里攫取财富
他们按着你的手签下赔款四点五亿两白银的条约
敲吧敲吧敲吧
列强的铁靴耀武扬威地踏在我们的国土上
他们的刺刀刺向我们的母亲和孩子
一把火从东北烧向全国　我们差一点成了亡国奴!
咚咚咚地敲吧敲吧敲吧
这个民族一次次从大火中走出　留下了种子
这驾负重的大马车跋涉过洪荒穿过崎岖的朝代
咚咚咚地敲吧敲吧敲吧
敲我的卑微我的怯懦我的屈辱我的静寂和我的咆哮
敲我胸口五千年的苦难和荣光
“起来,不愿做奴隶的人们!”
啊　我的跪伏前进的祖国　我的跛脚前进的祖国　我的健步前进的祖国
敲出我胸头的海啸　泼出
身体里滔天的热血

啊我的祖国我的灾难深重的祖国啊
攀着一首国歌站起　我的
从此强壮、屹立的祖国啊

大海颂

跋涉自遥远的东方
无骨之足　一拃　一拃地
丈量着到达岸的距离

我欲渴饮,但不能止渴
这正是我要知道的:
你一尘不染的内心
藏着多少万吨的盐

整个就一块苦胆!
多少亿年了　你喝下
苦难的盐
苦啊——还能灌进一碗苦汁么?
被你所呛我无法咽下一口　你却
喝下一座太平洋

唯有苦是硬的
澎湃在大地的铁
肚里能行船　装下整个天空
包括残月的弯刀
和满天星星的玻璃碎渣子
是怎样厚实的胸板
经受轮船的拳击
被风的疾蹄千万次蹂躏

质问上苍,傲视雷霆,折断闪电的刀斧
是怎样一声仰天长啸!

深不可测的渊薮
藏万吨蛮力　推动
亿吨之躯　万里澎湃

井冈山

小学课本　升起
井冈山　升起
人生第一颗太阳
今天　在井冈山红军南路
我想唱《十送红军》唱《八角楼的灯光》……
用整座胸腔的大剧院
喊醒那个火红的年代
今天的井冈山
欲望的楼房冒出红色的大地
负离子空气钱币叮当
山里除了翠竹　杜鹃和红豆杉
还有一批娇气的花草
一些人带走了火种
更多人带走了特产
井冈山
请允许一个孩子的
撒野

井冈山
请取走我的胸腔　包括
我的血性的喉管
取走
我的血　肉　和骨头
用我的南海
用一座大海的喉腔
唱:
“东方红　太阳升……”

大学生

周末　往大学城的地铁车厢里都是大学生
血站在年轻的身体里　车厢发散热乎的
　腥味
这些跟我孩子一样大的孩子们
露出松柏顽固的尖顶

他们或埋头看着手机
或大声说笑　主宰着这个世界
他们涌出车厢
就是一辆列车出发
就是一段黄河泻下
他们走出去
成了一道奔向世界的巨流……

这些变硬的骨头都挑着一座国土
燃烧起来就是燎原之火
他们走出去
成一个国家事件
他们分散出去　就成火种
并成这个大地的星星
他们踩在这个土地上的足迹
成为这个国家的印记

看着这些孩子从长长的车厢涌出
我就明白为什么会有“五四”
“中华民族到了最危险的时刻”
这些胸板的森林会迎着冰霜雨雪挺起
他们冒烟的血会涂在这片古老的土地上

我多么热爱这些刚挺起骨头的孩子们
就如我深爱着
脚下这片叫祖国的大地

共和国地标(组诗)

◉杜志峰

北　京

皇室拥挤皇室转眼化作烟云
皇袍连着皇袍回首已然成空
一九四九年十月一日
新的纪元在这天清晨启程
从此春耕秋收,历史回响瓦釜雷鸣
从此斗转星移,大地收获鬼斧神工

尽管有过许多次伤筋动骨的疼痛
但更多的时候,付出与得到平衡
摸爬滚打一路历经万苦千辛
领头的群体依然风雨无阻奋勇前行
手挽手坚守五星指引的方向
肩并肩让飘扬的旗帜本色鲜红

发令枪几十年来一响再响
前仆后继的队伍又踏上新的征程
小康路上十四亿一个都不能少
一带一路再度集结奋发冲锋
这就是首都胸怀首都意志首都手笔
这就是中国气魄中国风采中国图腾

上　海

外滩曾经的灯红酒绿
十里洋场披金挂银
可华人与狗却不准入内
水深火热中,神色凝重的先驱们
在七月一日南湖的红船上
拨云见日且赴汤蹈火
在危机四伏的国度响起国际歌的旋律
虽然隐蔽在腥风血雨的地下
却在两股势力的较量中
让浓厚的黑色为之不断颤栗

不愧为卧虎藏龙的宝地
何况有九百六十万背景的风水
总能厚积薄发,大气磅礴
几十年后,精神连续抖擞几下
陆家嘴连片沉睡多年的滩涂
站起来在蓝天白云间挥笔作画
竟然创造了一个又一个世界注目的伟绩
于是浦西那些密度极高的繁华
向对岸看着看着
就变成浦东羞涩及腰的记忆

广　州

纵横交错的南中国门户
层次分明的三角洲明珠
货轮嘟嘴召唤早霞中的晨钟
高铁展翅传送夕阳下的暮鼓
五颜六色的人流在珠江进出
不同国度的民族与五羊交流
我们有一万个理由说
羊城钟情全球,世界爱上广州

江陆空铁张开热情的怀抱
立体交通网络伸出友谊的双手
街道在青山碧水间勾勒身姿
市容于霓虹倒影里吟诗作赋
古老文明与新时代气息交融汇合
造就了一座风格凸异的城都
随着开放道路上风调雨顺
羊城历史悠久,未来再看广州

耿占春的诗

在陈子昂墓前

是的，或许从年轻时你就在掂量
书房的安静距囚禁之地究竟有多远

从年轻时就评估你书写的文字
和那些坦率的谏言是否早就

足以成为一场诉讼的证据
如果不是时代的宽宏大量

早该让八品胥吏沦为一介囚徒
而况那样多的鹰犬等待一展身手

或许你终将明白，至高的权力
无须拾遗，至尊权威何容补阙

前不见先贤，且将自我之狱
筑进梦里，来者皆有不善

你未在朝廷服刑一般度日
却在射洪的牢狱了断一生

念天地之悠悠，容不下一种赤诚
阿谀取代了谏言，独怆然而涕下

清晨的德性

我想写下世界清晨的诗章
执笔书写万物的澄澈
无论心智之悦还是智慧之痛
渴望的都是冉冉上升

就像依旧生活于年轻而陌生的种族
它的祭司在黎明时迎向太阳

就像在西周的第一个早晨
一位贤者写下关于变易之乐章

“君子以自昭明德”
每个词语都焕发着青铜的光
如今所有真理到了我们手里
都已变成腐败之物

若至迟暮之年，依旧未能自昭
才有违君子光明的德性

夜闻苍山

既不是沙沙声，也不是哗哗声陷入
混战人群的嘶喊夹杂着风雨
吼声像一张张脸紧贴着窗玻璃

千军万马嘶鸣犹如松涛
让苍山复活为亡灵的战场
为它们瞬间的生死发出呐喊

无数战死的游魂不甘失败
在冬天夜雨中再次醒来
为废黜千年的国王而战

是战死洱海的唐将李密

全军覆灭的十万军士再度集结
还是背叛了盟约的纳西人

带领蒙古铁骑绕过关隘翻越苍山
冲杀而来？峡谷山岩层层纹路
暗中录下千百年来的嘶喊

松林、冷杉、杜鹃、虎耳草
每一片阔叶每一片针叶每一片灌木丛
都加入了游魂群集的嘶喊

让一场消失了的战争在夜雨中
在云豹、黑熊、黑颈长尾雉的鸣叫中
在独自醒来的耳中复现

他们张着合不拢的嘴，直至
最后时刻发出听不见的怒吼
既不是嗡嗡声，也不是呜呜声……

在他人的土地上

在听一支歌。反复地
播放，想起我总在他人的
土地上，得到快乐——

我总在他们的土地上
在绿洲和山间漫游。即使言语不通
也能以抚胸礼互致问候

在他们的胡杨林边
和巴扎上闲逛，吃红柳烤制的馕
品尝白杏、无花果和葡萄的时刻

在宴饮之后听老人们弹奏都塔尔
吟唱木卡姆。观看年轻人
随着狂热的节奏起舞

虽然我知道他们并不那样快乐
也不富足，可我总在走过他们的土地
穿过他们的巴格时被赐予充裕的喜悦

我总在他人的土地上得到
内心的安详或突然而至的颤栗
在他人的风景里忘却自己的苦恼

如今总听见一些教人难过的消息
却没有为他人辩解的证据
只有他们的音乐，在反复

像一种无法送达其地址的救赎信息
反复地播放，我听见他们的歌声
一遍遍重申，如同一种承诺

彩　虹

清晨，抬头看见窗外
一道彩虹，刚被风雨洗过
呆呆地看着，这世俗世界的一道光晕

彩虹的一端落在不远处的山坳里
在一株巨大的冬樱花树后面
在一座白族人房屋的旁边

一个古老的故事里说
如果一个孩子现在用狗屎
涂抹彩虹的一端，将它魔法般固定
沿着这条虹桥走到另一端
就能找到下面深埋的金子
那过去的，令孩童惊喜的信念

如今彩虹不再象征着什么
它带来一种近似愉悦的平静
让人深陷于过去时代的凝神

一种怅惘的疑虑
为什么一切美好之物都丢失了
幸福的内涵？美只剩下表象，随风而逝

它是怎样将事物的寓意弄丢了
就像一首诗，难道不渴望
从轻佻的游戏转化为平淡日子的奇迹

无　名

那不是一种不断闪烁的希望吗
表象的闪烁，闪烁——

在不经意的时刻，一个夺目的表象
赎救了世界又在片刻之后将其遗弃

它留下的震动就像希望
渐渐微弱，却还会不期而遇

深呼吸

我很少自觉到呼吸。此刻
当我轻轻地呼吸——
又一次深深地，吸气——

空气就像某种抒情的乐句
那样荡气回肠了，空气
变得甘美

我怎么时常忘记了
这随身携带的享乐呢

深呼——吸，一种音乐
呼——吸——，一种安静的聆听
在自身做气息的演奏
深呼吸，如同一个乐句

瞬间改变了时间的流速
呼吸——从意识层面转换
无意识深呼吸，打开隐秘的源泉

开启身体节律与大气流之间
无尽地回旋，交换。在阅读
这个句子的时候，也请放慢节奏

深深地，呼吸——轻轻
呼吸你自身深处的灵气
——呼吸你自身甘美的真理

让书写的句子也——深呼吸
阅读转换为呼——吸——
享受言词的甘美

让深呼吸——进入语言
轻拂话语的边缘
和呼——吸——之间的沉默

桑克的诗

大熊星座

父母睡了。我走到院子里。
院子里积了一些雪。雪光
使墙上的泥斑显出一些阴影，
看上去与平时不同。

五连静静的，仿佛没有人。
轻微的鼾息，含糊的梦语，
被门锁在里面。那些狗梦见
骨头或者灯下跳跃的蝼蛄。

我看见大熊星座，年老的
友人，舀水，或是独自逡巡。
杨树惊惧地颤抖，
似乎看见风们吹着口哨跑过。

我身上的热气逃去许多。
脚也开始麻木。我跺脚
掀起一层轻浮的薄雪。我想：
我得到的已经太多。

急　雨

刚上电车，忽然一阵急雨。
街道变作河流，花园变作池塘。
而汽车扮作汽船，把圆脚伸入
水中，搅起混乱的白浪。
我在车上目睹一切，庆幸自己的运气。
的确好运。车停了，雨也停了。
我兴奋地下车。噢呀！站在水中央！
行人举鞋袜，光脚水中走。
而雨水，冰冷地在足岛之间游荡。
闷热早就没了。猛然之间，
凉风一起，吹开灵魂的屏障。

花　棚

凉鞋踏水
苹果花边开边落
草在水下爱你

睡中的女人
看见黑暗的水滴
闪着微光

树上的幽魂
展开阔翼
仿佛迷香的声音

哦，妖精
你显示了神秘
却不能揭示

细　浪

我这一生见过的奇迹
　　犹如这细浪。
一波一波，一叠一叠，
虽有停顿，但从未止息。
它使我独立，仿佛一株苇草，
即使最细的风，也能让我
　　激动不已。

和细浪一样，我本身也
古怪地蔓延。
妈妈说过类似的意思，
在我三个月的时候。

镜　像

群山飞升，青色的平原陷落
人已在更高处
模糊，目睹，沉默

妹　妹

有那么一个妹妹
额间的灰目闪耀
心中的爱人，磨盘大
手儿绣着玫瑰，在李子树下

玫瑰被秋风吹散
手儿捧着空空的花架
哦，她心中的哀戚，磨盘大
她的小爱人，在书中沉睡
怎么才能叫醒他？

只有漫长的个人生活

只有漫长的个人生活，
在黑暗中，
洗一枚脏苹果，
听不见你们正在成长。
请原谅一个耳背的青年，
在这细节的桶里，
我听见雨声，在你们的裤子里。
我和最后的实体，是不可能的，
正如你们和我，互相瞧着，
互相瞧着，忽又转过脸去，
看爱伦·坡的幽宅中的曲子。

契诃夫的三姐妹

去彼得堡是三姐妹的心愿
那儿可能幸福遍地。
她们终日皱眉苦思
买驿站车票却谁也未想
以至惹来家庭矛盾的暴风雨

契诃夫借此警告理想主义者
无论做什么，就赶快去做
千万勿作无用的思考。而今
具有历史偏见的学者认定
他的确是好心办坏事

使我们远离快乐的歧途。
我推开边幕进来，和她们喝茶
谈当地奇怪的风土人情，如果
我还年轻，就免不了研究
古典之爱的构成，有热泪也有寒冷

但我忍不住大声告诉她们，我
从彼得堡来，就像冯至来自北平

文学人物

说实话，他何止怕
生活的耳光，它瞪一眼
他都颤栗，像菜市场上
即将售出的母鸡

所以他最有理由
把“小心翼翼”刻在
手心上，没事儿时瞅瞅
仿佛一个照镜子的女人

而在他的心里该干的
他一个也没放过
甚至超出了预定计划
这就是被屡次讥讽的自由

他设计的局复杂多变
很难发现他藏身的地方
迄今宣布发现他秘密的
没有一个更像傻瓜

阿九的诗

再论故乡

记得在儿时，我曾以清歌埋葬了白日，
而现在这些歌早已被遗忘。
——维吉尔《牧歌·其九》

如果你在一首歌里
藏入自己的童年，就能在鼓点中
听见天国的打桩声。

那是一个没有纪年的生命
在庆祝自己的心跳。
那是一个被斩断的昨天
在用体液修复着自己。

故乡是一场饥馑。
它断层般的引力带着深渊的蓝色。
那里有父亲、母亲，
还有你丢失的乳名，而这空杯里的
旱情，甚于最深的荒年。

返　回

一七八五年一个夏日的午后，鲍德文先生
自切斯特郊外升空远游。
一道强大的推力自吊舱的底板传来，
巨大的热气球在头顶随风微震，
他的心也随着风上下颠簸。
他很快发觉，自己已不在人间，
像一个毫无准备
就被上帝胡乱拣选的圣人。

狄河藏在蓝色的小城里，像一根静脉。
这个星球上的一切都出奇地平坦。
大地是一张彩印地图，
城里最雄伟的建筑顿失人间的高度。
远方，白云的羊群
在天国的牧场上吃草。
他看见吊舱的影子印在云层的地毯上，
像一只黑色的瞳孔。

无声地，他飞行在帝国的海岸线上。
一种诱惑让他飞向大海，
那里是帆的故乡，也是热气球的坟场。
恐惧让他思念家乡。
而当他深信已被自己的行囊劫向远方时，
一道迎面飞来的外海气流
意外地令他迫降在自己的故乡。

郊外高地。
几尊红夷大炮正对着天空怒吼。

高架列车夜间开过夏拉泽德公墓

面对着桥上的巨型屏幕，
一排排座椅整齐就位，
像是等着一场夏夜的露天电影。
碑石们坐北向南，俯瞰着弗雷泽河
名称待议的水流。
这些安静的石块
似乎从未听见过头顶上
高架列车飞驰而过的咔嗒声。

大选年又来了:一列开近的列车
让路基微微震动。
车头的呼啸像一阵阵催票声
碾压着钢轨和牙床。
墓园四周,我曾发现几张
竞选海报:一座不存在的大厦
亢奋的艺术效果图。

远看是一块电脑主板,
近看是无数入睡的灵魂组成的
一个非法的露宿小区。
夏拉泽德公墓——
那里也是人间。
他们与我们唯一的不同
是在面对不远处喧闹的平台时,
多了一种沉默的特权。

我的故乡在殷墟

我读过牛腿下深重的汗水,
和马背上带血的飘逸。

但当我读到,
一头牛一年居然拉出八吨大粪时,
我立即呈深褐色,塌缩在
一张洁白的书页上。

孤证不立。
为了一个铁打的答案,我还找来了
一匹马:每年六吨。

似乎它们天生就按捺不住
自己的屁股。
似乎它们的生与死,只能用
一生的粪便
写在一条带着鞭痕的小路上。

牛马命薄,并因戴罪而泪眼汪汪。
直到今夜,我才读懂了
被我掩埋了几千年的一行卜辞——
"我的故乡在殷墟。"
牛,是我劳苦一生的父亲,
而马,正是我自己。

低陆平原的月亮

月亮下到低陆平原,
就住在我这幢高楼一个朝北的房间,
并把栖息在栏杆上的海鸥和乌鸦
变成每天早上乘捷运天车上班的人群。
我们见面时也打招呼,甚至问及
对方的名字,但我知道他们本是一些失散的鸟群,
正如今天散落在故乡的林地,
本来也是用细线一样的小河密密地缝在一起。

月亮偶尔也偷走住在我隔壁的女人。
当她独自出门的时候,
他就把她带到天上,在云彩的大床上过夜。
她回到地上很久以后
眼睛里还带着月亮山区的那种崎岖的安静。

这样的事在西海岸几乎天天发生。
有的女人还生下了一些带有明显的外血统的
月牙般的女儿,还有的再也没有踏上低陆平原一步,
而是留在月亮上,像我们一眼就能看到的那样。

即便在皇家骑警的反复追问下,她们中也没有人
透露过半点她们跟月亮之间发生的那些事情,
但她们看待夜晚的方式
与那些一直把自己锁在院墙里的女人
早已产生了天与地的差别。

热河1898

众多的黄金矿脉和冲积砂
散落在直隶北方的山区，
不加区分地闪烁于
闪片岩、石英岩和石灰岩之间。

转山子附近，
北纬42度26分，东经119度12分的矿山
打破了直隶矿脉
一向小而贫的铁律。

矿石由马拉轱辘吊上地面，
先在火色沉闷的土窑里焙烧，
直到里边传出
开颅一般的惨叫。
然后是淬火，一场噩梦迭起的水刑。
铁锤的一阵乱拳之下，再硬的石头
怕也招架不住而碎成瓦砾。

这还没完。矿里还雇了三十头骡子，
每两头驱动一座石磨。
新式的亨廷顿矿磨
只在隔壁的山东省听说过，
原始的人力脚磨仍在沿着北上的官道
混入淘金的人流。

附近的农民买下矿粉，
挑回家里，趁冬季农闲干起了副业。
即便利薄如纸，
直隶一省一八九八年产金，算起来
也有五万两之巨。

热河都统寿荫这次前来，没坐轿子。
在呵斥了一头挡道的
本地驴子后，此人提了六分矿税，
一鞭子打在马背上。

帝国像尘土一样在他的身后散开。

搬家后，将书放回书架上

我用一把钥匙打开地上的
纸箱，把从旧居带来的书重新摆在书架上。
刚一转身，我就听见背后
咣当一声。那是刚刚放上去的马丁·布伯，
《你与我》一起倒下了，
在一个夏日的海滩，我们一起倒在了
被晚潮洗净的水线上。

但此后发生的事情
远远超出了我最猖狂的想象。

斯坦贝克一头栽倒在木板上，
没有一丝的呼吸或挣扎。
六位加拿大剧作家也跟着倒下，
重重地压在他硕大的身躯上。
萨丕尔和他的语言学倒下了。
正在《面向思的事情》的海德格尔
倒下了，顺便也放倒了克尔凯郭尔，
尽管他们倒下的方向
与剧作家们恰好相反。
在这场群殴中，不知谁先戏剧化地
挪动了自己的立场。
他们的邻居，20世纪稍有名气的哲学家
在同一本书里集体倒下了。
他们也许宁愿这样躺着，也决不站起来
对这个悖谬的世界说不。
他们的背影虽然离我更近，
却像一个纪年错误，比他们19世纪的前人
更早地停止了思想。

林语堂摇了两下，他那美国版的生活艺术
也倒下了。而印度先知马哈尔什身子一
　软，
一个侧歪落到了地板上。
整整一层书架，
只有一本软塑封面的《新华字典》
还站着。这本被我翻烂了的

让人轻蔑的小书：土气，矮小，憨厚，敦实，
像一个枯了几百年的树桩，
野蛮的根须死死地扣在大地上。

身　份

外面一直在下着雪。礁鹿竖起耳朵
听风暴讲它从北方带来的故事。
鹿群流浪的传说像一场雪崩
在它小小的躯体深处坍塌了。
一个巨大的声音将它掀翻在地上，
将他埋葬在自己的脑海里，
并且告诉他，长大了也要做一只狼，
一个免于恐惧的快乐的坏人，
一个站在链条顶端的捕食者。

但春天随后就来了。太阳在山坡上
向每个人的身上撒着花粉。
当他将自己藏在青草和红树林中，
向着蓝天的最深处
为自己的父母请安的时候，
当他猜不出为什么星星宁愿在小湖里过夜
而不肯回到高天之上，
他已记不起去年冬天心里的那场沦陷。

而当他远远地看到一群真正的狼——
是的，仅仅是远远地看到它们
扑向一群白尾鹿的时候，
他很清晰地感到的
不是从利爪和牙齿上传来的快感，
而是从自己的颈上涌出的一道无法制止的
液流，它黏稠，带着铁锈一样的
腥味和身体的余温。
他在这撕裂的碎片般的剧痛中
沉默地离开了狼群，
回到了他出生的那个安静的小巢，
那里，它找回了自己一不小心
丢失在狼群里的心。

告诉我什么叫云南

——献给MH

如果有一天，你穿着那件花格子衫，
湿漉漉地回来，我会戴上
哪一种表情遇见你？

我肯定不怕你的披头散发。
哪怕胡子再长一点，我也只当那是
一种扮酷的做派。你印在照片里的
那个咧嘴的笑
会融化澜沧江湍急的敌意。

假如你坐下来，弹出《雪山短歌》
或者《忘不了》的第一个音符，
我会像明永村的孩子们，像跟着诗班
唱一首陌生的圣歌一样，跟着你哼出
几个德钦一样艰涩的桥段。

我会在歌中想起
我们曾一起遇见的名字，比如伤水，
还有郜晓琴，他们的声音没变，
脾气也没有变，只是白发
已从抽象思维中开出了几个花朵。

我会从书架上拿出有你签名的
《九歌及其他》，从电脑里
翻出一叠“雪山来信”，恳求你告诉我
哪里是你内心的终点。

但我最不敢相遇的
是来自十四个光年外的你的目光，
带着浩瀚深空致命的启示。
那双眼睛里封存着我们失去的一切——
清澈。自由。放荡。遥远。

高兴的诗

清明，感谢

礼数退后
在太亲的亲人之间
就像我对父亲和母亲
从未说过谢谢那样

我甚至相信，如果那么说
父亲和母亲也会感到
别扭。他们会向我
投来怪异的目光
就仿佛在看一个陌生人

父亲和母亲
再也不会看着我了
此刻，他们正肩并肩
躺在地下休息

又到清明
我突然特别特别想
对父亲和母亲说声谢谢
虽然这极有可能会
搅扰他们的安宁

风吹来那些亲人般的名字

——重访连云港

仅仅走了几步
海就突然出现在面前
我凝望着海面
三十五年的时光
绿皮车满载的记忆
在一朵朵波浪中苏醒，闪烁

海其实一点没变
可近旁的城市已难以辨认
我真的来过此地吗？
我一遍遍地发问
总有一缕缕风在执着地
吹来那些亲人般的名字：
墟沟，新浦，灌云，花果山……

失散太久，兴许唯有悟空
能帮我一一找回
曾经的青春的印迹
在水湾，在岛屿，在沙滩
在玉女峰
或索性在空气中

岳阳楼，瞬间

十万人在吟诵
声音和声音合并，统一
气势磅礴
声音占领高空，湖面
一座座岛屿
并被任命为
这座城市的形象代表
唯独那个女孩
一时走神，竟抬起头
迅速望了一眼岳阳楼
又迅速低下了头
脸颊通红，仿佛犯了

一个不可饶恕的错误
十万人在吟诵
十万张面孔，在那一瞬间
变成了一张面孔
那个脸颊通红
又清纯无比的女孩的面孔

间　隙

在诗与诗的间隙
让我喘一口气
给湖边的女人打个电话
就聊聊家常
天气，冰激凌，街上的见闻
反正什么都行

在诗与诗的间隙
让我找把椅子，躺下
叫豆豆依偎在我的身旁
总会有风的，只要窗户开着
总会有风的

在诗与诗的间隙
闭上眼睛
重新踏上那条路
通往喀纳斯
通往绿的山和清的水

在诗与诗的间隙
索性去做顿饭
为自己，也为家人
红烧排骨，毛豆炒丝瓜
鸡蛋西红柿汤
有谁会相信
这些简单的菜肴
竟是我生命最大的具体
最高的抽象

把你藏在黎明，风吹麦子

把你藏在黎明，风吹麦子
田野露出第一缕光，把你藏在树梢

星星的方向，是鸟儿的守望
是梦，反复醒来，黑夜温暖的归宿

把你藏在云端，蓝的背面，抬起眼
雨，滴滴落下，高处的冰闪烁

五月的记忆，那女孩总在等待，哭泣
呼唤一个名字，她仅剩的语言

全部的语言，倚在村口，谁能真正听懂
没有时间的路蔓延，把你藏在湖底

藏在山顶，手掌中，藏在石头的核里
水生长，柔软又坚决，一生一世的秘密

深秋，那个夜晚

深秋，那个夜晚
那片海滩，那只船

大雾笼罩
世界变得依稀，简单
省略掉许多细节
只剩下几点光亮，一些睡意

只剩下呼吸和水
在幽暗中舒展，流淌
提示某种气息

海，迷失在天上
淹没了星星和月亮

只剩下你，渐行渐远
似有，似无
用看不见的足迹宣布：
只剩下碎片，让时间出卖时间

九　月

果实与梦
被一场夜雨打湿
风，正好伸出他的手

空中，琴声飘溢
替代火
淡淡的，却那么坚定
仿佛水发布的命令

气候说变就变了
岁月说老就老了

猛然间，近处，远处
需要两副眼镜
才能看清这个世界

兄弟，丢开书本吧
赶紧上路
我和黄酒在海边等待

十一月

——给松风

转过身来
我看到兄弟在呼喊
光穿越夜色，风的手
挥舞一个个瞬间

你怎能离去。影子在撞击
水在颤栗。麦田在轰鸣
你怎能哭泣
白玉兰在床头致意

吃螃蟹的时节
我们坐在桂花树下
面对松林，喝着黄酒
一遍，又一遍
温习民谣和方言
一遍，又一遍，拽住童年
把城市挡在山的那边

十一月，暖和得令人伤感
记忆停滞不前
一粒米陷入想象
一壶茶敞开情怀，却总是语无伦次：

南方，兄弟；兄弟，南方……

此　刻

此刻
只剩下一支笔
孤零零的，闪着蓝光
隐藏于太空深处
抛弃所有的词
又被所有的词抛弃
犹如皇帝丢失了宫殿
那么虚弱，风一吹
就陷入晕眩
分不清低语和嚎叫
把星星当作狼的眼睛

而此刻
地球上，战争刚刚打响
第一枪……

雨　中

雨，敲击着水面
蔚蓝化为暗绿，仿佛光
微闭起眼，流露低调的表情

从夏到冬，秋天被瞬间省略

可你不能奔跑，在高原
再大的雨，你也不能奔跑
三千米，这就是天空
真正的天空，检验心跳
呼吸吹拂云朵，星星在山顶上歇息

风，穿越石头，带走了火种

索性同油菜花站在一道
同牦牛站在一道，披上棉袄
然后，挺起身，一步一步走到湖边

青海湖，浑浊和清澈
静止和汹涌，在气象中
颠覆想象，期待，所有的词语
只用变幻之手，翻动永恒的经书
让人痴迷，又令人绝望

气　候

雨滴，持续飘落
在呼吸与呼吸之间
改变了气候
牧羊人裹紧棉袄
望着秋天的后背，举起酒瓶

青稞在回忆，油菜花在告别
牦牛在聚拢
湖水深处，鱼在追逐影子
那些天空撒下的碎片
隐约闪烁，仿佛光在哀悼
仿佛星夜在暗示，低语

兄弟，兄弟，你究竟何时归来

重新关闭的门，石头里的静
这一次，我不再回头
毅然踏上山坡
服从唯一的路径
用雪的词语，深入高原的寂寞

青　岛

又到海边
贝壳隐藏的记忆，刺穿海面
初冬和盛夏，原来只隔着一瓶酒
只隔着一座栈桥
是谁在说

那只船不见了
沙滩上，足迹与足迹
重叠，消磨。离别紧挨着抵达
约会又如何才能完成。是谁在说
茉莉是七月的衣裙
在蓝天中飘舞，浪涛将改变姿态

是谁在说。时间开始奔跑
晕眩模糊了视觉：
冰与火，光与影，远远看去
就像勾肩搭背的
孪生兄弟。是谁在说
白昼太短，海岸线太长，探寻者
还没来得及探寻，便陷于夜色

是谁在说。想喊就喊吧
大声地喊，或者双手合十，祈祷
雾已散去，风在为你壮胆
兴许，海的深处
帆，就是一座房子，正临空升起

晓娅的诗

岩石的背影

——致 B.D

单面山被时光刀切割
嶙峋露出犀利的眼睛
我恍惚看到贺兰山岩画上的太阳神
它们跳跃,凝固住海浪年迈的灼痛

不远处,礁石拍打经年流走的足音
海豚出没于传说的视域
你静静地伫立
涂画蓝房子、实心圆和线描的陡壁
走吧,岁月倒映成镜
海面上乌云覆压

辽远在历史的纵深处
隐没
云雾只记得苍白的瞬息
游移
这时,耳畔响起太平洋雄浑的回音:
我——不——相——信!

透过镜头看你的背影
我想起珂勒惠支的版画
黑是底色
刀风苍劲
沉默是无声地呐喊
疼痛中浸透着慈和
你立在苍穹之下
瞭望命运的浪迹

"你就在风的灵魂里
风吹过满聚海浪的地方
学习对时间凝守"
抵抗或回归
显得那么遥远
今天,太平洋之上
我们只是花莲中的几粒浮尘
我,只记下你岩石般的侧立
还有时间的玫瑰

如果你还活着

——写给高岩

如果你还活着
我们年龄相仿
你的疼痛、无言、伤害
怨愤或是憧憬
我可以听到并探触
每一段情绪曾滋生过的
色彩

近年,我就住在三里河
写这首诗的时候
柳芽正吐露嫩黄的气息
如果你还活着
或许我们会在月坛北街
南街的某个巷口
在你回家看望母亲
我送儿子上学或买菜的路上
邂逅

你遇到的事情
谁说就只是一个人的困境?
污浊人海中
我们都曾面对
纠缠不清的谎言、恶语
处心积虑的陷害或欺骗
你莲花的纯透无染
是邪恶和无耻泼洒墨水
最畅快净洁的领地

如果你能够活下来
必是顶着锋芒在学海中
逆向滑翔的蜂鸟
不会被感情的毒针
理想的幻灭
麻醉敏锐的神经

当所有人将矛头指向
风光廿载的禽兽
唯独我
坐在三里河三区的长椅上
仰望同一块天空
呼吸你当年的
绝望
以及谁都不愿谈及的
恨与
爱
这沾满血和泪痕的
春天!

西行的微笑

——悼念恩师王富仁教授

浴佛节的前夜
导师离开矛盾的世界
他说他的名字预言了要过矛盾的生活

接到电话时我正带孩子看话剧《四世同堂》
铃声响起,恰值钱诗人的长子出殡
儿子说他有些看不懂这个话剧
我说正好先送你回家吧
我要去守护导师最后一程

赶到中日友好医院
似乎是要看望依然在化疗放疗的他
我没有什么不可抑制的悲伤
人生本如戏
我们是没来得及走出剧本的观戏人

漆黑的夜里冰冷的殡仪馆
竟然感觉到老师在微微呼吸
他睡醒后会像二十年前抽着烟问:
“最近写了什么?”

持一声佛号缓解他在此岸的疼痛吧
当肉身被收入被单输进冰柜
不绝的佛号
是唯对恩师永不淡忘的感恩

萧索红彬泪 清凄樟松怨

——悼念萧红

哈尔滨中央大街一处老式门牌上
端刻着“萧红曾在此居住”
索菲亚大教堂里
悬挂着二萧旧照:“浪漫而艰辛”
萧红的客居镌入城市的殖民片影
而她却孤寂在南方“银河”口岸

乘火车来到这里
一路惦念萧红的游魂
该怎样觅返故里
这漫漫漫漫的铁轨
是城市童年断断续续的记忆
房顶窜出枝草的旧宅
是多劫才女回访的凭依

如今这座城市不再
那么冰天雪地
马迭尔酒店也几番装新
那纷纷攘攘的萧红热
会给生前寒冷的她带去温暖吗?

凭吊中我总想起两个寒骨婴孩
离开萧红时未及满月

你的星空在酒在玉在诗里

——给陟云兄

四海为家的你，醒来不知落在哪段尘世
把酒碾碎匆忙的车轮，步履

寂寞长在红豆树，凌霄花和柑橘林里
你手持诗歌写出相思，傲岸和沁冽生命的甘甜

这人事的劫是躲不开的功课啊
要静坐下来慢慢参悟
领会六祖赐予你的
唯独关照了你的加持……

六祖的赐予

——赠ZY

第一次因为一件物品
学会灯下审透学放弃尘心
品咂纯粹里浸透的岁月与祥和

这一夜我睡得多么安宁啊
有加被从佛国穿透光海
这必是六祖送来的
我们奔赴顿悟的旅途

明澈的终点

叫你姐姐，我做不到

——给扶桑

叫你姐姐，我做不到
这些天一直是我
听你的絮叨，看你的眼泪
流向浮云

这些天一直是我在照顾
丢三落四的你
莺雀飞舞的你
乱说乱笑的你

有一个孤独的身影悄悄
躲在人群中
有一双手常常在我手忙脚乱时
伸向我
一堆聒噪的话都
出于真心
我的好姐妹
我们不需要过多的交流

菩提笑

——致许英子

我们没有交谈，
只是相互看着
笑，笑容里长出
紫藤手，蓝楹花或木棉树

相互看着笑就足够了
笑容播下静谧的菩提

坚　果（外三首）

◉李　浔

花开的日子，它还没有学会坚强
这个夏天除了阳光还是阳光
逆光中，谁会看到它呢
被人忽视的感觉，曾让它想尽快落地
哪怕被人踩碎或踢飞

我翻山越岭，一直走着
把路走软时才看见坚硬的种子
坚果，它们都有一件坚硬的外套
我不小心踢动了它们
它们翻滚的样子，让我想起多年前的表弟

面对坚果，软是唯一的道理
一个曾经恐惧破碎的人，弄破了另一个坚强的外套
面对坚果，内容都是一样的
都有一颗没见过光，自私自利的核心

重口味

读万卷书，想悠久的历史是徒劳的
窗外的鸟就这样叫醒了我

面对平淡的日子，我喜欢上了洋葱
剥洋葱，浓郁的香味像阳光包围着我
我的嗅觉、味觉，尤其是听觉上升到悠远的程度
我是个需要刺激的人吗

我有目的地行走在有味的路上
接近韭菜地，我的口味越来越重
从此，饥饿的我都潜伏在菜叶的背面
一个远远的声音像一个疲倦的乘客
“菜已长高　而你不是素食主义者”

需要止咳露的人

不喜欢阳光，落日肯定无泪
这个失去青春的人，仍喜欢风吹草动
喜欢路边的小风景
那块石头上的青苔，有蚂蚁走着
这种场景痒痒的，无法言语，只想咳嗽

声音在一点一点下沉
你说了太多的往事，毛边纸一样的经历
每个落款都只有一个写惯了的名字
天已凉，果子在成熟的季节
圆圆的栗子、枣子、梨子，你的问候也是圆的

成熟，世界开始分化
青涩或甜蜜、明亮或昏暗、瞭亮或沙哑
被你问候的那本童话书长出了叶子

被你敲过的那条河，已分行分段
还有你的声音，已有了一架高高的梯子

推　敲

一

想到贾岛，门总是紧闭着
昔日的好月光，如今成了一张白纸
想画最美最好的画吗
灯太亮了肯定不行。

二

走了那么多弯路
终于见到了刷了朱漆的门
宽大厚实，夜里
你看见门缝里的光
这是出世的留白。

三

你回过身来的样子
左肩比右肩斜了些
担负的想法左右为难
肩膀的不端总比路不平要自然些
路就这样走过来的
你的回望，枯荣升上了脸颊。

四

没有黑字的日子
不会有白天
没有白纸的人
不认识长夜的黑。

五

墙角的小青苔
把容易落叶的树一一弄哭
一枝光秃秃的树杆上
鸟一次次抖落了
传说中的谷雨

六

你的直觉，是一地玉米
它们有泪珠般的颗粒状
可以喂饱想哭的人
哭吧，人身上的河流
不会掉头，不会干涸
这条河，确实是一个长不大的孩子
还以为两岸的槐树
真的会长得高高大大。

七

节日必有杀气
不依不饶的唢呐声中
自由散漫惯了的鸡鸭从此止步
在供案上，它们沉默寡言
像一群智者静听
人间的琐事。

八

米一样细碎的日子里
灶台的周围，女人如水
水缸里有她们舀不完的日月
口味淡了，还有盐
咸的，被熬成了婆
才有糖吃，甜了。

九

风花雪月总是如期而来
这花比春还跑得快
把篱笆再扎紧一点吧
让风回到云上去
让古人再次作古

十

那些健忘的、远走他乡的、不善流泪的
把自己交给远方的人
最后都跪在老家的香炉里
比香的烟轻
比看远方的眼神还要缥缈

十一

碑上的字，并不是他的笔迹
姓和名终于还给了命名他的人
在这里，他偏安一隅
胸怀从未有如此的宁静

十二

在推和敲两个字周围
有闭眼的人，有闭门不出的人
有闭口不谈国是的人
他们一次次被人推翻
又一次次敲响自己的小胸膛

锁　孔（外三首）

◉舟自横

某个房间的锁孔里
落满了时间的骨灰

面对一个锁孔
我找出来十把钥匙
到底哪个更适合它？冷峻的人
胸怀无数秘密

我更愿意把锁孔
当成一位美女
严谨，精细，身子幽深
哦，我是王
如果我的权杖遗失
你会改嫁
如果我远走他乡
你会陷入冷宫

其实，锁孔里蹲伏着石头
我的钥匙，无疑是一缕阳光
可我今生忙忙碌碌
还有那么多的房间
等待轻轻推开

空旷的人间啊
再也听不到，父母
转动锁孔的声音

地平线

从来没有因为我离开故乡
那条地平线移动半步
它是一道永不锈蚀的钢丝
紧紧抱住故乡的地址，还有
那么多的姓氏

这样的场景出现一万次
那年我八岁
与母亲在大平原种植土豆
复活啊，地气蒸腾
地平线像开往轮回深处的火车
要接回一些亲人
直起身子，望向远方的母亲
瞬间回到少女

夜晚，我也能看见
祖先的骨头，在天边发着幽光

多年之后，我不再回头
九天之上的母亲
看见地平线的大刀，把仲秋里的
满月，劈成两半

哦，我就是躲在云翳里
偷生的那部分

蜘　蛛

黑色星宿
为天空布网
上天遗落的某个诗句，充满
神秘的力量

屋檐下
蛛网上的花蝴蝶

和苍蝇挣扎。美丽和丑陋
困顿于黑蜘蛛主义的道路

风雨是破坏
也是拯救

我们每天走路
也是在结网。北斗七星从缝隙中垂落
月光被筛成细碎的银两
看着近邻的麻雀结婚生子
我们用一生
慢慢收紧身上的绳索

烧　酒

这杯酒里
烈日炎炎
朔风呼号

粮食,要了父老一生的命
高粱玉米小麦,隐忍之物
身上蓝火苗
向着神祇发芽

每年的春节
我的父亲才会拿起小白瓷酒盅
塌陷多年的身子
像附了灵魂
萎缩的喉结雷声滚滚

这湛蓝的天空
这风中摇曳的庄稼
这沉寂与放浪
逯家沟,敞开的空酒杯呜呜响

火被风干,铁已走失
水泥波涛汹涌
朋友们的手,离开杯盏和诗篇,呈候鸟之状
我生活在城市里
腹中空空的水稻,弯向宿命

硬汉一尊(外三首)

◉崔汝先

穿越这锦绣江山
即是快意人生的浪漫享受
等到回头仔细丈量
大面积的后退里
留腾不出未竟人生的空城

因此受困于穷途
只能陷入空蒙的末路

此刻自己更应清醒
细寻困途出没的因素
好与坏,优与劣的条件
统统循环而列
这全是出于战略的考虑

一旦冲出了重围
而对逼来的穷山恶水
不妨勇敢昂首以对

等到有一定的相距
再细望上下左右
大大小小的缝隙
都需严加密封隔绝

只有到了雾霭全驱时
更敲一身硬骨点赞
我乃至死不改初衷的硬汉
一尊也……

天地一片光亮

沉埋久远的一条小路
绕过悬崖峭壁的走向
忽儿面逞在眼前
一帧历史悠久的绝崖
鲜活地垂悬在目

仔细凝视寻觅后
大唐的飒飒风声
让双耳顿时暖暖发烫

生风新韵
天地一片光亮
温馨且和煦
孕育出千古风情

这是国粹的真谛
是一个大梦的延续

还能说点什么为好
这是国魂的神圣
错综复杂的叠合
实乃国之瑰宝也

掩卷再三慎思
一个兴世鼎盛的年代
足以让华夏筑梦而飞
五千年的文明
又在这字面上久久炫耀
……

洗白时间

能把时间洗白
除了风就是自己的心境
经历了一定的思虑之后
时间就会漂洗得晶亮无比

这种分秒间的变异
多半都有一个象征
把它投到心境中仰照
所有的经历步履
明明白白都似有一条彩练

那些污浊不堪的
全是外加的压力
那些闪亮炫目的
则是心灵的殷殷呼唤

就此可以断定
时间本来的面目
就是一卷白纸
能够供人抒写感慨的万千
也能承载一切不实之辞
经过几番历史暴风雨的冲刷
着墨点都能自消
唯一不能弃之的斑点
全系人为的雕凿
或多或少都将留些腥味

好在日月的旋转中
公允、公正、公然、公断
逐一还原于本来面目
因而突显其本色

应该再为此而欢欣
应该再为此而歌吟

能不仰天长啸

把耳朵挂在风上
所有制造出来的错觉
都没有形成时序上的紊乱
反而更清晰了所有经络

顺势而急急赶赴

一下就到了唐朝
盛世年代盛世事
无比鲜活的韵律
都凝成了滋润的水珠

十分美妙的构想里
有滔滔的江流
有静谧的月色
有浩荡的气旋
有欲滴的寻求
有生津的涌泉……

十足的宽绰富有
谁个心不如大海
稍稍一触
就会迎来白浪滔天
气势吞没了高山大川
比梦境中的巡游
不知要胜筹多少倍

望这样的天
走这样的路
岂能不一再仰天长啸
梦又怎能追赶得及

桃花，你开了吗（外三首）

◉陈　芳

我几次三番，去看桃花
在栅栏外的树枝上
翻找，花开的痕迹
枝头紧闭嘴唇，一言不发

三月到了，我辗转难眠
你的鸡毛信，已落入梦乡
信里有嫩绿的花苞
在枝叶，闪过荧光一片

玫瑰色的消息树倒了几次
一场桃花雪，漫天落下
下过我腹部的每一个豁口
干涸的土地，细水流动

急促的香气，把我惊醒
床头的桃花，只是窗外星斗
几粒，抠不出一点花香
扭断香气，和肉身分离
梦里的桃花，飘过我的土地
树枝和骨肉，依然在开裂
那一场桃花，从没开过？
我伸直洁白的双手，要
一场桃花雪，刮来你的气息

守着桃树，等花开

黄昏的落日被我捧在胸口
像红鸽子掠过桃花树的火焰
绚烂的一刻，信鸽的脚上
还绑着你的音讯，江南的花香

门前的桃树，醉眼迷离
零星几点，在春风里摇曳
像你对我说过低沉的话
在花开的声音里，又听了一遍

我看着眼前一只蓝喜鹊
追着另一只蓝喜鹊
它们在猜测，在呢喃，在对峙

桃树上白色 蓝色的火星在跳跃
桃花的蕾丝花边，把你的
身影钩了一遍又一遍
春风一吹，就有梦幻的诱惑

得有多少爱花癖，在此打算过
以身相许。好像蜜蜂扑向花朵
一滴甜汁，愿肝脑涂地

我的岛，是否是你要的桃花源
我沽酒一壶，沏茶几杯
似开未开的花苞，朝我垂着隐喻
我在此守着桃树，等花开
哪怕只是一场虚幻的落英缤纷

我不做悲愁垂泪 葬桃花的黛玉
做渔人陪你 在桃林舞翩跹
你们的桃花，在桃树上
而我的，在东晋人的桃花源

我的桃花，你已盛开

昨夜我好像听到，你飞马
朝我奔来。有桃花轻轻地
在我的发梢上低吟
在梦里，我急促地呼吸
有一场桃花雨，把春夜击碎

白天的桃花，开的犹犹豫豫
夜晚一场无声无息的细雨
是你飞奔的脚步，清风一阵
你驾着明月，从江南到江北
和十里桃花一起落下

你骑在月亮上的身影，像
桃花盛开的梦
衣袖里，隐藏着桃花的香气
把我沉睡的梦，催醒

我想象着你出现的样子，比
佐罗还要神秘。他是行义的侠盗
幻化成黑色的狐狸，降临
他英武的鞭子，把黑夜抽出火焰

那夜人面桃花。怎样的面具
也遮不住你火红的回眸
你给我的春寒，带来火种
满树的花开，你在吟唱
我把墙头的那盏灯，一直亮着
让一些呼吸醒着

我看到春风晃动的夜色
桃树的枝头一片一片长出绿叶
花苞被你，用绿鞭子抽打
我的桃花，终于在猛烈地炸开
你幻化的春天，渡我

桃花劫

每一年桃花一开，就是
你我，花开花落的劫
三月，是危险的劫
是横亘在我们途中的险峰

花一开，你攀爬到山顶
花一落，就是往下的坡
你我，聚和散的劫
应和着门扇前，两排桃花

往北的往北，朝南的朝南
归隐和出山，也是劫
蜜蜂总是困在桃花的花蕊
我一直想把桃花的眼，圆睁

有些劫，是躲不过去的
不分好坏，劫就是劫
劫到了，去应和就好
元世祖劫后，才有天地万物

花开的声音里，有闪电
花落的翅膀里，有烽火
知道这是一个蓝色的童话
我依然固守，每一季的花开

黄豆的爱情（外二首）

◉老　庙

主人把我放入口袋
一不小心就溜进草菅地缝

主人把我摆上桌面
叫我往低处滑高处跳都得听从
我躲入桌子缝隙
主人高兴不高兴都要把我拍出来

主人又在夸夸其谈信口雌黄
更多时候是要我记下他的丰功伟绩
听腻了
我宁可钻入石磨磨成豆腐

丑角儿活在人间不容易
我多想解开你的纽扣回到豆荚
和你同枕一个枕头
溜来溜去
豆荚里有我的爱神

知青屋油塍

水塘边百米长知青屋
连接村庄上头下头路径
知青屋走廊游动一条神奇油塍
这是全村旷野一条最洋气田塍
沥青打上猪油皮平坦滑溜
神秘神气走上一趟就扬眉吐气

庄稼人踏上田塍融入田野
田塍是栅栏又是跑道
走得昂扬踏实是种田割稻好把式
从这丘田进入那丘田
田塍是一道矮墙和窗帘
又如一只只手臂把农田紧抱怀里

田塍需要呵护最经不起牛牯践踏
知青屋的油塍站上全村人也坚挺无比
十八间如延安窑洞住满城里知青
我们走路得小心翼翼目不斜视
走过整个70年代终有惊喜收获
某个清晨我捡到一本安徒生童话残本

砍去稻穗的田野

被机器砍去稻穗的田野
像一片慌乱行刑的茅草丛
稻杆流淌苍白的脑汁
不见割稻人
不见露出父亲隆起胸肌的田坂
更不见童年游戏的稻草人

我少年就做过割稻人
从根部抱起整把稻子
稻穗在怀里沉甸甸扑腾
放倒女知青弓腰的手臂
特别像调皮滚落的孩子
从稻田挖出泥鳅是幸福的

机器里吐出的谷子印象模糊
没有光洁肌肤和芬芳泥土的田野
看了感觉陌生
野外归来去医院看见著名种粮人
全国劳模朱真德在输液中抽搐
我像个稻草人在他病床前呆呆矗立

生 长（外六首）

◉胡理勇

只有生长，不可扼制
除非连根拔起
人为地予以毁灭
但只要遗有一粒种子，附着土地
便要违背你的愿望

不必惊叹生命力的伟大
一切都出乎欲望和本能
生存、发展、壮大
避免族群的灭绝
所有生命都学会了在风口浪尖上觅食

活着就是最大的意义
所展示的顽强，足成为榜样
甚至在冬天里装死
在暗夜里屈辱地积蓄力量
一旦遭遇到春光，便报复性地喷发

春光不可辜负，岁月不可辜负
理想不可辜负
如果光明放弃了光明，黑暗将更为黑暗
生长，就要野蛮、强横
不必温、良、恭、俭、让

龙抬头

我抬头，审视着这陌生的世界
我是一条龙吗

我是沉睡的龙，盘桓在梦里
死去活来
《易》曰："潜龙勿用"
老祖宗的木铎有震撼之力否
其实，只是不想醒来
迷恋于过去的辉煌，钟情于未来的虚构

我是困于浅滩的龙
独长一身肌肉，却不能自由翻身
一只小虾，竟敢挠我
一条小鱼，竟敢留下一道道啮痕
我深刻地反思：为何成了一条蛇
瘦骨嶙峋地躺着

我必须要有所作为
改变在人们心目中贫弱的形象
去健身房，付十分汗水得一分收获
要现龙在田
做一个君子，终日乾乾
修辞立其诚，抓住一切不死的机会

见过飞龙在天的宏大场面吗
风从虎，云从龙
云行雨施，品物流形
大明朝，有多次"龙见"记录
每次龙现身，便灾祸一片
这是对失道的惩罚

我要做叶公所好的龙
一点睛，便破壁
腾空而起，电光火石
天地为之一栗

希　望

人，都会陷入绝望
无疑，只有希望才能拯救

谁都知道希望是什么
是极暗时刻，突然出现的星光
是溺毙时刻，突然出现的稻草
是严寒要夺命时的一堆篝火
是致命疼痛，给的一颗小药丸

看似平淡，实为希望所在
清晨第一声清脆的鸟鸣
严冬里蓓蕾初结
春笋不顾一切，破土而出
病弱的岸柳，突然生机勃发

世界属于满怀希望的人
不会轻易低下高贵的头颅
即使在生活的最底层
仍然会采取仰望的姿态
他们的双手充满力量
只要有一线生机，就会紧抓不放

绝望，是个严肃的老师
教你登山，要从谷底开始

盗　汗

谁，盗走了我的汗水

夜晚来临，众神安息
而我在梦中，活得仍像愚公
我下着汗雨
似乎苦难没有边缘

我是个勤于耕耘的人
我把汗水洒在土地上——
麦苗返青了，稻禾拔节了
瓜果挂上了枝头，颗粒都归了仓
我像对待血液一样对待汗水
岂能随意挥霍
我补充大碗大碗的盐水
唯恐汗水不够流淌

经常看见农民工兄弟
他们的汗水如此廉价
经常发现一些讨薪的人
他们出卖了汗水，却要不到货款

盗汗，是个医学名词
也是一个社会问题

路上遇雨

没做好任何准备，半路上
就被一阵雨拦劫了
看它千般柔情，万种风情
可能出乎多情，绝不会因为悲痛

入夏以来，没有不幸的事情发生
万物生长，齐头并进，不甘落后
响过几声闷雷，警告意味更多些
人们只当天公的肠胃不适

可怜我的新鞋，可怜我的娇躯
从上到下，都是它的吻痕
它把我当作一堆熊熊燃烧的欲火了
想从中取其所需

不躲不逃，任其蹂躏
不仅我
山川愿意，田野愿意
路边的小植物，都是很欣喜的样子

黄　昏

我怎么会把黄昏交给孤独

黄昏来临，像陛下驾到

望舒亲自驾着月车
北斗直接指导人生
群星璀璨,前呼后拥

这样的黄昏,怎么会孤独

阳谋和阴谋,都在密室里策划
牛鬼蛇神,堵塞交通
众多的爱情,在此时发生事故
围观的脸,好像在说灾难发生太迟

这样的黄昏,说爱你,你信吗

这是一个充满仲夏气味的黄昏
这是一个华丽妖艳的黄昏
我把黄昏抱紧
像婴幼儿抱紧乳房

太湖一瞥

——峻兄车开得飞快,惊呼:太湖

这算什么,路过太湖的时候
只留给我一瞥

那峥嵘的面目,那云诡波谲的历史
都被车轮留在了身后

那是吴越春秋的古战场
常阴风怒号,常夜闻鬼哭
那是大唐诗人杜牧频频回眸的地方
烟波浩渺,美得惊魂

那是越国大夫范蠡的解缆处
一路北上,成了富可敌国的陶朱公
他解印潜去,“狡兔死,走狗烹”
是否是恶浪给他的神谕

风从湖面吹过
像在解读一行行文字
西施是否从这里渡将过去,做了夫人
最后成了天下男人的梦中情人

那是一面观古知今的镜子
湖里每条鱼的存活和死亡,不会平白无故
那是只犀利的独眼
就要看谁在作恶,然后记录在案

羞耻都有着根须的形式(外三首)

◉赵卫峰

并以此应变于同样的光阴,其时
所谓身份都知趣地回落身体,风过耳
到处是低垂的废物和叹词

表面看,盆景的新生活等于头式的更新
园丁缩聚指头便是收回技术,操劳罢
假寐——是自然,恍如叮咚的节奏过后
紧凑之身常会转为涣散

疲劳这东西爱巴结夜色!迷魂药通常口感好
当昙树下的跳伞者再次昏迷,那些露水
那些每日可见的液体又被夜色酌情引用
又被忘我的昆虫搬到如梦的空气中

一个日期又这样远矣。新天地何其空余
真话日益像护栏,横亘于享受的幻想——
它还在滋长!它借助月光!它潜入后庭
不由分说扩展命运的缝隙

那时的我们并不知道

空穴来风，吸引亦即对抗。从来
就没人听见过，并模仿过兔子的哭
当我说出某种不可控的演奏
你为何不宁可信其有？
我的意思是
其实幸福也与此类似

意思是，在风起之前
在远离幸福的地方，谈论幸福才有意义
而那时的我们，与风有隔阂
与风景更有距离

那时的我们，就像路，本身在路上
在寂静与骚动间
朝着未知延长

那时的我们，就像梦，和梦相互追逐
忽儿勇猛忽儿害怕，对着干，不相上下

那时的我们并不知道
我们，一上路就被改造了

一棵树都老大不小了

一棵树老大不小的了；还从山里
亲自扎根幸福小区，陷入方言
与混凝土的国度，似乎立场坚定
独立自主

有时她会靠近；在散步的黄昏
在黄昏的末尾；捉摸一棵树的顽皮
猜测，一棵树的身上的城乡差别
她从不同角度，体察一棵树的硬度
预感一棵树在风尘中的晚年；有时
她还结论，一棵树离乡背井
并非全然就是不幸的化身

慢慢地，一棵树形若好汉
勃然于野花杂草的包围圈
一棵树来历不明，却要不了多久
和富有爱心的路灯交上了朋友

一棵树其实有所不知，小区的路灯
是一个人静坐时的朋友；而路灯
也不知一个人带着陈年的静寂
远远地，暗暗地，打一棵树的主意

月亮光临

月亮光临
并非为了给着急的车辆添堵
让风尘仆仆的青春暂停，是红灯
也是青春本身的事情

月亮化整为零，白花花的观念傍晚
散布街巷，拘泥的石凳，林间空地
广场舞先声夺人，猫狗更欢欣
他们能见的自然，不仅是这些

明里暗里，无数的树叶在风中招摇
起伏和变形，我们在其中，像两片
看不出代沟的，自在，闹中取静
是月亮最拿手的好戏

一个夜晚过去了；一个个夜晚继续
月亮照常，作壁上观，猫狗依旧
饱暖思娱乐；无数的树叶改颜换代
他们也已换位，成为各自的书签

殷红的油纸伞（外四首）

◉裘国春

踌躇在你的巷口
青石板铺垫着一路故事
纠结着找不到缘由
谁来抚摸寂寥
刚刚过去的那一阵风狂雨骤
已经把相思吹皱
伸出手去摸摸那片湿漉
分不清是雨还是泪
只好让孤独的灵魂沿着你的额际漫游

又一次走近你的巷口
想告诉你城墙外的那波桃花汛
正沿着若耶溪奔涌而来
让我陪着你走出那条古巷吧
一柄殷红的油纸伞
让你领会
伞下如花的青春涅槃的歌

在绍兴，我站在运河的船埠头

在绍兴，我站在运河的船埠头
看小船轻悠地在眼前划过
夕阳的余晖下
搅起多少件往事多少个离愁
此水应从隋唐而来
此水也曾到过汴京桥头
就像我的血脉
曾在中原的黄土地上豪迈地流过

在绍兴，我站在运河的船埠头
用依依的心情挽起江南垂垂的杨柳
我知道运河曾经的坎坷
千百年来运送过多少悲欢多少离合
我知道她的万千碧波
她吟叹过凄美的宋词
用心血浸润的国脉曾经比黄花还瘦
船埠头残存着清晰的勒痕
它一直刻勒在我的心头

在绍兴，我站在运河的船埠头
俯身掬起一捧迎恩桥畔的霓虹
思绪却随河水在走
因为运河是条思念的河
她要带我去听盛唐的宫乐李白的歌
因为运河是条相思的河
她思念着洛阳的牡丹与西湖不染污泥的荷
因为运河是条有故事的河
漂泊着多少喜怒与哀乐

在绍兴，我站在运河的船埠头
已然挪不开脚步
因为她已经流入我的心头
流入了我的心头

梦游天姥

白纸在你的案头铺陈开来
让心跳成殷红的诗句
此时，谁有心来提笔作一幅画

面对你
天姥山静默雾如轻纱
我无意再去拍响记忆中的那扇柴门
问路是个浪漫的借口

还是讨口水喝更为直接更能敞开心扉

为了你的美丽
我决定再次从唐朝梦游而来
还能赶上水蜜桃在枝头熟的季节
汁水饱满
那些零散的文字
也就有了唐宋的韵味
只一宿
在山上竟被我敲打成一首诗

赤水佛光岩寄情

那是梦里的召唤
也许是轮回中不曾失落的缱绻
佛光岩是心头的一抹留恋
低头走近你的时候
不敢去想你的从前
我甚至没想象过你迷人的容颜
移步换景之际
山风早已撩动了你轻垂的雨帘
幽静的峡谷中
鸟鸣于深涧时我抬起头
惊叹声却已随清澈的涧水漫涎
矗立的你呀脸上已是桃红一片
我似乎看到了你起伏的胸膛
你在氤氲雾霭中吐气如兰
投入你的怀中
那是生死轮回再也挥不去的缘
红岩下佛光引领
慈航的快感在再一次弥漫

枫桥之夜

站在枫桥上
谁与我分享夜泊的梦想
此刻,秋风里枫溪江流淌一江明月
三矶石头在冥想
它不理会我
也许叠加了太多心伤的过往
东化城寺塔的背影孤单地落在紫薇山上
人心一旦蒙尘
即使用小天竺那一泓清澈的海眼
也看不到情怀
那么,大庙还会敲响它的暮鼓晨钟吗
谁知道呢
枫桥的夜色真的好凉
明月终究流淌而去
谁也不会长久地挂在天上
落就落吧
在枫桥,我的心已宁静如水
不愿再听声声鸦叫
转身时,已是万家灯火通明

注:三矶石头(三叠石)、东化城寺塔、紫薇山、小天竺、海眼石刻(海瑞题写)、枫桥大庙都为枫桥古迹景点。

在乌镇听评弹(外三首)

◉甘建华

如果以为评弹仅仅是吴越软语错矣
即便只有一个女伶独坐台上
也能感觉梁红玉击鼓战金山的威风
感觉玫瑰铿锵与伶牙俐齿
感觉此地民风强悍与妇人之雄
感觉读过古书的江南女
的确与北地胭脂大不相同
她能将一个朴素的故事
唱出一千一百一十一种腔调
又能将一件简单的事物
说出三千三百三十三种花样
手势上下翻转指东打西
身段和面容亦随之起伏跌宕
没有听懂她在数落什么
但能看清脸上丰富的表情
猜想出琵琶的弦外之音
可能缘于先天的颖悟
或许我前世就是一个吴中男人
因而你就会明白
为什么在千里之外的衡阳
在英伦风格的银泰红城小区
无论春花秋月之夜
抑或炎夏寒冬的傍晚
评弹随着一对散步的夫妻
迤逦走到西复走到东

日月山

唐蕃古道上,农牧区的分界之山
传说比现实神奇,附丽人文之山
古今离人眼泪悲怆意绪萧索之山
因而众水皆东,独此西流
山的东面,湟源与乱石撞击着“花儿”
山的西面,羊群在云端上啃草
不朽的荒原,那个黎明的前夕
湘人昌耀成了藏女待娶的“新娘”

而《山海经》中的飞鸟和飜狗呢?
赤岭上的壮士、箭簇和古堡呢?
透骨的劲风。汉家公主和蕃
宝鉴嬗变的地理,究竟有多么残忍?

甲午马年。远望舞台效果的冈峦
高速路边,一头白牦牛
驮着一个妖艳的游客——吔!
它木呆的神情,令人瞬间无语

在衡南县城听渔鼓

渔鼓响处,乡音道情袅袅而来
斯土斯民催生的曲艺
曾出现在王夫之的笔下
——晓风残月,一板一槌
而我脑海中萦绕的,则是
茅洞桥,新屋坪上空的一钩新月
瞎子谢昭美,眼中笑意盈盈
弹唱着拿手好戏《三姑记》
悲情的念白,绕梁的余音
令祖母百听不厌,泪水涟涟
兜中的角票和硬币
被一个不剩地搜将出来,像教徒
虔诚奉献给她崇敬的神祇

演播厅外，荷风拂过九曲湘江
金丝桃和双荚决明金黄耀眼
舞台富丽堂皇，现代声光影炫幻
唱词和格调，却非原本想象之俗之雅
远离了乡间的蛙鸣和柴扉竹编
恰在此时，灯光瓦蓝，背景转换
最后的演唱，挽留了将欲离去的脚步
进而延续了云集茶叙，三良结义
（陈朝良、余庭良、盛义良）
其时龙舟正自汨罗江奋力划来
端午前一日豪雨瓢泼。琴弦铮铮
忽起一阵高亢苍凉之声

花土沟的梦

凌晨花土沟的梦中
忽然飘过了一首熟悉的旋律
从来都不曾想起
永远也不会忘记
那些无法辨别的前尘往事
在漆黑的夜空飞鸟一样地划过
留下了翅膀的痕迹

远方校园里芬芳的丁香树
依然生长在我们必经的路旁
晨光中的苦读
落日下的一抹余晖
以及明亮的青春
与年少的忧伤
究竟是怎样穿过了我的身体
错失了一段美丽的沧桑

缓缓升起的潮水
在尕斯库勒湖的边缘
镶嵌一道道银白色的项链
赤金般铺满岸边的芦花
淡金般延伸天际的芦花
一片一片的叶子
绿得那样的深沉
是我从来没有见过的范式

而无边的秋风已经刮起来了
卷起哗哗作响的落叶
正自阿尔金山北面驰来
繁华褪尽后的落寞
伴我一天天老去
相信依然有一双大眼睛
眺望着通往西部之西
这条世界上最孤独的公路

雨中，满地的眼睛（外一首）

◉李利军

走在闹市
他想着心事

旁边的人全都步履匆匆
五彩的雨具
开在他们头顶
和身上
他手拿雨伞
却不撑开
自顾自走路
全然不顾那些不解的目光
滚落一地

他只把他们
当成是满地的落叶

时光胎记

草原上
站着一匹枣红马

马群从它旁边驰骋而过
白云从它头顶飘过
清风，自它胸膛沐过

白天太阳看着它
夜晚，星星在天上
一起喊它

它无动于衷
它是一个雕塑
可是，我却看到
它眼角流淌着滚烫的泪滴

富春江的某个黄昏（外四首）

◉李玉莲

黄昏。东吴公园。要么是单车轮子
飞旋的格格响，它的插曲；
要么是暗赭色的茶餐厅，来往穿梭的
侍者和形色各异的脸谱。水果和糕点，
加上滚沸的绿茶，与湖面的微纹荡漾。
夏日轰热的户外，旅者，装卸工，出租车。
你来到此地，领受人间的烟火
接受了，但手足无措，几乎是落荒而逃般的
小小狂喜。在暮色里，车子飞快地流动。
行人，来，往。红橙黄绿。
所有的道具都齐备了，精心设计的出场，
目光的等待。池鱼的四处游弋，
灯光与江面贴近和俯吻。
这必是它开始之处，每个人骨子里的遗传。
从心中无形地向外蔓延的晕眩，
就像加斯东.巴什拉，火的精神分析
——诺瓦利斯情结。

烽火台

大山高耸陡峭，古老传说的神秘
旧时的强盗之所，儿时雷电
扫过村民腹部留下的焦炭、暗紫的
影像，树林间隐匿的炭穴
密密如林的箬竹，为爱殉情的
妙龄女子的无碑荒冢
一双小脚丫，无法触及的高度
对未知和高度的无限痴望
梦里的幻境，但丁《神曲》的净界与天堂
艾略特《四个四重奏》的玫瑰园，抑或
一堆黄土和峭岩种下的暗码和符号
大脑是影像的切割机，在每一个暗夜
不停劳作。切割，重组，拼接
榫入卯眼般的摩擦，契合——
现代的重型装载车，挖掘机。尘土飞扬里，
工程师、技术员，建造庞大
四方轮廓的烽火台。刀光剑影，
古战场的雄浑壮烈……
就在那一刻——
幽灵摇摆，众神震动
贝雅特丽齐拉着我的手，翩翩起舞。

火的翅膀

灶火，燃起来了
地狱蹿起的火苗，拥有的神力
撕裂竹片的爆响，摧毁圆柱状的木头
怪物。火苗妖娆着身姿，舞动着
红舌，不停舔舐焦黑的锅底，又一次
在灶膛里，完成了生的图腾

耳聋的蝰蛇，听了小隼的玩笑吧
普罗米修斯情结里，戴菊莺和蜂鸟的
又一次暗夜行窃？
是一位老妇从树上折断两根枝子，把它们
猛烈摩擦发泄内心的狂怒？
抑或是，澳大利亚那个
名叫“欧洛”的家伙，前来叨扰？

火是孤独男人的沉思物
打开躯体的“开口”，古老炼金术的
直接幻想。G.H.蓬.舒贝说“正如友情
为爱情做好准备一样，通过相似躯体的
摩擦产生怀念（热），迸发出爱情（火）”
谁知道呢，我们的爱，
有一天会不会变成火焰的翅膀，
它将我们带到我们的天国——
我们尚未年迈，而接近了死亡。

沉　梦

“一页绝望般平整的时间，
光与暗的手势，久久咬合。”此时——
叮的一声，一个词摇响了耳膜间的
另一个词。明亮。晃荡。
如霾雾中迎面而来的两束灯柱。
铁质的床，冰冷，又静寂般的暴虐。
细如发丝的钢针，锁住
两峰之间的晶体无数。这不是
琥珀和猛犸，充满了杂质和组织的
废液，这是河流也无法冲刷的暗礁！
坎穴依然存在，空洞的思想
上行、回溯地日渐残留。考古学家
亦对此哑口无言。
我在自己的意愿下躺着……
接受审判长的红笔圈点！意识
模糊的瞬间——
山间的树叶婆娑，
池水中，绿菖蒲摇曳，
知更鸟和白色鹳鸟欢鸣，
那钢厂锈迹斑驳的
巨形管道，伸拉，扭曲，变形……
坍塌在挖掘机的履带下，
你把我带进卡夫卡的城堡，乡村医生
拿起塑胶手套和镊子、刀叉
如母亲的充满厚茧的手，缝补
那件老旧的襟衫。哦，上帝的衣角
在暗夜里，拂过帽檐和发梢，
而我们沉入睡梦的幻境，
正穿行于生与死之间的灰色荒原。

我　想

我想，我们是两只呆笨的蜗牛，
爬行在通往天堂的枝丫——
初春的泥土依然冰彻，楩楠木
散发着幽香。一对小触角
在空中轻晃，碰到了另一对柔软。
我们不说话，笨拙地绕过对方，
言语只是累赘，以致抽象成
一排排诗行，或者俳句。生活的
锋刃，切割了我们的来路。
门扉上的铜锁斑锈，钥匙早已湮灭
在沉重和无望的等待里。
“是什么导致我们各自隐藏生活？
一个伤口，风，一个言词，一个起源。”
一颗蜗牛似的灵魂，在黑暗
和坚硬的壳内醒来，意识到它的自身。
你在追踪什么？
维吉尔，没有给予我们以但丁般的指引，
风干了的柿子在枝头，遥不可及。
悬挂在纠缠苹果树枝干的蔓生植物里，
一会儿是飘在秋天的一片黄叶，

一会儿是蚂蚁搬运大队遗留的残羹冷炙
……
它们带偏了我们的方向，生活里——
没有天堂！其他的，都不过是借口。

身子蜷回厚厚的壳，如猫舌一样
清理和舔舐伤口。如此贴近，
又如此遥远。世界画地为牢。
我想，我们只是两只呆笨的蜗牛。

我的骨骼，在春天昼夜生长（外四首）

◉鲁　蕙

火光在沉陷，仿佛被挤在
时间的黑洞里
且隐隐传来细微挣扎声。当最后的光
对我招手
寒冷穿过一座座城市升起来
被虚弱抓住时，无助尚且让我窒息
亲爱的，坚持爱是神的一种赐予。以至于
爱得无法破解
是谁乐于在词语的餐桌上穿梭？而现在
黄昏的标志明晰地衰败
且让它们点缀身体里的岩石吧
温暖的台阶立于三月
剩下的骨骼，需要
在挂满春光图案的前面，昼夜
加速生长

另一种气息存在
冬季更深了。杉树用它的方式
进入休眠
温柔的午夜，我们谈着默温和他的《挖掘者》
一个男人和十一个男人
扛着铁锹来到路上

在另一个空间里，我没有停下
打破秩序
闯入一个新鲜的领域，这是你的
穿越一扇又一扇门。而不是在视觉上
每一扇门的左侧
由储藏的谷物形成的图案。右侧
爬山虎挂满墙上，扩散成绿色的通道
一种气息，跟随另一种气息
在生命里沉实
其高度
比到达高山还要高

温暖的斜坡立于黑夜

月色修补着月色，在原野上展开
仿佛大地的外衣
露珠隐藏在古老的草地上。风吹起来
相互推动的树叶，更像你的手掌
握住我的腰身在黑夜里舞蹈，脚步轻盈
影子重叠着影子
亲爱的，又是一度的月圆
我们诉说的能力越来越弱
我放弃很多，包括快乐。不论走路
或者停下，小心地维护着幻想
甚至，在树林南面保持仰望的姿势。如天鹅。
月光，如同舞蹈室里的镜子
此刻风停了，寂静从树根旋转地上升
升至我的下巴，眼睑，额头
且有旋律的
就像我们彼此凝视。唯一的目的
均匀地爱着

昨天，有人在消失

有人在黄昏中消失
穿过黑夜的内侧，离开你的视线
远处移动的手指，控制着
与你之间的距离
你沉默下来
假如，遮盖的胸腔发出紧张的声音
他会思忖停下来
你想起，他是从你这里出发的
走向另一个人
时间的后面，记忆僵滞成古老的塑像
你的躯体完全是稳定的
就像黑暗中寂静的柏树，凝集
孤独的光
来自五月的，是谁的风？
一遍遍吹干骨骼上的潮湿。甚至
延伸无限远

睡梦者的秘密

想起枫叶，便会想起在那里
如此明显地看到前方。你标明的崎岖小路
稠密的树林，仿佛与世隔绝的
古老木屋
每走过一棵树，便上前轻轻触摸。并与之说话
且用柔软的手指划出痕迹
在被我忘记之前，让它们还记得
有关一个孤独者
所谓这世上的运气，从来都是万般风情
就像眼前的黄昏，裹着我的面孔
出现诸多的美
或许，这些是你精心设计好的憧憬
不久，我便得了失语症。因为
有些东西无法更改。比如，我不能返回
必须遵循着你的路途
出发，出发……从身体里升起的桅杆
撞击我的后背和四肢

核桃之谜

一只沉默的核桃，仿佛隐藏太多心事
如此，她的世界
那些连绵起伏的沟沟壑壑
便在情理之中
秋天，她又像一位疲倦的遁世者
无边无际的苦涩，将整个身躯蜷曲起来
外面，在她居住的外面
是一个圆形的房子。不曾有一扇窗
无论从任何角度观察
这都是一幅奇妙的图案。究竟替她隐藏什么
神秘感是她的
从春到秋发生的诸多情节，真实地
停留在她的骨骼与肉体
秋天的风走在枝叶的后面，让你有一种
强烈的空虚感
是的，正因如此，你无比地需要她
无论用哪种方式，你都能得到
对于她，所有发生的一切不可避免
也无可选择

早　春（外五首）

◉章天龙

多少晨波夜澜
故事才会停留在这道弧线上
阁楼上挂着一把油纸伞
木窗，雨滴，石拱桥外
冬叶拾级，春光不来
心思陈旧于远方
手指滑过琴弦
新的曲调一边喜悦一边惆怅

泛着潮红，二月拆不散
灯暗街长，驼色紧裹江南
交错着欢虞和等待
照耀此刻的在别处的明亮
拐角上梦境变幻
音乐声骤然停息，悲喜无碍
已经太久，或许过于相近
静听，一声轻叹

隐

夜里的雨安静地下在那天
酒杯里出走，那么多年
各不相同是道别的话
有人折返为红颜
有人把连衣帽翻起走向斜对面

假如黑暗中撑一把黑伞
是否可以遮挡影子耿直的独白
假如夜色从此不再拐弯
是否可以保留潮湿的双眼
请不要说出将去何方
那些怀抱能把一切收编成瞬间

雨还在下
心思磕痛了膝盖
安排如此荡漾
请把在意的紧紧抠进指甲缝里
面带微笑站着离开

残　梦

昨夜　我梦见自己的脸
凝视不冷不热的风

西边山岭东边朝阳
慵懒瓦墙飞春燕
没有棱角　狗头刺　平行线
撩影红联蘸黑字
布谷空鸣戴胜无桑

农事不再也要荷锄在溪边
雷响过雨落下
在哪里　即使春风不剪
爱情　想象　丢失的种子
来去柳条忙

和自己对饮吧
翻山越岭　时光已走远

芒　种

后来，人为闪电收割了锋芒
季节如此虚妄
当初为何一定要翻越那些山

结局验谎言，合谋之外
时间布完局，却忽视了垂钓者
老牛看在眼里心照不宣

冬天就把心早早打开
江南的雨会不会落在同一颗青梅上
请不要把心事关进木窗
栀子花开得这般应景娇艳
孤独根本就无法取舍
夜空炽烈，耶或情话溪边

风是不是前半夜还在那块水田旁
就算杂草不生泥香如从前
散落的种子已厌倦等待
新的一茬正在疯狂地生长
可是后半夜已经荒芜
唯一的梦境听着雨抽着潮湿的烟

荼　蘼

如果左手故作镇定夹一支烟
右手一定要紧握这午夜
秋天已拥有酒，行程和弓箭
此处隔墙相望来处，纷繁如叶落下
醉与醒要怎样安放

那些危险的钢索已经贯通
只有心有所属的人暗知所有细节
意念之外，世界细若针尖
又何必在意这样一个夜晚
竖起又推翻，平静又浪涛

无益屈指从前
更何况明月自向圆时圆

不要追问将与什么相见
无常和无我又要怎样涅槃
请把门在台阶深处打开
请皓月归还这千年吟唱
说真的，永恒又终将被遗忘

如　歌

骨头睡去了
覆盖着隐约的预言
就近，风太妖娆雨太暴躁
而梦也太肤浅
连最轻的痛都无法揭开
叫醒他　叫醒他
孤独上自有风霜
丢失的人们早就遗忘
只有那片蛙声才是解药

山峦都累倒了
手握着这张旧照片
现在，风太妖娆雨太暴躁
而梦也太肤浅
连最轻的醉都无法化开
叫醒他　叫醒他
喧嚣里自有雷电
远行的人们总会想念
只有那片蛙声才是解药

寺院后山（外三首）

◉徐奕琳

那天　我们在寺院后面走
沿着明黄的围墙
沿着台阶与山势
走进浓翠的密荫
我想告诉你一些关于宗教的事
你皱起了眉
你盘算修理家中漏水的屋顶
我别转脸去

事实是一种胜于言语的存在
我们厮守又折磨
病休中
一起来到这一带寺院

虽然病不能去
疼不能去
山林与寺院间
总该有一种可支撑我们的精神吧
后山下来
两侧是幽暗笔直的竹林
冬天被雪压垮的那些
倒在路边　无人收拾

毕竟是过于幽僻了呵　这里
一只野狗犹豫着走来
你捡起一根竹棒
我挺了挺肩
戒备着相互经过了
又都回头望
这世外之地不该分什么人畜了
如果真有轮转　谁又是谁

你是那样天真混沌
而我更阴郁了
时时怪你
又幸而有你
因缘绵续
如病相随

那天　新竹已从笋中长出半人高
天色明暗变幻　如同情绪
没形没状地走着
一路采小花小草
断枝枯叶散发出苦味
随着微风悄悄飘来

我们走着
不说话了　也不想看对方
这样的幽静只为让我们感到还活着
像云　像天
像写着阿弥陀佛的黄色的墙
默默地　只是存在

城北公园的新春

这样的节日像山岭
人潮退走了
露出平缓的河流
静谧的城市
孤单的小黄车

独自散步的老人
口袋里揣着小音响
歌是邓丽君的

把从前的岁月和情意怀想着
等他带着回忆走远
树上的鸟鸣声
才更清脆了

半明半暗的天空
不喜不忧
淡然看着这一切
偶然有风
因为吹过几千年
也很淡然
只有木船经过时
才带出一阵浅浅的波

你不认识它们

和西面那 已成名胜的云山比
这里寂寂无名
寒素的 一条从南到北的游步道
沿着绿莹莹的河水 远远地直到郊外
或宽或窄的石桥 六角或八角的亭子
一路默默点缀
与高高低低的草丛树木一样
隐忍克制

你不认识它们 那些草木
深绿 浅绿 灰绿 黄绿
像那些从未获得关注的卑微者
习惯了在角落 在后排 在边缘
或细小或厚实的枝叶 不重要
只作为一团一团的绿 面目不辨
隐没在河边的景色里

你不认识它们
当河对岸一树粉白的樱花如云似霞
当围墙边成片成片的栀子花铺洒向前
当美人蕉艳丽的红花在翠绿的蕉叶上绽放
当重瓣梅在湛蓝的天空下散发幽香
呵这一切 这一切
让多少人心醉神迷 神魂摇荡
为这突如其来 为这造物的神奇
你不认识它们
流连赞叹 不过是片时的冲动 如蜂似蝶
你任由它们再次隐没在河边的景色中
匆匆来去 目不斜视
那虬结的乱枝 那干枯的断草

游步道边的草木
隐忍克制
自尊是灰扑扑的 自足带着尘土
已习惯了把喜怒团在心里了
即便在挣命似的开放时
目光也总越过那些喧闹的仰慕者
带着疲倦 带着喜悦 投向无边的远处

风吹过河面 木头游船缓缓开来
草的味道 泥的味道 河水的味道
沉沉的 缓缓的坚持
平静的 无名的快乐

你不认识它们

小 桥

走近了这座小桥
简朴的 九曲的
小桥
青翠明快的美人蕉
在它的两边围绕
像终于等来了相会的时候
有许多话要倾诉
悄悄

柳帘低垂 菖蒲摇摇
这是它一年中最美的时刻
小桥
从它的曲曲折折中走过
幽幽缓缓的
像留恋着终将逝去的美好事物
激情 或别的什么

缓缓的
悲伤及甜蜜
在冬天
这里只是空荡荡的水面
在冬天
它的身体像是被孤独和痛苦扭曲
在冬天
阵阵雨雪无情袭来
在冬天
枯黄的草根像受伤的心一样裸露

而现在是夏末
它最美的季节
那些痛苦暂时化开了
鲜红的美人蕉花朵吻着风
短暂的
终将逝去的
更显出此时的忘我和浓烈

暑气渐消　夜色四合
在世间无可一用的柔情
此时都可抛下了
小桥
悠悠缓缓的
走过它
走过它

飞鸟的影子（外四首）

◉柯　文

一对白头翁，从园子的桂花树里倏尔飞出
倏尔飞入，几秒钟一个来回
不让人知地忙碌，落下几声清脆的鸣叫
疾闪的影子穿透阳台上的天空

不用仔细窥探，它们一定衔着枯草或芒草穗
在这阳光明媚的午后筑巢，风一样无畏

冬天给桂花树修剪的时候
留下了树上的三只鸟窝
我知道，这棵远近最好的桂花树
是首选的安家之地，荒芜与此无关

鸟儿快速飞，快乐安家
而我拄着拐，呆望着窗外蓝天
我渴望——飞鸟的轻盈
诗人高贵的灵魂
草木而成的碗形巢，以及
白头鹎羽翅之间带着晨光的情歌

流萤的星空

此刻，山村属于夜的一部分
深邃的空旷里
星儿，一层一层地亮开
聚集在天河里私语

无边的星夜
拨开嘈杂，留下安静
流萤在河床上与星光一道
亮闪，亮闪
达成了夏天的一个约定

繁星在上，静水深流
夜的微光里，影子
在山涧流水与滑石间波动
一浪一浪的声音往远处飘逸

乳白的夜

古城门荡漾在十里烟波,灯光摆动七色
成全着节日里多色的祈祷
城墙内,诗歌是神灵
主宰着酒席间的眼神、味觉与脉搏
夜晚因此灵动,黑夜拥抱星光
以至于窗外的第一场春雨
休整之后接着君临,湿透江南

这是午夜,零点开始之后
一晚的色彩已经疲惫,夜才开始
黑色幽灵开始慢慢释放乳白
一千八百多年的城门只遇独我
黄家米酒的感觉里,夜的时序
左边是谢幕,右边是萌动

仰望夜空会想到《流浪地球》的剧情
现实的星球才是梦幻家园
是值得深爱,又不容弄脏的灵魂

深山无邪

春天的古道被大雪压弯的毛竹零乱着
走过东家山的泥墙屋
门前的竹架上挂满输液袋
同行者说这是给移栽树木用的输液袋
知情的镇长相告,主人身患尿毒症
迫于生计,自己在家做腹膜血透

土蜂是早春的杀气,盘旋空中
门紧关着,春风不进
我走近端详日光下发白的袋子
主人家的小狗
停止了紧张的狂吠

赏春的光鲜的色彩里
仿若看到患者灰色的脸面
我宽容了灰暗的存在
不提孤寂和辽远
所有的光鲜,让位于灰的好转

古　道

毛笋顶开巨石宣告春天拔节的方向
夏秋的美意里,高挑而快活
在冬夜雪花的拥抱中,无声倒下

冬雪压垮的毛竹,探身山间池塘
鱼儿游在竹尖,感觉行于云间
悄悄钻进主人设置的网兜里

古道被大雪压弯的竹子零乱着
这条唐宋古人行走的诗路
栅栏内外,心心念念,断断续续
修复着古道上方的天空

阶梯之梦时刻（外五首）

◉沙之塔

也许只是为了从神的舞池逃离，
搭上一辆友好的顺风车，
到达金蝉的一生。
也许脱壳仍在继续，
走下清晨金色的阶梯
我仍揣着一个果核的秘密。

在另一个房间熟睡的母亲，
并不知晓我的行程。
此刻，儿子在熟睡里翻身，
趴上我的手臂，也像是
在攀爬另一架梯子。也许
他手中也攥紧一枚自己的果核。

而要将果核带往何处，彼此间
我们都无法透露。

断翅蚊子时刻

失去一翅，惊悸
掠过蚊子阴暗的意志。

单翅的挽救落实了
空间的壁垒，试飞全部失败
直到六条细腿建立新的平衡。

某种稳重的假象，
已把繁衍和飞行抛诸脑后，
它仿佛也越过了无常的峡谷。

或许有悲伤的溪流
奔涌，或许痛苦的迷雾
笼罩着它的每个细胞。

面对笔、书本的移动，
它亟需一种虚无的宗教
救赎它剩余的时刻。

唯有它献祭的部分——
一片蚊子的断翅落在桌上
静静地散发平和的光芒。

一个无事的午后

一个无事的午后来了！
如一株叶子落光的桃树，
空闲的假日来了！
在空闲未成为空虚之前，
让我紧靠这株冬天的桃树，
用笨拙的舌头为它朗读。

我平稳而低沉的声音穿过它
无动于衷的树皮，我的语音
缠住它的枝条，向上攀援，
我的思路通往这忠实听众的大脑。

听我说，它每朵纹理中的花，
每片枝条内的叶子，都听我说，我发现
尽管它表情冷漠，但它不会
漏掉一个词，它听得让我放心。

我翻阅杂志，并几十遍
来回经过这条山间的道路，
几十遍被它打量、被它怀疑，直至认可，直

至——
它用缤纷的花瓣修饰了
字里行间单调的逻辑和语法！

哦，一个无事的午后快要过去了
我的舌头还在树枝上兴奋地颤抖！

车过大堤

我俩都看见了堤坝一侧
护堤的基石一块块铺开，如今
在淤泥和浪潮中发黑、凌乱，
仿佛一座城市的医院大厅中
晃动的人头，正被上涨的声浪逼迫。
不远处，从瓯江口冲来的泥沙
正丰腴着一片滩涂，孕育出
几种低处的劳作：几张简单的网，
几个弯腰的人，几只海鸟正辛勤地搜索着
鱼虾的噩梦。这么说是否像冲突？毕竟
这堤坝正朝着风景延伸。眼前的礁石也浮
在
你的明月里，像是一册用以纪念
梦幻的青春，迎接中年的平静的
泰戈尔。在海堤上，两侧的海水中
或许还泛着自然的虚幻之美，白色的
海鸟起飞时，有点浪漫，有点小资。
但自然的胸部填入的硅胶，就仿佛
海中的挖掘机一样不自然，你看
一堆塑料泡沫的碎片掺和在海水里
被你的风景学忽视，一堆锈钢管和
一大堆漆黑的淤泥，在婉约词里
无处落足。说实话吧，世界实在太繁复，
正如这堤坝两侧的石头，七年的易容术
就让你我误以为，它们具有了海枯石烂的
品质。
不同的是，你用它们提炼出风景；而我，
没打算拯救美，哪怕它们曾经真的畅饮过
月光。

风暴之后

一棵歪斜的树在锯除枝叶。清晨
我观望着工人移除一场风暴的缩影。
那刮风的午后不远，昏暗的
围困不远，大风中断枝布局萧条，
街景猝然叛变，以及疯狂的雨
将茫然压入我的内心。我多想
像公园中的棕榈一样，凭借着敦实
而凝神几回。但事实是——
新的清晨，我还深陷于远去的飓风！
秋天已近啊，我还得应对
日光炙热，意识如汗水一般蒸发的事实。
我看到的就是我的一天，我忘记的
也算我的一天。半城的人
还在火热的日程里赶路，在
公文、会议、酒精、性爱、歌舞中献祭！
神啊，你已容身电器、石油、发动机，
你已化形银行卡、智能机和电子商城。
娱乐和消费隆胸翘臀地走进祷词
半个世纪的信条已斗转星移，
十年前的我更近于白痴。此刻，
风暴之后，太阳初照的瞬间
仿佛一个岩洞的黑暗退去，此刻
我原始人一般地感到，应该在降临的光线
中迎接神启。

台风来临迹象

一场台风从预报和云图中到来，
树木掀起风波，果蔬正被抢购，
而我没有成为过冬的松鼠，
也没想过怎样去应对风暴中的空虚。
风中的凉，早已把我关在气旋之外。

现在我愿意去怀念另一场台风，去解放
几个行将消失的比喻！
一个风眼已在头脑中形成，
一刻平静先于风暴登陆。平静啊！
水已满，电已停，枝已折，屋已漏，

大风就要把睡眠撕为碎瓦，
大风就要将惊悸动员为落叶纷飞，
大风就要刮出物质的眼泪，
大风就要派发命运——当乌云散尽
事物因神秘而散发清新。就在那一回
我接过了自然的赌局分发的纸牌，就仿佛
仍有一位神留守在混乱的秩序中。

看！这一场台风正面袭击了你，
你成为一场神经元的漩涡中的孤舟。
在你凝神的一刻，它来了，或为了赶跑
一团狂妄的浮云，或是为了
平衡另一场物质的风暴。

湖　面（外四首）

◉叶大洪

疾驰。挥动翅膀，穿过初夏的阳光
赴童年之约

以天空的名义，邀飞鸟舞蹈
你说，你看那敞开的水

我只注意山坳里绵羊状的村庄
古稀之年的农民诗人掬一捧茶香
熏染得意之作

宿酒未醒，又遇涉水而来的南风
客人懒洋洋倚在船头，漫不经心地整理
一湖山水

阳　台

餐毕，携手机，坐阳台上。发现
自己很重，而飞鸟的快乐很轻

夜幕适时降临。那些心情
便暂时有了栖身之所

有位古人嚼着菜根踽踽独行
另一位驾一叶扁舟，收藏江上明月

而我越来越离不开自己
每次尝试都是折戟沉沙

——既然未带钥匙
敲门亦是无趣

诗人之笛

即便是南宋之香火鼎盛
也会在明果寺一朝崩塌
善良的人们 便以重建的方式
将暴行呈现
至于那木鱼 等待成了一座山
蓬草覆盖 而江南细长的溪流
无论如何唱不出西出阳关
攀上观音阁 遇见观音的自在
回头欣赏金黄色的琉璃瓦
修改着整个春天 四月的风适时吹来
我看见四十年前那个少年
在一树桃花下伫立

诗人在山门前　以文字作笛　横吹
铺成绿道　通向深蓝色的未知

去结识上香的男女

归

退休之后　归去那处山坳
那云雾之下　寺庙旁 泥瓦房如安详的老
　者
偶然打开院门　接收不期而至的鸟鸣
以及南山悠然　现几个着木屐的游人
那山坡上树叶成熟了
便飘落于地　风吹不走
而阳光与风的爱情
在竹叶间窸窸窣窣 永远年轻
那里泉水特别敏感
禁受不了陌生的凝视

退休之后　归去那处山坳
开几垄地　将汗水种在地里　然后
收获年轻朋友的艳羡
清晨即起　煮茶　煮山水之绿
房前屋后必须植五棵柳树
那种种忙碌便有了栖息之处

春天特别漫长　冬天也是
白日特别漫长　夜晚也是
于是与老农闲聊　在明果寺山门前

衢州围棋高手之大富

大富其实是一只老鼠
暗夜里偷走他人的胜利
然后如陶渊明般悠然
欣赏着对手的捶胸顿足

当初也曾怒触不周山　天空倾斜
日月星辰寻找新的道路
那是大富第一次失败
留下一张泣血的棋谱

后来在易水河畔壮别燕太子
携李云龙的长剑独闯江湖
将谨慎与谦虚从词典里抹去
暗度陈仓　争锋天下
“鼎之轻重,可以问焉”
就算不能胜天半子
也必须发出惊天的一击

两杯土酒落肚
大富起身寻找杠杆
撬动地球

春　天（外四首）

◉何军雄

我追问一场初春的雪
是谁把色彩绚丽的画卷
铺满整个人间

以绿色赢得人们的爱戴
用青春书写着
关于一个季节的诗情画意

在春天
我不想有更多的言语表白
我只想将身心融入其中
成长为一宗
朴实的庄稼

夜　晚

眼睛照亮灯盏
星星扶着月光入睡

谁把昼夜的篝火点燃
让整个夜晚明亮

夜晚沉静
一只飞鸟在梦中飞翔

一个孩子从梦中醒来
口里的半块糖果被风叼去

一些事物在夜晚消失
比如一粒沙和一缕时光

破碎的花瓶

曾经也是完整无缺
从泥瓦陶瓷中脱颖而出
无数鲜花的香味
凝聚在内心深处

像是古代的一个玉女
旗袍的口上忽然裂开了一道缝
让一些白肉绽放在外面

破碎了才能证明以前拥有过
那些荣耀的时刻
把世界的花香留在手中

占据过核心位置
让一些香气迷倒对方
破碎的指纹上
留下历史的印证

谁将风铃轻轻弹

无风的夜晚
寂静得让人难以入眠
一阵风铃响起
我的内心不由得浮想联翩
谁将风铃轻轻弹

牧笛声声
晨光普照着每一寸土地
铃声在耳畔响起
劳作的身影在田间晃动
谁将风铃轻轻弹

嘈杂的城市上空
一些云彩开始下沉
内心的影片开始上演
快节奏的生活韵律
谁将风铃轻轻弹

星光照耀
月光妩媚的中秋
一轮圆月高挂
歌声随风荡漾
谁将风铃轻轻弹

寺院的墙

寺院的木鱼不停地喊着渴
空旷的院内枝条茂密地滋长

一些萧条的壁虎
爬在寺院的墙上聆听

我感觉内心受潮慈悲之心涌动
所有的蛀虫开始放下屠刀立地成佛

寺院的墙上年久失修的一块砖头
顿感灵魂的震撼回想过去的时光

一段经声从寺院的墙上飘过
穿透一只不懂声音的耳朵

一些佛教徒双手合十
跪在地上念着佛的法号

寺院的墙上青苔修炼了自己的身心
一只蜻蜓高声咏诵着经卷

今夜的月光照亮昨夜的人生（外四首）

◉叶廷玉

今夜的月光
照亮昨夜的人生
寒梦初醒
听杜鹃啼彻春天

森林与风暴
在山的脊梁上
催生涛声，绿色的焰火
燃起无边巨浪

沉睡了八十二年的
心啊，血
如何染红明天的
灿烂

白发是一堆乡愁

白发是
一堆乡愁
是千丝万缕的
牵挂——

天月如弓
一只只归雁
是射出的响箭
一路向南……

我在
洛阳城外
等待一封
迟到的家书

一缕白发能留住什么？

一缕白发
能留住什么？
一条陌生的路
鞭痛我的一生！

枯枝上
残露未泯
落叶，改变了
梦中的归期

滚滚红尘中
湮灭的心
今夜，被蟋蟀
唤醒……

离　别

很少出远门
妻，不知离别
是什么滋味
我是一个写诗的人
爱写离愁，别绪
妻说，人间哪有这么多的辛酸事

这回，真的要出远门了
不知何时能归来
我看见收拾行李
的妻子
在偷偷地流泪……

奄奄一息的珠贝

将一只
被潮水遗弃在
沙滩上，奄奄一息
怀有珍珠的母亲——珠贝
放回大海

我怎能为了一颗宝珠
而毁掉一个鲜活
的生命呢！更何况
它身处绝境

夜里，做了一个梦
梦见自己
也怀了
珍珠

离开浮华（外二首）

◉粟　一

我的眼睛
也盯过
白云下的马背
那个时候
鞭子的脆响
触及不到我的草地
一万朵的风信子
从脚下
开到视线之外

那个时候
随风飘堕的事物
把光种在体内
桃花
落泥成蝶
世上的斑斓
染亮了
低飞的鸟鸣

由北出发
那路上
金灿灿的歌
弥漫一股
梵香味
像熟透的谷粒
离我很远
又很近

未　来

经过三棵树
就会在树的缝隙
看到那片叶子
和那片叶子上弹动的
三条交叉线

它们各有各的方向
在不同的时刻
穿过
各自的云彩
然后在相同的位置
烧一炷高香

就这样
点亮的苍茫
在它们的掌心

慢慢平静

站在未来的
巅峰与烟海之间
昨天
就是一场
短暂的缠绵

简单就好

雪落在
树梢
太阳下来
就消失
走散了的月亮
以一抹夜色
抵挡了
另一抹夜色的
时候
回来了

还有那些
大大小小的风
有属于
自己的歌
他们不去想前世
不去想来生
更不去想
突然出现的
石头和水
在路上
在闪光中
他们一次又一次
经过

一片叶子的旅行（外三首）

——写给徐渭

◉周莹瑶

我是天生孤傲的精灵
在一卷畸谱中
沉睡了六百年
一颗疯癫的心
在我的支脉跳动
震颤着山之巅
望乡的老人无处安魂 聆听
猿鸣四声
伴着呼啸的风搅在时光里
我狠狠地啜饮一滴墨水
五味混进我的唾沫
味蕾上躁动的是放诞不羁的灵魂
我 一片孤傲的叶子
陪伴一颗佯狂的心
吮吸着血淋淋的才华
在碎裂的痛楚里
攀缘成干枯的青藤

是谁把理性注入爱河

是谁把理性注入爱河
让所有的浪花都沉寂
鱼儿深潜水底
汹涌的波涛被堵截
流水沉寂成静默的史诗
直把时间都凝成琥珀

混乱的河流啊 绝望地泛着泡沫
把一切都吞噬成悲伤
等到太阳烤干了河水
干枯的树林
死去的鱼虾
会不会记得这一片爱河
曾经奔涌过心田的一方

海，碎的誓言

为何不兑现你的承诺
情人节的玫瑰居然还没有凋落
你说 比基尼又开始欢悦的时候
一起去看海
海亲吻沙滩就像你的吻印在我的长发
美人鱼在海的皇宫里称霸
阳光在海面上翻滚
像在你怀里撒娇
你是我的曾经沧海
你的十二月的誓言
在风中滑落成碎柳絮
在梦里蛲动我的鼻子
我打了个喷嚏
我一定是对你的爱过敏
夏天永远不会来
海的誓言
在某个阴暗的海底冰封

雨　网

被雨网住的城市
扑腾着
在光阴的桎梏里
绝望地抓紧最后一缕晴
留下吧 留下吧
只有天空的眼泪喧哗着流下
我挣扎着游过时空的河流
紧紧拽住女娲的衣襟
救救这个城市吧
决堤的天河
要把所有的欢欣鲸吞
要把所有的欲望埋葬
要让整个春季发霉
女娲告诉我
炼石已经哑火
大禹已经来过
流浪的太阳 长了失聪的耳朵
等所有的心灵都被洗净的时候
总要请来阳光晒干

故　乡（外六首）

◉麻　利

水乡的风盛着
炊米和浓酒的味道
远处芦花的袖中
兜住了舴艋，白鸟和归人

岸边的老树
和挂着的酱油鱼干
被月亮晒得金黄
揉入空气的盐分让风停住了

风声一止
虫鸣声就发清晰了
醉酒的流萤翩跹在渔村
没有醒着的人能看见

青苔将归意濡湿
轻放在土地上
一只吃芦苇的红马
它凝视着我

迷

风停后的长歌会更加清晰吗，
就像那满眼飘摇的果实，
是跳跃的鸟儿抗拒不了的艳丽。

稻草被打成刺眼的金色，
落尽池塘的影子赘冗得可笑。

鸟儿站定很久了，
旖旎的白花香还盖住眼睛。

威尼斯

沿岸向镇子另一面走去
坐在河里织毛线的少年
抬头盯着我说

“为了妍丽和新鲜
贴着河流的房屋
每年需要粉刷

红的虫子从红的墙里飞出来
头发一样的藤蔓
从绿的墙里生出来……”

我怕极了他老练的语调
我向港口跑去
铃兰随风摇曳
鸥鸟无声

巨鲸在黑色的水里喘息
我记得那是少年口中的神
他的神把我灌进了海里
闷黑的海水是透明的
颜料从岸边的铃兰往水里滴
少年扯着毛线把脸贴在水面
巨鲸离我不远

那时我希望它
也是我的神

凯旋门

也许是在灯光的作用下，
这建筑像是活的。
像是我用刻刀多划一笔，
青石板转上，
会淌出赤热的鲜血。

它没有任何存在具有眼睛的联想，
我却在这巴黎的寒夜，
感受到它跨过纷杂车马的氛围，
想要与我对话的凝视。

化　虫

我含着早蝉的薄翼
便思考着秋
便站在了她的躯体上
树尖是干的
她与包裹她的泥是湿的

树根不会夹住我的脚了
蒲公英不会牵我的手
我把最后一件衣服也脱了
月亮也看不见我

我说我要在羊群中跳舞
我要和芦苇中的鱼讲
光会被大质量客体弯曲
蝉是从痛苦的蜷缩中猛地张开生命

我会混入野生的藤蔓
亲吻岩石上的盈盈隆起

最后让溪水灌满我的肺
终于记住的还是会撒谎的云

我一直小口呼吸
直到被趾缝中柔软的泥影响
大地深处生起的冷空气
我忘了她比我还要黑暗
那时候我还没遇见我的第一只羊

伦敦的水渠边

我的手是软骨的海生物
空气带走了粘液
也因为我的抚摸变得滑腻

所以手本身是干燥的
利落的抓取收缩
被一侧的冷光
明暗别致的交错着
它更像是有规律的锯齿
咔嚓咔嚓
剪着

记录水晶宫殿夜晚的树

笨拙而苦的色块,
映在那些树上。

那些恐龙的变异基因,
轮船的汽笛声,
和雾中水乡的灯
也一齐被吞进树里。

左边轻浮的变成了羽毛,
右边暴食的变成了黑熊。
升上天的被自己的影子切割成碎片,
落进地心的在藏自己粉嫩的身体。

你和所有女人一起受伤(外四首)

◉小　书

一夜的雨喧闹不停
你划不着一根受潮的火柴
点不着一根期待燃烧的烟
它的内部拥挤着存在感的骚动

你在黑夜发光
在雨中你蜷缩成埋葬的山脉
蓝蝴蝶的汁水在你体内燃烧成幽冥之火
你的早晨溢满山中水汽

回到早餐桌前
你的面前挤满生活的气泡
你唯一要做的就是一一戳破它们
以求得更多的生存空间

你和所有女人一起受伤
包括你母亲
在初冬多雨的季节
腐殖质进一步返回体内发酵

你可以喝酒抽烟
你必须自我丰饶
必须坚持幸福
并学会如何祈祷

在雨季

微弱不安的灯火来自河对岸的另一个国度
同样来自那里的风
纠缠着它以外的事物
河水灌溉了我年轻又粘稠的身体

在所有爱过我的人中
我只想念你
我们曾经像两块石头
相互磨砺,变圆润,两败俱伤

往事虚浮地排列在黑暗中
我们取出生命的鳞片
也无法割裂身体和过往
你说"想念一个人,
是想念自己心底最易碎的部分"

所以你给我埋下记忆的核
在雨季
潮湿和肿胀始终包裹着它

夜乘渡轮

我爱上了深夜乘渡轮的游戏
甚至爱上了那种恐惧
在高出海面十几米的铁围栏后面
我意识到我是这个深夜的被选之人
夜晚的海风一定让我的面目
更接近真实的内心
在激荡的白色海浪里
有我脸颊上剥落的粉饰太平的釉层

原谅我不能再温柔一些
恐惧已使我坚硬如这艘深夜的渡轮
吞吐中粗糙地造就了不停下来的理由
这一程的终极意义就是分解无聊
如今更不重要了
我已被怜悯
回忆被再度唤起并隐藏在日常之下
回忆再度简化了这无聊的日常

午　后

阴天
阵雨
全都湿漉漉的

桂花刚刚开
欲望城市的味蕾需要一味猛烈的草药安抚
副热带高压已经无法占据上风
接下来的雨是它日常的屈辱
流向城市的低处

其实我并不讨厌这样的天气
低压迫使我再一次收紧自己
犹豫的法令纹
重磅真丝衬衫的露背元素
精致的民族风金属书签
我爱慕俗世的心
像不甘心的雨白烟氤氲

白　热

夕阳正在为黑变的云包裹黄金
树木的年轮慢慢包裹它的结疤
我将幼年的结痂包裹进成年的外衣
这么多年,它不曾脱落

为什么总有人在某刻用尽力气与你为敌
他们把今生当永生活着
仔细辨认,所有高楼大厦都是先人的墓碑
它们"在变换的天空下创造死亡"

每个人都无法避免地以自我为中心与这个
世界发生关联
就在此刻,我下意识为这城市重新下了定义
它可以不得到任何人的认同
但它会滋长我身体里的暗物质
这么多年,我不曾安心
怕一不小心就被完整吞噬

白 云（外二首）

◉黄祥云

几亿年还是几十亿年
那些白色的精灵
携带无边无际的幻影
四处漂泊

是雾的天堂吗
是雨的家园吗
是雪的故乡吗
是雹的家居吗

古往今来
有多少文人墨客
将那些美妙的梦境
下载在白云之上
让我们返老还童

地上有多少童稚的笑语
天上就有多少朵白云

年 轮

我们每个人都是历史的产物
我们日渐苍老的面容
蹒跚的思想
乃至轻盈的灵魂
都储存着过去的痕迹

一切似乎都过去了
其实只是成为树木的年轮
贝壳的生长弧线
乃至沉默良久的积页岩
地壳在变化着
但总会保留一部分不变的内核

我相信
那些美丽的梦想
如同休眠的莲子
终将穿越岁月的淤泥
向朝阳伸出她娇嫩的芽叶

归 宿

所有人都知道有那个地方
所有人都会去那个地方
但没有人真正知道
那是个什么样的地方
世界上有许多神秘的事
也有许多神秘的地方
但最最神秘的就是那个地方

不管你愿意还是不愿意
不管你走在哪一条人生之路上
不管你从哪里出发
最终都是那个地方
那么，请放下心来
请保持旅行的姿态
去欣赏沿途的风景
去凝视一朵野花的笑靥
去抚摸一株小草的脸庞
不拒绝狂风暴雨
也不辜负晴空万里

尝遍百味
历终坎坷

那些屈辱和荣光
那些痛苦和快乐
有着同样的价值
因为,人生就是经历和体验

失　聪(外四首)

◉阿　门

一个痛感的词
一群无辜的人

人过半百,他们已不在意失聪之因
不在意被手语和助听器出卖身份
不在意曾经的内向、冷遇和挫折
不在意仍被写成聋哑……

他们中的少数人,是我的同类
作为听力的幸存者,经训践
已学会视唇辨音,畅快书写
装聋作哑,恰好是特异之一

假装听不见声音里的垃圾,假装
喧嚣与我无关,假装心在寺里
让缺陷带来的落魄
像一枚落叶,夹进书本

"上帝关上一扇门的同时
打开了一扇窗"。窗是门的闺蜜
作为窗的眼睛,庆幸没有带坏心灵
时光深信给我的,我用诗歌深情回赠

每一行,都是燕子在春天飞过的痕迹
每一首,都是对旧日子的又一次哀悼

耳　鸣

前半生,它一直没有叫
我以为这只鸟,老了
想不到前天头痛,刚葛优躺
它没命地叫起来

像卷了刃的刀子,在耳边
在时间——这块磨刀石上

来来回回地磨——我怀疑
这只蠢蠢欲动的鸟,欲用叫声

——这把看不见的刀子
杀死主人

烦躁后。很想竹筒倒豆子
倒出所有的叫声

但它赖在耳内不走了
恍如我给了它暂住证

恍若外界的叫声,也
来自它,卑鄙却堂皇

寻　人

经过十字路口,等红绿灯时
一张贴在电线杆上的寻人启事
逼我看它

先是照片里的目光,射出来
平静,意味深长地望向我
仿佛我是他的亲人,躲着他

仿佛我是骗子,欠他的债
这让我内心怯怯的,望而却步

继而粗大的文字扑面:重金酬谢
走失时的穿着和地点……
仿佛他在兜售蛛丝马迹
仿佛就等我破镜重圆
这让我恍惚,前世我丢失过自己

这一刻,我相信他是另一个我
失聪的,抑郁的
灵魂无处安放的
被小目标强迫的
在半百的路口徘徊的
找不到自己的我

恐　惧

我出生次年,有运动发生
躲在门缝里看见一群人
持棍殴打……恐惧的种子
在两岁不到的眼里埋下

渐长,双耳失聪抓不住声音
找不到工作的恐惧,面试的恐惧
父亲病亡,一下子长大的恐惧
在心里发芽

发育成人,遗传性耳聋的恐惧
兄弟间残杀的恐惧,借贷的恐惧
生癌的恐惧,对法院
和医院的恐惧,根深蒂固

半百后,疑神疑鬼的恐惧
失智的恐惧,明天和意外
哪个先来的恐惧,火化的恐惧
被恐惧绑架的恐惧者,请慎读此诗

依　赖

我依赖助听器抓声音,已三十五年
交谈时,我用目光读唇语
比耳朵先抢到内容。此技艺
已练得八九不离十,以致仿佛
我的失聪,假装的

我依赖诗歌徒有虚名,已三十五年
书是面包,诗乃创可贴。学会疗伤
学会分行,自救,把诗歌养成情人
爱诗里的自己,爱诗里的一点甜头
并乐此不疲,把这点甜头归还众生

我依赖单位安身立命,已三十五年
先福利厂,公安局,后报社
半路出家,遇文学,遇贵人,遇呵护
一段柔美时光,珍藏在心的扉页
感恩,是唯一的表白

我依赖空气和水苟活于世,已五十三年
因为找不到地址和收件人
请允许我,大恩不言谢

青海湖的眼泪（外三首）

◉林红梅

沉浸在明亮中
接近于天空的眼睛
季节脱离了秩序，犹如
我早已忘记了自己的
另一半

在辽阔的另一个天地
时空的隧道是透明的
器皿
我在透明的器皿上看到了
水分和营养
并汲取
忽略世间上
那么多的真实和不真实

当最后一滴关于爱情的
眼泪坠落
青海湖，便以
相同的命运被不同的人
注视或领取
一个又一个的朝代瓦解于
白色的结晶物
而风景，和青海湖的
梦境却永远清晰
遥远和苍凉

此时，大片大片
的海鸥毫无保留地袒露心情
他们俯冲和飞翔
毫不排斥人类友爱的样子
消解着青海湖的
沉默和
沉默

卓尔山的誓言

浮雕是神迹
天空是不可亵渎的蓝，燃烧
过后的卓尔山，顺着
一座又一座的天空之梯
输送着哈达的白

箭在弦上的阿咪东索
英武不凡的阿咪东索
与草原一同肃静。而
玛釉玛的天籁之音
燃烧了整个祈连天境

大雪无痕。洁白的骏马
归来
马背上只有叹息的风和
遥遥相望的山崖在
轻吻。
没有悲伤
春风响起。当白坠入更多的白
年轻男女的誓言
在接近地表的草原
轻轻颤栗

注：卓尔山的情人崖有个美丽的传说，美丽的龙界公主宗姆玛釉玛爱上了英武的守护山神阿咪东索，因冒犯天规变成石山。但她无怨无悔，与阿咪东索隔河相望，终身相伴守护祈连的秀美山川和物华。

茶卡盐湖

阳光驱逐着寒冷的露珠
这是人类的洪荒时代
一枚镜子照射我们最初的
欲望

是什么样的伤痛端出蓝色语言
把身体里的盐加入一杯水里
成为封印的记忆
我知晓每一个空荡的
脚印覆盖脚印时
这宽阔而没有由来的痛楚

成群的游客
用各色鲜亮的衣裳制造
茶卡的红色火焰
而马帮,用蜿蜒的脚步
撕开南北的线条

午时十一分,空旷的川藏公路
一片雪花飞入我的天地
有白溢出,这是身体
的悬念

逐渐模糊的岁月
唯有手中的骨骼和筋脉
越加清晰

母亲的塔尔寺

记得每块石头的汗
与温度。

在塔尔寺,所有的花
都称之为格桑
一百八十年的塔身如经幡在流动,只有
一片雪花记得你红色的血液
在瘦弱的身体支出骨架

轻轻地颤抖

还是热爱白色的塔
五月的风轻于湟水
那么多的头颅匍匐于土,将
经冬的身体和尘埃隔离
脱离母体的翅膀高于地面
而沉默,更多的沉默区分着
世间好物的吵闹与
不安

一双手举起又放下
反复利用的莲花的白
此时,依然盛开
而香萨阿切的白发
在无法停止的思念中
堆积着白塔
的形状

冥想,越来越多的
白旃檀树在生长
每一片叶子都是转世的风
沿着光
均匀地呼吸

注:香萨阿切:是宗喀巴母亲之名。
白旃檀树:传说香萨阿切把宗喀巴出生时的胎衣埋于地下,不久,在那个地方生出了白旃檀树,意菩提树。

镜（外六首）

◉张文捷

玻璃器皿盛装白昼
你的酒窝里安放流水

释放暖意的眼睛回盯着我
春天发疯，花朵隐忍
我只能看自己的脸色

时间的猛虎长在体内
日复一日，与我无关

我的生活被扩大一倍
这扇敞开的门，却阻止了
我内心每一只想逃离的飞蚁

旅行箱

旅行箱，我离开家乡的证词
它总是与疾驰的地平线保持锐角
在赶赴机场的途中
一只蝴蝶栖歇在拉杆上
等待托运、起飞，等待与我交换身体
无限收缩的天空如此辽阔
我被紧压的毛巾还有湿漉漉的露水
打开大海的暮色，海浪扑面而来
我透支的月光依然浩荡无边
揉皱的风衣有沙漠的尘土
熨不平干燥的记忆和属于自由的衣袖
说过的话，做过的事都像天空那样毫无遮拦
甚至没有足迹记录自己的孤独
倒车镜里的异乡，我看见俯身的自己
终于迷途折返，走过最漫长的一段路
旅行箱拖掉了一只左滑轮
我嫩芽般的手掌瞬间变成枯叶
我必须用云彩压住剃须刀、身份证
清理过期的车票和光阴的碎银
风吹黄了小小的记事簿
把黑字里的白，吹进了斑驳的两鬓
而归家的钥匙，早已从旅行箱取出
放在贴身的地方

稻草垛

稻谷离去了
或多或少，还残留着一点光芒
月光撕裂了绸缎
禾场边，我忆起虚胖的秋收

小鸟不在这里筑巢
只从这儿衔草
它们知道，大地的乳房
这不会滚动的线团
会渐渐萎缩消瘦

初霜还生活以颜色
我的长发梳成大背头
陨石坠落，大地有最柔软的承接
不要让萤火虫破碎
它会点燃稻草

捉迷藏时
我拱进草垛
并非想藏起来
只想给秋后荒凉的乡村
保存一点温度

赶鸭子

我就是那个笨手笨脚的男孩
光着身子从鸭棚子出来
像一枚放在平板上的鸭蛋
滚动、摇晃,水塘、田畴也跟着我摇晃
和一只狗尾巴草上的蜗牛比耐心
赶鸭子的我似乎更胜一筹

树林在后面推我
似乎嫌我比轻风走得更快
而相对落日
我只慢了一段影子的距离
浪花逐着浪花,水流缓慢
小草紧挨着小草,坡上的时光缓慢
穿羽绒服赤着脚的一群鸭子
用左眼看旁边的右眼
相互忍让,等待我来驱赶

我的喉结尚不突出
鸭脖子喊出比知了更嘶哑的夏天
我的声音暂时落后一个季节
我们的步伐却惊人的一致

翻越一道道陡坡
踱着鸭步,匍匐大地
把鸭子赶下河
让湖面驶出千百艘巡洋舰

枯芦苇

风把水分赶到泥土以下
塘泥软了,陡坡处
土壤崩塌,裸露树根和蛇的灰脊
仇恨也在冬眠
暖阳陈旧又新鲜
光影的深渊,芦絮被反复拆解
河床有亮晶晶的沙粒
停止横行的螃蟹在痉挛
浩渺人间,移动着众多陌生人的脚步
我是唯一向故乡致敬的游子
眼里已积攒足够的火星
但我只能选择离开
不敢转身回头
因为所有的呼啸,都是破碎的证词
东荆河满满的枯芦苇
正扬起逃命的烟尘

一场大雨,松开了黑云的怀抱

云朵将自己愈抱愈紧
闪电的蚯蚓拱出黑土之前
也暗藏火药的颜色
这些大江大河税赋的管理者
守着库房已经长出锈色的银两
航班被迫延误
高铁也开到了天上
没买到车票的民工拎着大包小包
黑压压滞留广场
你在别人看不见的一隅
泪水只是对一场雨的纵容
必须拥有一场哭
才能释放囚禁胸膛的愁绪
证明露水的源头与被爱
只有对天空哗哗啦啦的倾诉
才能松开黑云的怀抱

车 站

在车站,学习等待、被碾压
学习轮胎与软泥路面
深浅不一的印刷术

愿望悬挂在站牌上
目的地也生长在站牌上
站队、取票,做一个守规则的过客
候车厅是一间密室,看不见我同行的那个人
终点也是起点,车同人一样
注定在尘土里完成轮回

出发时，我把本地时间调整为北京时间
爱在最黑暗的时候，像零点
在此前，我曾有炸毁售票大厅的冲动
面对陌生人，不用伪装表情
路边的小酒馆，治愈了我的厌食症

每次抵达这高出道路的部分
原来都是临时客栈
只有最后时刻，我才是自己的接站人

睡　莲（外四首）

◉阿　土

我们抵达公园，像所有的情侣
对于我们提起你像提起另一个情侣
起初，我们只说你的小
可爱的，微不足道的，小女儿的
后来，不知怎么就提到了
你的矜持，你的玲珑，你的婉约
一脸娇憨让人顿生怜意
再后来，就是你摇曳的身姿
和湖水中荡漾的涟漪
这时，我们的声音开始改变
有些异样，欲言又止
情形像极了你的花朵
紫得邈远黄得空洞蓝得深刻
像那只落在蕊里的蝴蝶
蜻蜓一点，就发现所有的倒影和梦都碎了

菱

请原谅，我动用了你的名字
从你的身后掀出那些花朵
小小的，白色，有些袖珍
它们藏着掖着的样子
真的很像我羞于见人的童年

小时候我见到生人就会手足无措
恨不能在地上钻个洞藏进去
可我只能静静地扯着母亲的衣襟
尽量地低眉顺眼
尽管怯懦但不愿让眼神空洞

请原谅，我的内心有一个宽阔的牧场
但我包裹严实从来没人可以看出
这点和你那些胆小的子嗣不同
只有抱成了团才会觉得安全
我孤身一人即可独步江湖驱散妖魔鬼怪

请原谅，我常常把你想成邻家的女子
有雨无雨总爱撑一把油纸伞
一把白色开满烟青色的小花的伞
那时，我总是躲在墙角而内心绚烂
如今，那种伞满街都是我却面无表情

芡　实

我想，我还是习惯你的小名
像我们在乡村撒野
被风呼来喝去的样子
乡下的风和城市的风有什么不同
如同一只狗用无边的舌头舔过

我习惯把巨大的叶片当成盾牌
对着鸡头样的果实发出咯咯的叫声
我们都习惯了模仿家禽的动作
兴奋地张翅奔跑或者伸长脖子

向对手发出战斗的讯息

我们都在用旧的时光里看到成长
时光越久颜色越深
而你的紫色花瓣为我们打开了
隐藏在内心深处的欢笑和哭泣
我相信最初的情感谁也无法戳漏

鸡头米。我至今不敢和你说美
每一次张嘴，我的胳膊就会
情不自禁地发出疼痛的嚎叫
汗毛根根立起，在皮肤上悬而不发
那时，恐惧就是临湖的倒影

鸢　尾

那些蓝色的蝴蝶
那些紫色的蝴蝶
那些或冷或热的蝴蝶
张着翅膀
面对辽阔面对遥远的孤独
岂是一个平常人所能看透

我爱上这种花了
也想起一位诗人说过的话
他说，我爱的人会在灿烂的中午醒来
掸掉积在身上的阳光
且不顾及行人的感受
那一刻我才知道世界是多么多余

鹤望兰

故乡在哪里
我想，看到它的样子就知道了
故乡是说不回去的乡音
故乡是捡不起来的童年往事

可我更喜欢紫红色的佛焰
那被拢起来的花呀
在供奉的烛台上
在合十的掌心里如火点燃

我们习惯了被自己的喜好囚禁
让一朵花形成想象的模样
其实我们不知道
我们才是最先被遗忘的事物

时光不老（外五首）

◉水　草

我一直躲在角落，不敢正视
滑下悬崖的日头
有部分光上色，成了晚霞
绽放缕缕骄傲

赋予一首诗，千般力量
沉舟保守了元贞

在刀刻的词语面前，从我自己开始
草木也有自己方言
有四季变换的人间，将它们不断轮回
某种意义上
以另一种方式代替重生

仿佛，此时的天空
仍保持大海本色

我喜欢

我保持静伏状态
用心去听
时间之外，草木依旧战斗
一些怆然愁过寒凉

用高傲的眼神挂在楼宇
窥见月亮惨白着脸

你恰好濯于溪流
是泉水稀释污浊的想法
拍打水面，像一首歌缓缓淅出
岸上老去的音节

是你留下的故事
必定在深刻中深刻

我喜欢，用你的方式修剪月光

一棵胡杨成为地标

风剥去大地的衣服，为词语迟到
放弃故乡的河流
像样的表达，比母亲离去晚了好多年
思念，瘦了屋脊和远山

从瓦缝里抬高青苔
极目之处，生命无可退却
燃烧的枫红也手足无措
看周围渐渐搬空

而正在归路的车票，四顾不言
用赎罪的心态漂白月光
与一棵胡杨对峙，地标似的指向
倒影

有一棵树

在有生的日子，可以看见
风从河道上跑，鸥鹭扇动水波
掩过晨光暮霭，等种花人

千里奔来，一路催发万物
隐于芽苞的春天，打开
姓氏血源，让掌纹流通烟火

余生，尽管褶皱密布
山岗里爬起的树籽，必定参天
必定深深扎根土地

我仰望，那田野无比辽阔
葳蕤的相思走进去
移位换景，离失的孩子向梦中来

为乡土自证

如果过分，我领夕阳回家
必须在孤鸟跳下悬崖
滑翔带动欲念，云不暂住

多少人在此时失去灵魂
汽车尾灯骗过星月

一场阴谋，悄然掩过村庄
背到城市的包袱
抖开一连串遗忘，一度
舍弃方言

而原本返乡的车流
紧咬住一根野菜
摆早已入俗的姿势，读族谱

找到姓氏出处，游离字外
欠山水一个回眸

一个人，一座城

天阴着，蝴蝶压低飞行
蔷薇迫不及待爬上墙

老去的青春挤在墙缝，早已嘶哑
一双眼睛，永不知疲倦
盼望的人没来
盼望的故事不敢重启
放过的天空，开始泫然欲泣
城外正修剪一片草，一片昨天
我自己设下的无数障碍
颓废于油盐酱醋，所有不具名
似乎，一封情书缓解了毒
缓解我想要抵达的相思
稍等片刻，就有一把钥匙打开

山　墙（外四首）

◉陈　军

故土老了
我拼命往回赶
从心切的少年
到默不作声的中年

山墙沿的斑驳中
一支硕大的铁钉孤独了十八年
那里挂过我的书包
它依然坚硬
只是擦不亮少年的渴望

一把没有弦的板胡
是父亲的青春
我用力拉断了仅剩的几根马尾
把它挂回铁钉
偶尔有蜘蛛爬过
织出一个鬼脸
中间位置粘着一片蛾子的翅膀
风从山墙的缝隙穿过
它一动不动

上一个冬天
雪压弯了和我一般年纪的榆树枝条
它索性保持躬身的原状
春天过去了
榆钱自然落下
生出一丛又一丛小榆树苗
父亲用铁锹连土挖起
拍到夏天被水冲塌的土篱笆墙上
它们都没有死
坦然地从土墙上伸出了枝条

失语人

风从太行山垭穿过
黄河没了泥土味
麦田越来越远
舍不下的这口吃食
揉碾是没用的
碱水和过的面条才有嚼劲

放羊汉刚过三十
就不再和人说话了
羊吃饱了就和风对视
他有坚守的理由
这个老实人，有的是听众

顽皮的娃娃哟
注定要远行
走过一站又一站
成了咿咿呀呀的自语者
他是在说

得在春天到来前赶过黄河的北岸
不要问
这时的羊肉汤最鲜

读　碑

书写的人没有巢
守望
是离心最近的碑文

一首诗
一杯酒

南明湖
风起香随
手刻秦国的烟云

春　色

清明过后
气温骤升
热火朝天中,脱,才直接
包裹的肉体露出来
就是春色
男人的肚子,女人的大腿
这些进化过的器官
像祭祀时的供品
总得摆出来
被叫骂过的生命,才有灵魂

总有正直的司仪
给这些自由的交配物命名
春么,潮么
都不值得记住
真诚的花儿,露出灿烂的器官
多少双眼睛看来
噪闹的蜂蝶不值得拒绝
当真
这些无聊的生命是拒绝不了的
那就来吧,都来
便不必再道别

交融已习惯
有人不想走出,有人不想走近
谁又能左右自己什么
播种吧,种下的春色
不过累赘
不如这些花草
寻常里生生死死,不就是绽放么

月亮湾

回首峰下有条小路
若是没有错过
就能走到月亮湾
太久没有见到月亮
月亮湾的人就进了城

城中心的太阳堡
像一个男人的器官
阿芳说城里也没有月亮
每到夜晚
有人撕心裂肺地吼他的太阳

月亮湾多了个城堡
有人说像个女人的器官
回首峰的鲜果拉进去
变成一瓶瓶果酒
酒瓶上,画着一个闭眼睛的女人
阿芳说,像她自己

知天命（组诗）

◉王青木

致敬艾青

雨水落在畈田蒋村
处暑的暮晚依然温暖
诗歌的涟漪荡漾，此起彼伏
碧水湖水的诗意多了几分

此刻，我们感到八十年前北方的寒冷
我们望见独轮车吱呀着贫穷的乡村
巴黎缤纷的色彩
化为吹彻灰暗大地的号角

我们朗诵，我们品读
我们之间交流着您浑厚有力的深情
我爱这土地！草木之上
湖水之上，都是您嘶哑的声音

看吧！月亮已经出没在风雨后的云层
我们将循着您的道路
迎接一个又一个更加美好的
黎明

画眉或松鼠

既然错过了街市的梧桐
就做活泼快乐的画眉吧
飞翔在绿道上空
无须陶醉于五彩缤纷
无须醉心于灯红酒绿

既然城市挖不出安全的地窖
就做活跃柔软的小兽
来渡口的老松枝柯上奔跳
无须留恋钢筋水泥的丛林
无须战战兢兢于人家的眼色

一棵神情忧郁孤独的松树
身边缠绕着挂满果实的猕猴桃
却早就没有了猕猴的亲近
那么画眉，你来用心筑巢吧
那么松鼠，你来上蹿下跳吧

春分协议

你们曾牵手的白堤尽头
有一曲断桥恋歌惊天动地
今天，该又是桃红柳绿

曾几何时，雪山飞来锋刃
一方如冰冷的铁石
一方歇斯底里

而梅苑无梅
一份由爱生恨的协议书
由公正的娘舅草拟

为了春天的花朵盛开
必须春分，必须
昼夜平分，阴阳平等

请记住，这里叫莫干山路
莫干啥事？莫再砸碎
一把琴弦完好的提琴

知天命

我来的时候大雪纷飞
在河边站久了
成为了流水

在五十里铺,叶子暗红
叶脉流淌风雨
在路边我给过客放哨

黑夜里我打开月窗
用李白的明月照耀
用东坡的月亮充饥

儿时用莎草占卜
生男生女。谁知我们一代人
成了牺牲的青蛙

想成为路标
终归是路人
还有一万个日子

听从上天的命令
前方大雪纷飞

冰雪小庙

村头小庙,立在寂静的山麓
雪后,一切都是静谧
庙门上挂着一排冰冻之美
仿佛一排时针指向地心

门庭空空。唯有厚厚的冰雪
唯有一炷香烟袅袅
唯有屋檐下一排冰挂
而一行脚印,留下了污秽

庙门和屋檐,展示着
尖锐和圆融。且感受这刺痛
定格这凝聚力和信仰之美
不管它能否改变一方天地

按下手机拍摄的快门
一阵刺骨的寒风
忽然将一半的电量清空为零

雪庙,这未能留影的雪片
仿佛无法看见的神佛

秋风黄昏

秀发飘扬成旗
拂面而来的秋风
习习,醉人
夜色忽然到来
将廊桥上的你我
融为黄昏

龙瀑激荡,龙潭沸腾
还有一棵燃烧的红枫
你看不见
秋风亲吻,树叶正奏响
琴声。山径蜿蜒的琴弦
我听不清

黑夜吞没湖面
八仙湖这坛老酒醇香诱人
徐徐秋风,那对白鹅交颈
默契如我们澎湃的清静
我愿意是子夜醒着的木偶
在迷茫的星空下销魂

深夜，钟不再敲响（组诗）

◉张　珏

深夜，钟不再敲响

夜色裹得紧，裹着时间
黑色的分量很重。钟摆摆着
被设了定置，被封了喉
惯性的姿势，曲线或者直线
像蹑手蹑脚起夜的人

给冷不防出漏的梦话打上节拍
收罗进分秒里
惊醒人是件错误的事
在不需要它声音的时候
它只顾自做着清醒者的主
和沉睡者的无冕之王

由人的部分无需经意
关乎等待或者关乎仓促
机械的礼貌，可以不再作声
只身扎进比深夜更深处
透亮黎明那一声
终结了满夜的酣

谎　言

越来越薄的气息开始抖动
生出巨大间隙
落荒的音节扯成画面
营造方圆
流线曲折成迷宫

时间是唯一可以拖延的布施
从装扮入口和出口起
直到形状坍塌
露出空穴
悬崖般的模样

弥合
始终是一场虚拟

小暑。和风止于一堵墙

节气指明热正抵达
即便时空里还残余清凉
论温度的语调已经带着潮腻
和风止于一堵墙

蜕变着的时间翻越着
入夜的隆重
换季的行头赶在拂晓开场
这一幕再次重温

夏将进入高潮
它必然是要炙手的
淬火的情形
是一次次不被烧毁

哑　剧

雷公继续隐居
惊蛰时分，天书是一页空白

草尖上掠过风
忽闪着蚱蜢的影子

池塘浮起青色钓竿
诱饵上横陈半截鱼身

墙头交错着爪印
碎了雨的残骸

那个发出月下更声的人
引发了一波动静

这些天物啊
早已在尘世发育着天性

我还是保留了很久

你继续向四周涂鸦
投注的色彩越来越菲薄
无限渲染的疆域
透出了渐渐的轻浅

错落的毫毛鸟羽般
经纬已经分叉
我一语便可入间隙
洞透其中的空

这枝节里的余地
我还是保留了很久
循着你一习着装
直到收笔时的模样

多米诺骨牌

一千多年传播的阵势
日晷里布局出方圆
矩式和触点正引发
规整的流线和规整的声音
场面越来越庞大

气息出口
微风撩拨了骚动
穴位点破所有软肋
时间击响骨折的节奏
缺陷里有了壮观的
手工仪式

蛇行般游弋
沿着轨道奔袭
头尾相通着
完成了流动至僵硬的历程
影子凝固时
原始般静

雨的时节

云堆积多时了
冷不防泄露出水
大开天河，滔滔不绝地倾吐
日光里雨脚密集
午夜乍响起敲击声
或是归来的主或是投宿的客

粗糙如猪皮的路
不均匀地喘息
墙面布满了阴郁
一身湿困的痕
伞花姹紫嫣红地开
仿佛的香气四处流逝
当春，哪一场是好雨
恰好滋润
恰好印浸

背　影（组诗）

◉白怀岗

一

从星子朦胧的眼眸中醒来
从打手电挑满一缸井水开始
到庄稼地去的小径上沾满一裤脚露水
允许唤作黑子的猎狗做伴
在田地和村庄之间重复往返
绵密的日子每天都在相同的轨道运行
家人在不同的位置等他
没有谁刻意记起，或遗忘

二

风又吹了起来，翻越了多少山川溪涧
力度稍显不足，不像往昔那么浮躁
他还是以为春天已经来临
老大虽已出嫁，买房子还是要想办法帮些
儿子上中专，开学又得一笔学费
妻子已经几年没添置新衣服了
想到这些，他试图在风中将腰板挺直些
穿过那些生活看不见的沉重

三

开始是一个父亲喝
为乡居的贫瘠、忧伤、欢乐
后来是两个父亲喝
彼此慰藉生活的艰辛与不易
喝忘记的和没有忘记的
喝一生不灭的火焰和泪水奔流的河
喝着喝着就醉了，在梦里
惺惺相惜，继续喝

四

从未说过涉及情感的话
要说喜欢，浓度也低于那些
小麦水稻黄瓜辣椒
甚至是病恹恹瘦芊芊的绿豆
只是，三年级我旷课逃学那次
拿棍子追着打我
气得浑身发抖语无伦次时
感觉带着好真好浓的感情在里面

五

庄稼和人没有什么两样

只要不离开土地
把根茎朝深处扎，哪一片黄土
都能把一生获得后悉数交出
而他只要一支沉默寡言的旱烟袋
一杯浑浊绵密的苞谷酒
便能把那些生活的重担一一负上
沿着先祖规划的路线，继续走

六

从来不会也没想过潜伏
却自然地隐藏在草木中间
和庄稼们称兄道弟
在满山灌木与山花间经营生活
有时繁茂，有时贫瘠
你得承认不是他们自作主张
风吹过草木就是吹过了人间
向上的生长容易留下剪影

七

上苍安排在大地上照看着万物
也是在黄土地上变幻魔术

离开过一次才显得重要
深植其间方知疼痛地入骨
晨兴理荒，带月荷锄
是浮萍也是坚守的岩松
最后怀揣一腔善良和朴素
隐入，让泥土拧干后来人的呼吸

八

在一片湛蓝天空的背影下
一声鸟鸣陡然让天地生动起来
依次是阳光，线白杨，苞谷林
刚被锄倒的丝茅草，几朵零星的野花
汗水浸湿的头发，杂乱的胡须
风吹，依然贴在身上的
是有着几个窟窿眼
印着为人民服务字样的白色短衫

九

针剂和吊瓶无能为力
暗夜的咳嗽一声比一声重
他已用尽了力气
想用憋和捂的方式把疼痛退回
咳嗽一声，便是和自己较量一次
便是把那些灯光一样的名字又念了一遍
终于睡着了，安静如一棵白壳松
在风雪中融入了暮色

十

最后一程是上山路，雪花正急
终点是苦难路过人间时确认过的地方
一粒草籽回归苍茫大地的过程
和安歇的落叶一样有着自然而然地亲切
他们追赶着远去的亲人，成为漫天星辰中的一颗
照亮村庄，也照亮自己的前世今生
一个名字，几种称谓
代替一抹远去的身影在尘世活着

安全帽(组诗)

◉朱　斌

电　钻

钻木钻砖钻钢板
钻穿寒冰凛凛烈日炎炎
只要有理想的电源
就能钻透一切的坚和难

作为建管人员
我的心中也有一把电钻
钻穿一切隐患
牢牢钉住质量和安全
钻穿不良开发商的阴险
帮农民工守住血汗钱

顶真的抹灰工

看着这样
汗涔涔的黑脸膛
谁还会联想
黑牡丹在怒放
每一面漂亮的墙
都将学会遗忘

抹灰工嵌批涂刮磨
四面墙实细平洁光
顶真的抹灰工啊
装修着他人的房
好像在粉饰自己的脸膛

从脚手架上下来
空荡荡的桶　辘辘的饥肠
离去的抹灰工
一再回头打量那面刚做的墙

安全帽

蓝的黄的红的安全帽
愿这篮
裁自晴朗的天
饱含着沉着和冷静
愿这黄
团自灿烂的阳光
积聚了关照和温暖
但不愿
那红是鲜血的凝炼
或是固化的一团火焰
防砸防坠防火……
愿那红更鲜艳
犹如红灯闪闪
引导着这些建筑工人
走平安
不再重蹈那些惨痛的旧案

一块土

要么去筑基
要么去封顶

不要说筑基少强度
封顶不够华丽
哪一块土不会培植

这是——

不努力就会被淘汰的时代
但被淘汰不是被抛弃
大地何曾厌弃一块土

一块土的幸福
是镶嵌成功的足迹
一块土的痛苦
是作为脚底的泥
被沉重地带着向前

扬尘斗士

为了攻坚
打赢蓝天保卫战
这个夏天
我们建管人员
都成了扬尘斗士

初伏中伏末伏
一点两点三点
连能吃苦的建筑工人
也在躲避着烈日炎炎
可降尘工作刻不容缓
扬尘斗士不能歇晌
他们依然
奋战在降尘第一线
坚持去一个又一个
热浪滚滚的施工现场

白天没查完　夜晚接着干
连轴转是家常便饭
叫起睡意蒙眬的保安
进工地　披星戴月查验
每一项降尘措施
定位　拍照　上传
常常是一身汗
换来一通埋怨
冷嘲热讽全不管
扬尘斗士依然
苦口婆心不厌其烦

艰难苦恨繁
扬尘斗士全尝遍
只是初心不改
待到拽下扬尘
重现的蓝天
便是他们憨憨的笑脸

道德讲堂进工地

就在工地现场上一课
道德讲堂无须论规格
不讲先贤往圣大德
只是说一说身边人事迹几则

你为抓质量不怕三伏大热
他为保安全难顾冰天雪地
为盛世中国筑造传世产业
我们一起撸起袖子搞建设

尽善尽美必须先尽责
多些奉献做点好事不必问为何
平凡的汗水闪过拒绝平庸的光泽
让我们一起相互鞭策

你先领唱我后和
听不厌一首《公民道德歌》
人生在世有苦也有乐
心心向善方能摆脱百恶有所得

他正在梦见更远的天空（组诗）

◉阿苏越尔

三天时间

第一天，苍鹰飞过天空，
我吓得浑身发抖。
神灵抚着我的肩膀开导：
"你又不是一只鸡，怕它做甚？"

第二天，苍鹰再次飞临，
我看的如痴如醉。
俯身告诉身边的神灵：
"给一对翅膀，我也能飞。"

第三天，苍鹰和神灵在天上并驾齐驱，
我在地上睡意昏沉。
朦胧中有人走过身旁，悄声议论：
"看吧他正在梦见更远的天空。"

稻谷黄了

一地的金黄来自心中。
阳光温暖，不避仇人。
镰刀闪烁金光，
倒下的稻谷叫前世，
继续吸吮阳光雨露生长的，
是盲目而又坚韧的今生。

星　事

仰望星空的人没有了，
天上又多了几颗星星。
它们聚在一起，议论时事，
像新列出的敏感词。

大地上一派寂静，
你盯着我不放，
就好像那几颗多出来的星星，
是我故意安放上去似的。

大风吹

大风吹着口哨一路北上。
在南方的一座小城，
大风听见了我的呼噜声。
大风把一只口哨挂在窗棂上，
直把我的美梦吹到了异地他乡。

大风将夜色中的山峦吹成了气泡挂天上。
大风啊赤脚，没有人赐予一双草鞋，
荆棘密布的南方哟，
直令大风鲜血淋漓，
整晚都坐在树梢呜呜哀号。

夏　马

我看见的不是山脊，
是马背的曲线。
坐在马背上驰骋的，
也不是骑手，
是即将孵化的夕阳

在岁月孵化的第五十二个草场上，
无边的绿色正潜滋暗长。
我看见的马挣脱缰绳，

在夏日的余晖中巍然屹立。

水或者眼泪

在欢乐的海洋里，
谁能见缝插针，
过滤出一滴水的悲伤？

玉门关外，我的坐骑渐渐不支。
是空中飘舞的雪花，
轻易暴露了它的年纪。

我的声音喑哑，泪眼婆娑。
即使一滴水从花瓣上出走，
与我的眼泪还是无关。

群山的故事

为了让天空中的云先走一步，
群山停了下来。
在村庄的背后，
群山怀抱的事物越来越少，
连我父亲的事迹群山都弄丢了。

村庄就像长不大的孩子，
无聊地数着天上的流云，
一片，两片，三片……
“哇，那片云的脸红了。”
云朵曾拉下雨雪的帘子遮羞。

我离开村庄时已是秋意满山。

我曾试着鼓动过群山：
“外面的世界很精彩。”
只有山上的树叶回应我，簌簌飘落。
群山好像老了，走不动了。

影子的寻找

唉，有什么办法呢？
黑夜从天而降，
我的影子找不到我，
一路哭泣着，泪光点点
它化作了天上的星辰。

星　粒

黑夜从体内升起，
带着大把大把的星粒。
那时，我寸步难行，
困在比祖国还要古老的大地上。
那时，我好想成为一颗星粒，
沿着她目光的方向靠近大地。

阿然妞

在冬天，阿然妞，
我用你的白披毡，
卷走了一场漫天飞舞的大雪。

送亲的人们翻过山岗，
阿然妞，在你必经的河谷，
我用热血隐藏了一条汹涌的河流。

大海物语（组诗）

◉康湘民

老船长

我并不奢望拿到他珍藏多年的那把钥匙
拧开海的秘密，我不会激动
稳住敬畏和呼吸，几条皱纹在他额头上
划出我与大海的距离

我只要他的烟斗，和烟斗里飘出的海风与爱情
我要他粗大的手掌上
曾经种植的青草和灯塔

我跟他去龙宫，摘取海底的星星
在沉船上打捞心跳然后我们浮出水面
摊开歌声

他说海的魅力不在于辽阔而在于深度
他说要始终对大海保持敬畏
你才能成为一条船的龙骨

我看见风暴像一幅油画定格在他的眼眶上
我看见沙粒已经在他胸前长成一座城池
他仰头，目光有些许迷离
那是安详正缓缓飞临人间

哦，“阳光，沙滩，海浪，仙人掌”
那年夏天，我有一位老船长

海市蜃楼

沙漠，雪山，森林，都可以横空出世
弥漫的灯影里，一座城池缺失了几块墙砖

可以对话，用世界各地的方言
吹去疑问和震惊
褪去云层，它的眼神依然是迷离的

暗示什么
它几乎不可能让我们朝着宇宙的缺口
迈出一小步
镶边的霞光出逃，如海明威手中那条大鱼

在循环往复的生命里，万物可以如此绚烂
海，你能搬来虚茫，历史，未来，以及更深处的悲欢
开始即是结束
我们无法交谈

一尾金枪鱼突然跃出水面
它银白色的腹部一闪，犹如时间之利刃
再次划伤了
古老的海水

航船又在海上划开一条水路

它们会：
历险，迷航，自我修复，与海平线恋爱
停滞后，重又乘风破浪

远望，海鸥是一种慢
它与航船一起醒来，像白昼
剥去夜的外壳

船上动荡的人生足以让理想早熟
任由风暴拍打勇气，如夸父追日
追逐大海深处的盐
在海的肩膀上，船和人
一次次成为光阴的过客

每艘船都有自己的命运
我祝福它们——在我内陆省的梦里
它们会越走越远，越走
路越宽

礁 石

波涛汹涌，可礁石内心静谧
浪花溅起，撒落层层马达声
风声呼啸的船笛，是一晃而过的人生

海水在礁石上咬出一座微观江山
它还咬人。咬的是
人心中的礁石
无数个夜半，礁石眼中充满泪水
战争此起彼伏
走私的春光总在慌乱中谢幕

也充满阳光——
一次次擎起海平线
若岁月之重，灵魂之轻
一次次撞击冲走旧日子的泡沫
仿佛礁石迎风在大海奔驰
星光疾射，它怀揣的信仰是一朵玫瑰上的
日出

潮落时，礁石又重新诞生
它与海水达成了默契：
坦露是一种坚守，更像是接纳

灯 塔

灯塔必须醒着，一直醒着
每一秒钟，都刷新皮肤

孤独。长夜。风暴
沧海横流，它书写了一片海域的编年史
有时一只海鸥带来春天的问候
鸟鸣会让它绷紧的内心有少许感动
海风在持续检验骨头的硬度
褪去方言，它是一条发光的桅杆
开，关，教会我们如何倾听暗礁
安静的呼吸能稳住生活

一生都在绽放
过往船只需要一点点
一点点光芒，就足以照亮前程

海的蓝

海只有一种颜色
黏稠的，浑厚的，沉重有时是沉默的蓝
相对于春天的繁花更容易让人安静

深渊似的静

想让人哭痛自己的声音
当它抛弃了骏马，我们拥有
摇篮上轻微的风声、破碎的颂词以及
婴儿眼角的泪滴

内心的风暴
平摊在秋日海滩上

风梳桃(组诗)

◉吴双琴

偷吻

时光罅隙里
那个久不被提及的名字
被一只蝶,偷吻

月已半弯

思念,潜进眸底
清瘦成风
垂钓
你走漏的煎熬

守望

扼住腊月的咽喉
一场雪,铺天盖地
在通往春天的路上
派生妩媚

风声,渐次密集
于防盗网失守的城池
蹂躏夜色

窗外的白,和脑海的白
不停交替
在与天花板的对峙中
发红的双眼,缓慢败下阵来
一朵梅,悄把眉心吻开

屏住呼吸,让雪下在心里
驯服那只桀骜的小兽
将疯长的悲悯,摁进年轮
余生,无寒

腊月,锦鲤

腊月如过山车
载着雪花、年货与人流
呼啸而来

躲过各种眼神的注视
放任风,预约春的气息

一尾锦鲤,逆流而上
凭借七秒记忆,赶在
大雪来临前夜
觅得神泉安身

明月,在泉眼梳妆
泉眼,生出风的影子

被风催眠的锦鲤
左眼明月,右眼故乡

梦

霾。辨不清风起的方向
放养阳光的人
眼里,只剩星辰

从夜半到黎明
脑海中奔涌的火苗

突围，转徙，燃烧
让摁不住的奇思妙想
化作日月
放任它们，互相关注
生出一棵开花的树

每朵花，都极尽妖娆地笑着
全然不顾，笑出的褶子溢满沧桑
每一个褶子，都盖着粉底
像记忆中的白月光
柔柔地，印在前额上

熬

辗转反侧的
不是攀上窗棂偷窥的风
也不是被风吻过的长寿花

刺痛感和灼烧感
时而交替，时而并存
夜，被一声声喊疼

被同时喊疼的
还有咳血的嗓子
和惨白的天花板

大　寒

早生华发之人，跪在冷风中
和周围的蒿草一起匍匐，磕头

纸钱化作无数只黑蝴蝶
吻上发梢，落在肩头
仿佛娘的手，捧来暖阳为他梳头

泪水砸进纸灰
砸出一双爱怜的黑眼睛
久违的眸光，映着他的乳名

群山肃穆，夕阳扶起他
试图拂去他生命中
二十多年无法挥去的大寒

月光不倾城

午夜。失眠的瘦柳
蜷缩着身子垂钓风声
脱钩的，是被严寒肆虐的日子

披一袭月色，与影子对弈
眸光投往南方的南
被捆绑的焦虑，渐渐平息

远方，暗香浮动
一朵梅，扬起笑靥
与春天签约

化不开的忧伤

天空低垂。云朵在流浪
仿若，心在流浪
没人知道，它去往何方

风，吹不散眉弯
影子的落寞，无处安放
蒲公英扬起星眸
几声鸟鸣，遗落在云端上

心门虚掩。唱一首秦腔壮胆
捧起过你笑脸的手，颤抖着放下
——去年春天种下的青丝
终未长成，红豆模样

点燃春天

蘸东风，临摹一池绿水
白衣胜雪的鹅，红掌轻拨
眼底，便升起两簇火苗

涟漪散处，对镜梳妆的杨柳
被小鱼儿偷吻
在双飞燕的窃笑声中
早已不胜娇羞

迎春花扬起笑脸，与阳光对视
星眸灼灼，引白云驻足
流连的彩蝶，顿生叛逃的念头

放纸鸢的人，笑靥如花
拽着长线一阵疾走
春，便在远方
缓缓铺开

麻　雀

街头，人声鼎沸
犹如千万只鸟儿聚会

赏花人安静地走来，含笑不语
脚步轻了又轻
眼神，酷似桂树上双飞的麻雀

此后，腊梅每一个梦里
都有几只嬉闹的麻雀
它们欢叫一次，它
凋落一枝

梅花谷

你是被风叫醒的，因了
这个诗意的名字
放任它，用一朵雪花的温度
把梅点燃

似乎，做了个很长的梦
梦游人踩痛你腿脚的时候
雪在路上，梅在张望
你，醒在梦中

暗香浮动，不过如此
没有皓月弄影
这一谷浪漫，有谁能懂？

敲窗的夜风

没想到，风也会恶作剧
它可劲儿拍打窗户
让我误以为，有人来看我
赤着脚踩在地板上，却不小心
踩痛自己的影子

它把漫长的夜，浓缩成三个字
和着我的心跳
在天花板上，来回走动
看一眼，黎明靠近一分

拉开窗帘时，才惊觉
它似乎没有捉弄我
窗玻璃上的裂痕，比前夜
又多了几丝

亦或许，它是通灵的
拽着一个醒着的梦
迟迟不醒

风梳桃

眉弯挑起春风，穿过
冬至的明媚
在小寒与大寒的角逐中质变

除夕用一场宿醉，把桃腮
染成酡红
静待回暖后的燕尾
剪出最潮的刘海
遮住欲诉还休的眼眸

烟火不惧尘埃，仿若
鱼儿不悸薄冰
春潮暗涌，是灯火阑珊处
最无助的修行

狂奔，靠近。马蹄哒哒
一骑绝尘
芬芳的不是李，是桃
走漏的风声

时光里的济南（组诗）

◉李云亮

时光里的济南

时光照着济南的大街小巷。
照着一些长得好看和不好看的人。
各种颜色的花穿着叶子
在盆和池子里摇摆
很容易看出，它们还穿着风
穿着水、肥料，穿着园丁的好心性。
时光里的济南，和天下
所有时光里的城市一模一样：
有人喜欢做生意，数钱
手指不停捻弄“赚”和“亏”
两粒光溜溜的圆珠子；
有人喜欢教孩子成长
走弯了，更喜欢赖在
自已领出的弯路里跺脚，发脾气；
有人喜欢坐在办公室里升官
神出鬼没的坏运气
得而复失、失而复得的好运气
时明时暗的怪运气。
时光里，给济南蒙上眼睛
搬到另一座城市的时光里
济南的白天还是那么白
济南的黑夜还是那么黑。
时光里的济南
既不像它的简称“济”
也不像它的誉名“泉城”
时光里的济南就像济南。

植物园

那些高出大地的花儿
压根就没有想到春天
会不声不响切断她们的归途

那些悄然绽放的心事
此刻正被颜色
一点点地逼往绝境

那些被飞翔绑架的翅膀
对美和痛的秘密
似乎早已有所察觉

那些香气氤氲的梦想
终于明白大片云朵为什么
张牙舞爪极力遮挡通向天堂的路

花瓣在飘飞
人间在坐果

如果你是一个有心人
来到湖边，不出三秒
就会寻到一双水一样
期待淹没你的眼睛

抽烟的女人

她习惯把一切过程
具象为一颗纸烟。
路长的话就抽得慢一些。

路短了就抽得快一些。
她喜欢抵达目的地
信手将烟头扔掉的
那种随意感。
尤其是,在尽头瞥眼
看见那么多烟头
紧紧挨在一起。
这些无疑都是她
随意扔掉的。

夜

城市一盏灯一盏灯地静下来。
被拥挤、吵嚷了一天的站牌
站着就睡着了。大把的灯光
像大把贬值的银两,因为无人
哄抢,落寞也大大地贬值。
从小纬二路迷失进大纬二路
用不了半个小时;从大纬二路
退守回小纬二路,同样
用不了半个小时。外出归来
我的疲惫,很快爱上了城市的疲惫。
城市一盏灯一盏灯地静下来。
一盏灯一盏灯地亮起来是一种静。
一盏灯一盏灯地熄灭是另一种静。

只有笑着面对的时候

她在笑。她笑这个早晨。
人这么多。这么拥挤。
人们带着各样的表情
淤积到公交车上。
同伴丢工作一个星期了。
用同伴的话说,三天内
找不到合适的工作,
就滚回老家去。同伴不死心
发狠攒够几个月的房租
还会回来。同伴抱怨说
这世界也太欺负咱没文化的人了!
她对同伴笑。她觉得她的笑
兴许能给同伴带去几丝光亮。
她也在对自己笑。
她的工作早就出现了危机。
她早想好了,就是把自己卖掉,
也要把女儿下学期的学费
和花费筹齐了。早晨天不亮
女儿发来短信,说周末和同学逛街
相中了一件什么样的裙子
她艮也没打,回道:买!
她在笑。她总是在笑。
她隐隐觉得只有笑着面对的时候
世界才多少惧怕她一点点。

梦鱼记

车一晃,梦从觉里
荡了出来。
我赶忙伸手去接
我的手僵在空中
像握着一条从缸里跳出的鱼。
觉没了。缸也没了。
从省图书馆到花园路西口
我坐立不安地僵着手
手里的鱼开始还挣扎着
要滑脱出来,渐渐地
没了声息。从车上下来
我下意识地把手
凑近鼻孔,似乎
真的嗅到了浓浓的
鱼腥味。

苏北记（组诗）

◉黑　马

我要让一盏灯燃到天亮

我要让一盏灯在村庄夜的深处亮起
我要召集黑夜去捍卫光芒
召集风，吹尽尘埃
召集蟋蟀的叫声写下乡愁的诗篇
一盏灯为村庄增添了体温

我要学会打开一盏灯
一盏岁月里的灯，让我们的心灵澡雪
一盏灯让我们
在大雾或者黑暗中找到了方向
一盏灯，照出丝绸般的夜色

我要努力点亮这盏灯
让它照亮那些简陋的村舍和苏北大地
照亮那些本应该照亮的事物
一盏灯，把碎银凝成时光偿还今生
一盏灯让我的内心干净

我要让一盏灯燃到天亮
让人类的眼睛比群星璀璨，比日出耀眼
一盏灯把旧时光一点点耗尽
就像我两鬓斑白的母亲慢慢挪动身影
坚持在黎明
把大地的炊烟高高升起

爱人住在家乡

爱人住在家乡，屋檐上长出了木耳
忧伤的灯活在古籍里
悄悄隐藏了呼吸，雪花是来自遥远的挂念
哦，这质感的冬天

雨和雪正谈论着一道哲学
围绕着我们，拥抱在一起战栗的身体
露水挂在屋檐成长长的思念
向着忧伤的灯诉说
是雪花泄漏了我们爱情的秘密

草很细，路很长，村庄像一座天堂
偶尔，一两声犬吠
村庄又隐入了茫茫无边的夜色
月亮从屋脊上升起来
爱人拨亮了窗前的灯盏，开始绣花

苏北的黄昏

不能不提到苏北的黄昏
那些西边的焰火和黄金
那些秩序，迎着晚霞缓缓前行的渔船
那些在湖面上留下的水痕
以及寂静的芦苇荡

不能不提到苏北的黄昏
那些看似不经意消失在黄昏下的景象
那些飘散在斜阳中的炊烟
反刍的牛，撒向乡野的脚印
那些退回岸边的网

不能不提到那所湖上的小学校
那些嗷嗷待哺迷茫的眼神
那个迎着黄昏

教十七个高矮不一的孩子识字的女教师
那散学时近乎单调的脚步声

不能不提到苏北的黄昏
不能不提到那些镀金的辞藻和虫鸣
以及在蛐蛐的枯叫中渐渐醒来的湖泊
微山湖，你含泪的眼睛
深情地凝望：黄昏中托举的空巢

背上乡间的青草

站在乡间的青草，举着微凉的水滴，举着
这尘世间最小的寂静

我有一双柔弱的翅膀，驮上青草的雷霆和
闪电
飞过摇晃的村庄和春天

田野生长出绿色的欲望
背着青草上路的我，任风吹凉我的前额

星河搁浅，我的双肩……
青草，在风中微微张着身子，像一位失语的
美人

时光书

村庄，枕着流水的琴键
一些风吹进小院，我都熟悉
一些风装作没看见，
绕过村庄，急匆匆地赶路
一片绿叶滑翔进春天的掌心
绿色的船推动夏日的梦想
收割后的田野有着叶赛宁的多情

只有风中的翅膀可以带来曙光
比歌声嘹亮的是汽笛，是别离
还有什么比你淡淡的回眸更让人忧伤
路边村庄，有的亮起了灯盏
有的则漆黑一片。老槐树沉入寂静
几只蝴蝶在馥郁的空中飞着
谁愿意和我一起仰望秋天？

邮差年年运送诗篇和粮食
一辆马车载着苏北的落日远去了
它没有回来的意思
它遗漏下的麦粒，注定成为漫天繁星

生命之旅（组诗）

◉王爱红

今天是月亮的一半

今天是月亮的一半
今天的月亮不同往常
今天我打开一扇门
另一扇就被一具琵琶遮挡

遍地的银，为我而碎
淡淡的芬芳，像我的郁伤
在仰首和低回之间
我轻轻地呼吸，但不能歌唱

今夜星光灿烂，琴声不断
悠扬渐渐绷紧了琴弦
琴的深处，你和我隔着一件衣裳
怎样才能消除今夜的遗憾

今天是月亮的一半
今天美丽的月光我和谁分享

甚至……

甚至忘记了你的名字，我
甚至忘记了，是在何时何地
与你相识。我们俩甚至
没有构成故事的开始那样激动人心

我甚至忘记了，你
对我说的一句话
甚至忘记了你容颜
甚至根本就没有你

你仍然在茫茫人海里
并且和我一样
在一条路上行走着
我会碰见一张熟悉的面孔
非常熟悉，但肯定不是你

因为这是另一种美丽
一闪又不见了

体验莫斯科郊外的晚上

莫斯科郊外的晚上
不是在夏日
即使晚上十一点
我的祖国已进入深夜
但莫斯科的天还是黑不下来

莫斯科郊外的晚上
到处都是中国的游人
即使我们不是一个团队
也会友好地致意
道一声你好或者再见
但肯定不是晚安

啊——
天是为我们亮着的
让我们再体会一下
莫斯科郊外的晚上
是不是与歌声里所唱的一样

“深夜花园里四处静悄悄

只有风儿在轻轻唱
夜色多么好
心儿多爽朗
在这迷人的晚上”

与歌声一样的
那个幽静的像清风
映照着银色月光
可以恋爱的莫斯科郊外的晚上
可能不在这个季节

这个季节
对习惯了寒冷与伏特加的俄罗斯人
可能太过舒适
但适宜中国人前来避暑
体会异国风情

散步在莫斯科郊外的晚上
如果是仔细的人
可能还会看到红莓花儿开
甚至还会听到几声炮响

吉　他

这十只蝉伏在生命的枝上
抱着吉他
有无数曲子涌满
颤动的叶片

凉爽的风如许
那最悦耳最动听
最先打破沉寂的
是七月绯红

有一种哀伤
有一份欢乐
这样躺在你的怀里
准备下心的音符
叫你鸣唱我一身筋骨吧
我的胸膛就是你振动的音箱

黄　山

就像削水果皮一样
削去痛的部分
我不知道我的心有多大

因为你真美
你才是我的爱人

在黄山上走着
走着
就走到了泰山

谁言岱宗逊色
谁是天下第一

我的赞美从北到南
从南到北

旅途经历

我们坐在同一辆车上
我正在看一本诗集
一本诗集还散发着墨香
而他却在看我
善意的脸上露着微笑

已经走了很长一段路程了
无意中我发现
他还在看我
善意的微笑仿佛在说
这位老者也是一位诗人
诗集上有他的名字

他一定是想起了年轻的时候
想起了他的诗
而等我老了
也会像他一样
善意的脸上露着微笑

中年之惑(组诗)

◉古　井

林荫漫步

环绕的葱翠带着些许缥缈
阳光推开层层树叶
在地上画出一架架小马车
运送着碑刻的旧事
石凳继承了远山的冷峻
长满深色的暗斑
只端坐。闭口不谈白发和那道口谕
鸟鸣垂成清泉
你轻轻地指。放下衣袂
执意引渡水分
时间仿佛一粒粒佛珠
永远在灯影里打坐
“我是自己的寺庙,也是唯一的和尚”
正午。小松果跳下枝头
打个滚儿。然后一动不动

签收自己

另一副游走的皮囊
从孤独的他乡启程
借宿包裹大的一方天地
不断靠近肉身的故乡

有时会走失
有时会折返
有时会鳞伤遍体
更多的时候,会被撕碎
丢弃在家门之外
只拿走裸露的灵魂
反复验视

救　赎

周末去乡下看独自留守的父亲
这些年,母亲在县城帮我带孩子
年过六旬的两位老人
过着两地分居的日子

父亲舍不得放弃务息了一辈子的庄稼
独自耕种着十余亩地,闲暇之余
洗衣服、放羊、打电话听孙女的笑声
母亲牵肠挂肚,偶尔回去看一眼
就急匆匆赶来,生怕孙女掉根头发
却又总是在深夜里暗自垂泪

暮秋时节,祁连山下
大自然的画笔已经变得迟钝
青草枯了,树叶黄了。只有
寄生在脊骨上的粮食精神饱满
父亲背着半袋玉米从地里钻出来
用手掸掸编织袋招呼我坐下
问起了孙女、我的工作以及母亲的颈椎病
风吹来,玉米地干瘦的身躯发出了
毕毕剥剥的声响,像燃烧将尽的灯芯
念叨着所剩无几的光亮。田埂上
一只蚂蚁拖着另一只蚂蚁拼命赶路
似乎在为救赎秋天做最后的努力

不平等条约

我总是以战败者的身份,坐在

生活的谈判桌前,束手就擒
把理想割让给了现实
把爱情割让给了婚姻
把亲人割让给了黄土
把视力割让给了真相
就连盛放苦水的胆囊
也割让给了结石

我知道,我还会继续割让下去
那就从如下顺序开始吧:

割让左腿给远方,每天不过是两点一线
一蹦一跳应该也能按时上班

割让左手给寂寞,少抽点烟草
有益身体健康

割让左耳给忠言,右耳朵进右耳朵出
父母的话更具药效

最后,割让左眼给黑夜,虽有碍观瞻
但失眠的日子会减少一半

如果你在大街上碰见了这样整齐有序的我
请不要惊慌,你只不过看到了生活的两面

距　离

傍晚时分,我喜欢站在阳台
不看落日。看故乡
故乡离我只有十米远
前九米是巨大的空旷
走过去,脚步需要放轻
需要用中指,食指和大拇指
把月亮放在杏花岭的左肩上
需要第七十三棵老树,一路小跑
气喘吁吁的呼吸和衣角褶皱的小姑娘
再过去就是第十米
天色微麻
梁上盼娃家的大宅子
就在第六层中间窗户的位置
每天,那里会第一个亮起灯
随后,我们风风火火地去踢假张飞家的双扇木门
斜着过去,拐两个大弯
到第一层右墙角,站在涝池沿子上
向门里探头的杨家二妮招手
狐狸家还要一段路
我试着找过很多次
大约在西侧亮红灯的地方
房子早拆了。村里平成了地
去年经过时,一地葵花,黄灿灿的
叔叔和婶子的音讯越来越少了
只有那条渠还在
狐狸还抱着羊,依旧挣扎在大水中

这,多好

不满一岁的女儿
在地板上爬行时
被老虎玩偶挡住了去路
她没有选择绕过去
也没有选择折返
而是咿咿呀呀地叫了几声
抱住老虎就咬
陪她玩耍的我
内心一震

这,多好,抱住就咬

这么多年了
我不敢轻易以牙齿示人
掉了,也只往肚子里咽

走进冬天(组诗)

◉张太成

初　冬

太阳越走越远,渐渐地
失去了它的威力,阳光也因此而变得
如此的柔软温和

北来的阵阵冷空气,却随之
趁虚而入。人们不得不又添上
厚实的衣裤,一个个又变得有些臃肿

惧怕寒冷的蚊子、苍蝇、蚂蚁
不知躲藏在何处,突然就
不见了它们的踪影

喜欢强烈阳光的树,也开始
让叶子由绿色转向黄色,准备随时
卸下身上的重负,好轻装去跋涉那漫长的
　寒冬

只有一贯好耍两面派的时间,仍在耍两面
　派
一面悄悄地又将让婴儿的成长增加一岁
一面悄悄地又将给老人的生命减去一年

一夜寒冰

夜半寒流,刷白整个莲花峰
厚厚的银白色的寒冰
裹紧每一棵树的枝枝叶叶
树们不堪重负,万般无奈下
都不得不默默低头承受

只听"咔嚓"一声,整棵树
拦腰断了 ——一棵长得茂盛的树
又传来"咔嚓、咔嚓"声
一大片树拦腰折断了
还没等我回过神来
崖边传来更响的"哗啦啦"声
一棵大树连根拔起
倒在断成半截的树们身上
多么可怕,这座看似茂茂盛盛的山林
只一夜寒冰,就被击落得
七零八落,惨不忍睹……

把阳光抱在怀里

雨雪停了,天放晴了
早晨的阳台上
堆满了温暖的阳光
站在阳台上的我
被阳光抱在怀里
快乐得像个孩子
同时,我发现
躺在水泥栏杆上的阳光
婴儿皮肤一样光滑又细嫩
我忍不住伸出手去摸摸,并想
像阳光抱着我一样
也把阳光抱在我的怀里

冷美人

也许,是开心的雪战
逗乐了站在一旁静观的你
竟然,你也朗笑起来

加入到雪战的行列
趁我不在意，你蹲下身
满满抓起一把雪
绕到我的身后
塞进了我的脖颈儿
我不知道，是我的体温
迅速感化了雪，还是雪
迅速感化了我的体温
顿时，我只感觉到
有一股冷冷的暖
迅速流遍了我全身

冬眠的梧桐

曾经绿油油的
一头秀发
让秋季的吹风机
吹烫得枯黄枯黄
又被霜风的梳子
梳了那么几下
就全都掉光

为城市添彩
为路人遮阴
也为自己的生存
而拼命奔波的梧桐
从春天走到秋天
已两百多个日日夜夜了
未曾合过眼，疲惫已极
此时的他
歪立于喧闹的街道旁
只站了一小会儿
便很快进入梦乡

热情的锯子帮他
脱去枝丫的衣衫
多情的雪花为他
轻轻地盖好被子
熟睡了的梧桐
像蜷缩成一团的婴儿
路过的人都不约而同地
放轻了脚步
生怕吵醒了他

白雪公主

白雪公主
你不知道吧
黑土地是一个性格倔强
自尊心极强的小伙子
尽管你身居高高的蓝天
但面对你对他施舍的
那么一点儿同情
他会毫不留情地予以拒绝
而让你留下悔悟的泪痕
只有当你不顾一切地
倾倒下你对他全身心的爱
他才被你的真诚所感动
并充满深情地把你紧紧地
拥入他宽阔又温暖的怀抱

冬季的草原

在冬季，我来到草原
此时的草原，已是
一片枯黄，就像
我家乡的黄土荒滩

突然，从遥远处
出现的羊群，给草原
添上了团团白色，恰似
流动着的团团白色烈火

立刻，我的许久
没有激动过的心，在此时
被这燃烧着的团团白色烈火
点燃得，又开始了激跳

盘妙彬诗十四首

风　起

河面起风，岸边竹林起舞
摇曳之间起伏之时，闪现一座桥的婀娜之腰

沿河上小小的坡
桥头两岸倾斜的街巷顺山顺水
上课的钟声在山头
如饥似渴的少年在奔跑
街边，一个卖馄饨的少妇有风的韵味
她的婀娜之腰
又生一层细浪

河流蜿蜒，缠绵，水之腰
竹子摇曳，起伏，不胜轻风之腰
一片缀满金色橘子的橘林梢头望去
远方妩媚的山
还是婀娜的腰

风吹山河生动，这里出色
好心人坐在街边指路
这里，故道也是有腰的

梨花开，不懂事

梨花开，我们在树下
不懂事，我们在树下，没有一张叶子长出来
一只蝴蝶，两只，在喘息
梨花开，右边有一座小寺
梨花开，远方的村舍在炊烟的梯子上
梨花开，一点不懂事
一只蝴蝶，两只，在喘息
风抚过我
再抚过你，然后花蕊在颤栗

忽如梨花开，我们在树下
忽然梨花消失无踪影，我一个人在树下

徘　徊

山水突然徘徊
河流从一个县深深弯入另一个县，地理的蜿蜒
每一寸既有惆怅，又生欢喜

吃惊的是
河流又深深地弯出来回到原来的县
几多曲折叫怀安乡，叫渡下镇
田亩肥美又青山妩媚，果实和阳光叮当
水美村从眼前过的时候
蜿蜒的心看到一个蜿蜒的人，她有婀娜的腰

这个人给了我别人看不到的东西
这个人，一直保存一段新鲜的山水

当然是我徘徊了
蜿蜒的还有炊烟，弯曲的又有时光

在孤单而美好的日子里

每天太阳都会落山
人们全都回到房子里，这时候
两行白桉树吹着风
从云岭散步下来，入街，转弯，跟着道路过桥
此去南山绵绵，大海泊在尽头

多少个傍晚的南方，吹着风
我独独爱上这孤单的道路，两旁站着白桉树

孤单的人，孤单的两广总督府所在地
地是旧址，人是新的
风是旧了又新，反复吹着无人的落日大街
这样的傍晚，云朵停在天空，快要被烧红

这样的美好是多少年后
想起才有的
又多少年后，大海在远方干枯

万物自然

春花既败，洪水既长
钓者江边坐一天，吃馒头，吃茶，吃烟
鱼儿偶尔上钩
这贪吃的小东西，了了性命

早上一老妪站在水边念念有词
之后放生一袋小鱼儿
咬了饵的是不是其中之一，命呀

这炎炎七月
网上报道某地高考女状元学驾驶
不幸死于练车场，呜呼哀哉

昨天暴雨，今日好天气
管不了的
自己要不到的，全由它去，罢了
万物生长自然，各有归处

山区苍茫，住着菩萨

落山风翻起木叶的白
白是绿的反面现在朝上，一直到江边，反复成波浪
一只黑色的船上
跑过黑色的火车
一堆堆的山头散发时间的气味

一朵行云下面
父和子修屋顶
菩萨住的屋子在山顶上，落山风从江边返回，向上，向上
吹动四只檐角上升

一棵全身洁白的山楂树
在旁边看着，它眼中流露出胆怯，时光过得快

听不到流水声，一只黑船又从白处出来
苍茫山区
一共三个人，父子和菩萨

蜜　蜂

石头房子面海，大牧场的海
一条路通罗马，一条路往神的居所
几只蜜蜂去糖的途中
在海岸的野花上停留

它们也是舰只
它们在香气上航行
大海仅是一朵蓝色的花
它们还是一头头马
走在罗马的黄金道上

重洋吹歪陆地，一支特混舰队
又倾斜海洋
一支飞行队伍，它们的翅膀
吹动神的衣角

一支海军和一支空军做的事
几只蜜蜂做得更出色

一个远方和某日，某列火车

铁路自己拐弯，独自进深山，且正落日
铁自己烧红
万里江山吞了一头豹

一个遥远的地方，一隅。某日，某列火车
山苍茫茫，一个人微不足道
枫树扛着红旗上山，微不足道
他卖了黄金但要不回一头豹子
他向低处，他向源头之水问自己

他看到的是不是他自己，从此寂寞过
觉悟到石头

别第二次，或者第二次
别另外一个，或者另外一个
火车隆隆经过
源头之水会不会生微澜，或曰破绽

我听到，记上

小镇了如吾心，孤独的灯下读书
山水澎湃在外边响，山水蓬勃，在外边生长
我听到，记上

在天井打水，淘米洗菜
鸡飞狗叫也在
偶尔出现的，窗外的山尖闪着黄金的光芒，
　这时我会低头想很多
想很久

来一坨乌云，穿过屋堂，走得急
又发生了改变

某个黄昏

山坡上的木屋在一本旧书里，三里远是山
　下小镇
溪水去时慢，炊烟回来已是二三百年
山顶上，少年与虎豹总在日出和日落时
　出现
我看到的黑色部分只是光阴的塌方

这是一个贫穷的黄昏
马车远去，旧式汽车走了，20世纪初的火
　车站空着
人民稀少，雀儿成群飞过无云的天空

某个国家的一个人
某本书的一页，它一直沉寂，无人读到
钩月的一角在屋顶上落不下，上不去
而虎豹活跃，少年不老
那些溪水也早已到了大海，是不回来了的

不知哪一年，少年走下山坡
他一定在黄昏坐上火车离开，到另一个
　地方
在另一个黎明出现

我给英国打电话的时候

大雨过河，我打电话，远山不见了
大雨来到门前，我放下电话，大河不见了
雷声隆隆如巡抚，这么一想，英国不见了
现在，谁知道突如其来的会是什么

我决定再打一个电话
这次不是打往英国，而是打给北京故宫
大雨过洪武，越洪熙，迈嘉靖，崇祯十七年
　不见了
大雨逾康熙，跨宣统，我放下电话，民国不
　见了
这时雷声如葫芦，三只五只挂在门口篱笆
　上，古代不见了

若干天后，她从英格兰给我电话
她说正在下大雨，东半球不见了

春风又吹，但不乱吹

当时说到生死，溪中现鱼，头顶有飞机
巧合说成机缘
山谷中，他人忙去捉蝴蝶，这是一件美妙的事
他人是一群人，不是他
没有一点暧昧
但说到将来，她用春风遮了遮乳房

我没看到
我也有害羞心

春风又吹，但春风不乱吹
溪水从容，从不说时光虚度，鱼不知后悔，有恨
不说宿命了
当时我纯洁，后来有空白

做孩子吧

江山有胡须
江山又嫩，做孩子吧
江山
小，如蚁出；大，若一队队兵，在谁的手上，我不鞠躬

吃青菜萝卜，行走，在山水中恣意
读书写字，侍候亲人，我没有坏思想

铁道旁边的午后

窗栏旁边的午后，铁道旁边的午后
平安的景色望不到边
一路黄白的菜花
漫过度假的日子
这是故乡。在白马的旁边
六点半的车站旁边
我的月与爱人
我的好学校

平远的时光，一篇穷人女儿的日记
十八岁的小屋，两个人家
一个半步又一个半步

一只蝴蝶的灯盏
也就是一棵树上的花和年龄
我在这棵树下
看着甜蜜的雨水进入日子的末梢
果子一个又一个
也就是一个六点半又一个六点半

晓岸诗十一首

在春天种下一颗种子

雪渐渐薄下来。林子里安静
林子外面也安静。
我还记得,你提醒过我
春天,是另外一个开始。
除了梦,没有什么比它更接近
你顽固的心理。
可是,我更喜欢变松软的冻土
喜欢那样的生活,潮湿的
适合一颗风中的种子。
适合它平静的火,在某个雨夜
被点着。它不属于我
它像古老而隐秘的恒星
不停地膨胀
奉献出一个新星系。
而我更钟情山前的新雨
它敲开石头的门,带我找到
干净的荒野
种下一颗倔强的心。

弯

我想起去年,在故乡
草木长高,遮住了去墓地的路
清凉的水库依傍着山路,弯着
暴露出天空蓝色的胃囊
它消化掉坚硬的光
以及看不见的一切。
村庄空了,黄昏的光照着
弯下去的仓房。最后一个人
躲在林中的小屋
他已找不到回去的路。
我也找不到。风吹着
群山起伏的曲线,吹着
三十年前的月亮,我的黑发飘扬
像一匹小野马的鬃毛
我曾盲目奔走,在荒野
和沼泽中,为了一次旅程
选择了无数的歧路。
我经过了所有人的世界,也曾
在死亡面前恐惧退却。
如回旋的风,跟随着树叶
伸展,上升,然后飘落
可是这艰难的弧度,仅仅是
群山一个随意的转弯,仅仅是
人群里一次轻微的骚动。
他们小时在风中
带走自己不完整的故乡。
我看到了这一切:幽蓝的水面
那落日的弯刀,深深的切入
像一次尚未完成的救赎。

野外诗

秋天的烟霭又升起来,迷住远行人的
眼睛。寂静,像一堆灰色木材
填进下午的炉膛。无色之火
不是燃烧,而是过滤一般浸透午后的
群山,石头彻底放弃了信仰
藏进荒草里,它们有千年不死的心
在月亮升起的地方,一次次刻凿着危险的
深渊。我走过去,原野敞开

过路的人们一点点走远，在松湖的周围
留下了生活的遗迹。死亡已经毁掉了
许多人的命运，毁掉了风的辙迹，从北方
盲目地向山地以南滚动。它的轮子
从我的身上碾过，疼痛胜过苟且
我不能再保留幻觉了，那潮水已经消退
白晃晃的太阳一直悬挂着
野兽睡在山坡，皮毛沾满苍耳
秋雁掠过水面，翅膀带走少年的旅行
命运有多长？能够承受每一个秋天的短
人生有多深？深过广阔人海，深到
爱过的人永不诀别。我跟随光滑的野兽
走进秋天的最深的洞穴
我将和死亡签下盟约，不让这秋天
销毁我身体上留下的证据。

黑　雪

撒哈拉下雪了。大雪。大得让沙漠感到了
　自身的空旷。
夕阳下那一粒粒的沙子不再燃烧。
它们突然有了短暂的忧伤和不安
——仿佛世界要放弃它。
我也有。
梦里燕山雪花大如席。醒来后群山像生锈
　的铁块
堆挤在一起。我不能炼出我的刀。不能从
一堆裸露的秘密中逼问伤心的裂缝。
就像撒哈拉的雪，它只是一次意外的灰烬。
而落日砸向人间，在时光的缝隙里
每一片不规则的阴影都缀满冰冷的陨石。
它们在寂静中破碎
像另一场意外中拒绝降落的沙粒。

白　松

——记一个梦

砍伐的白松被清除掉枝丫
截断，用斧子劈开。它馥郁的清香
一下子跑掉
藏进空山和白雪。
我有无法命名的冷
在膝盖骨下。当落日吞下焦炭
松湖晶亮的蓝色冰块
重复地刻下星空的梦想。那神秘的图纹
叠加在返乡人的脚印上，像另一个
寂静的春天里没有燃烧的树枝
在每一个夜里伸展，我想
那就是白松的梦。一切都在
融化，变软，在白松燃起的火光里
我误以为这就是生活。
在黑暗中，我摸索着走近松湖
它仿佛和我一样
经历了时间和人世。被落日
消化的灰烬，又一次为我
虚构了成长的全部
哦，那些茂密的火苗，重新
融化了冰蓝色的星空。我看见了
年轻的自己扛着白松
走出幽黑的森林，身后
大片的雪正要落下。

我得到了该得到的……

我得到了该得到的，夜晚的睡眠和
白日的梦想。我得到了
人间的甜蜜和照顾。亲人们不论
是否离开，一直不曾走出我的生活
在我困顿与绝望之时
为我驱散头上的阴霾。

我得到了你，神秘的物种
通过女人的身体与我确定关系
带给我子嗣和个体的延续。

那肉欲的幻灭与真实，身体的交合
和精神的相守，这被称之为爱
看，这就是我的狭隘
但我因此得到了知识的谅解。

我得到的还有万物的
照耀，它们各自排序
星光涌出其间。

同样的，我得到了另一种馈赠
那时间的酷刑，抽筋扒骨
像生长，缓慢而漫长。

佟王府

佟王府被街边小摊的热气笼着
晨光缭绕中有了烟火的生气。
它破旧得像几代人的回忆
在坡地上一直不动。
南营子小学总是大人多过小孩
早晚如此。扰动警察出勤
这条上坡的路，不长。走了七年
不短。路边建筑刷新几遍
我们在王府小馆吃过早歺
豆浆油条米粥咸菜，仿佛刚结账
你就在晨光中变成了少年。我回身
找那个哭鼻子的学前班小孩
却找到多愁善感的自己。这时间呵
落到脚底下的青石板缝
变黑，混成土，谁也认不出。
特别冬日清早，路上积雪未尽
你扯我的衣服，跌倒
我也没认出这是在哪年。
我想过些日子，我独自来
午后或周末，人少的时候
我一路向上走，过二幼，南小
直到过了第十中学。再认真
一次，再确定一次。
斜阳里，王府破瓦上枯草摇曳
它们拉扯着无形的风
而风，总是把我往下吹……

小南门

丽正门外是青石板的广场，在夜色
深浓时溢出两点人影。我猜他们
不是巡夜的打更者，也不是蒙面大盗
虽然江湖依旧，但皇朝的宿命已
被深深锁进展览柜里。
一墙孤寂呵，历史的夜色
风吹不动，铁汁一样灌满整个园子
而我灌进古老的谎言
呕出断片的记忆。弃乡者
醉死梦生的幻觉仿佛帝王的离宫
嫔妃如叶落，忠佞似水流
灯火摇曳处，插草的奴隶摇身
变成空城的贵宾。旧梦呵
像跌落的玻璃酒杯，装满
奔赴的行程。皇家林苑吹过来的风
一层层涂着暗下去的嘴唇
你说春深草木老，老又如何
城门一关，任你千言万语
我这肉身都无从洗清
在人间经过沾染的锈斑和异味。

松林外

每一次我都提前几分钟
是想看到区别于前次的变化
我以为植物们会刻意改变
配合我的怀疑论
松林之外。阒寂
光线随意扭曲，强烈
占据了我们之间的空隙。

我知道这空间：平行的
生活，堆砌了肉体的幻影
树根松散的土壤
死亡给了它更生的元素。

而傍晚的风总是提醒我
吹拂里藏着迷醉
又像无形之怒涛
止息了咆哮
翻举出轻薄的隔膜。

你不会再质疑我的生活了。
终于，我找到了战胜你的悲伤。

——那一切的根源。

异己者

很多个夜晚，我会窥见
另外的空间。湖水一样
从堤岸漫过来，像童年
期待中的每一个新鲜的
一年的开端。空气、阳光
水、陌生的面孔　都是全新的
还有晨光中正在绽开的向日葵
有着奶油冰棍的清凉味道。
我看见你，穿着我童年的服装
缀着母亲刚缝好的补丁
手中的水彩画带着湿气，被你弄皱
包裹着新鲜的野蒿芽。
你坐下来，在我能看到的任何地方
仿佛一团温暖的光包围着
我预料你将替换我，完成夜晚的仪式。
我克制着哭泣的喜悦
等待蓝色的月亮落下池塘。
像每一个做梦的孩子
在巨大的气泡里试着移动
不断靠近你，体验你魔术师的技巧
仿佛有人教诲，要想控制风先试着
关闭一扇窗。或者是走进
燃烧的沙地，用死亡恐吓
村庄里的狮子。而你会带着我
走出自我的矫正，回到伤心的原野。

雪的消息

四月风大。吹开漫天的
火。吹，群山缩进
空荡的夜空。吹得苦命的人
把胆汁舔了又舔，起身上路
我不再关心人间。它们有令春天
失色的结局。我只关心
失孤的野狼，关心昨夜
被风吹散的鹌鹑。关心
废墟里盘曲的松花蛇
它们还挣扎在路上，活着
是它们要埋掉的信心。
不像人类，有太多的抱怨
一边浪费多余的食物。
要到黄昏，它们才会带来
远方夜晚的秘密。那无境之兽
即将穿越这漫长的季节。
而我会一直等待
你的出现。在山巅
月光漂浮，凛冽
被风挤压成薄纸片，淬过火
保留了纯净，以及神
所留下的羞耻的痕迹。

以薇诗九首

悬浮的歌

你知道流水，只往一个方向走
乌鸦，只往一个方向飞

一个名字，不一定属于死神
一颗种子，不一定属于春天

你知道一些谬论，因为荒唐
美好地活着
一些信仰，因为刺棘
很快地夭折

你已认可，忘却是种救赎

当一个人的眼睛
像只假肢

抵达不了心的所指

波　浪

一群被抛光的水
断裂的水，惊慌失措的水

还可以找到更多，陈旧的词
来形容那些古老的灵魂

负重人性的傀儡
受制于月亮，风，潮汐，与虚构
仿佛一群漫无目的，孑然的人
在荒芜，旷野，泳池深处
溺出水面
或一堆疏离的落叶，书写的
关于轮回的描述

而它，只是水。只是一种波折
用必要的天性
在空荡荡的生命中

追逐自身

一个房间

一些不存在的事物，在生活之上
用完美的弹性，安慰了一个人的千疮百孔

像房间的漏洞，适合老鼠，蟑螂，苍蝇
除了尖叫，它们从不请求宽恕
哪怕在罪过面前
被驱除，审判和处决。

而你从不尖叫：它们只是漏洞。
偶尔跑调呼吸，心跳，以及小小的海

你知道原因。因为一个灵魂的暗室
被深藏的禁地，考古的盲区——

小心埋进脆弱，恐惧，甚至羞愧
然后，谈笑风生
仿佛是世界上最幸福的人

荣　耀

从一个房间到另一个
犹如风景氤氲。我们,上面的冷霜

在找一盏破晓的灯。一些动物
偶尔经过,借某人的身体活着
偶尔,是一些木偶,假装跌倒
认定麻木,是另一种传奇

但金木水火土,早已编排好一份曲目
借我的额角,你的相骨,他的掌纹
剧透终于死亡的命运:

一个人习惯把水和骨头
掏进又掏出

一块石头则选择用平静
烙印大地

盒　子

阳光一层一层往下。等待
守夜的流水,有着比玻璃
更干燥的内心。遍地都是人造的
函数。而我们,只能朝上,看天空
而喜鹊,在电线杆上,努力回忆笑容

一块积木就是你的一颗牙齿
也是他的,她的,甚至它的
灰色的墙,围合的鸿沟。灰色的灰
在发酵新的星图

"种稻田的女孩啊
只有她们唱着的歌
没沾上泥浆"

灰色的房间变调着一首诗人的俳句
但种田的女孩,早已消失
女孩的女孩,已经老去
女孩的女孩的女孩,正在跳芭蕾舞
她们弯曲脚掌如镰,面容精致
低于二十摄氏度

天　空

我又一次遇见了黄昏
一个暗房,等于一段历史,一些脚步
抉择,与光亮的移动。在偶然与偶然之间
照亮,时常茫然的人群。
犹如没有翅膀的飞鸟,当天空的纱幕已经解开
一棵紫色的树,是值得信赖的归宿。

而我,仿佛是机械地出现,在一部时间的默片
像树上的浆果
被迫进入空气。

暮色中,白色已渐次溶解。
接近声音中漂浮的墨迹——
时而松沓,时而镂空,或者干脆尖叫着跃起
就像谁,都曾有过的青春

自　证

我曾随身怀揣一封镜子的口信:
找回那个体内住着山水的人。据说,这样的人眼中
会飞出鸟群。一只接一只,撞向凹凸不平的人世
我为此时常追随声响的动静,摸黑或摸白
拿骨头做加减法,交换线索,又会因来历不明
不知所措,折返,迂回
把后半生系于一枚麻木的指南针,机械晃荡
左边是纳格拉藏经洞,右边是拉斯维加斯
之间的红绿灯,就像穿过春风,着孝服的圣母

的确，捏着粗糙的一生，谁也免不了悲伤几次——
不合时宜，或者太合时宜，都不能冷静如一面明镜

而今，路途一寸一寸缩短，每个人的脸已长有
多余的石块、树影与潮汐。它们牢牢钻进头骨
让一面又一面镜子
突然变哑，变瞎——

你偶尔沉默，为它深处
分明有鸟雀栖息，叫唤锈迹斑斑的乳名

我跨过那片虚无之地

枫香树移动叶子，一片野蓼草
在加深空旷，回声自更远的地方
落上飞鸟。有人，卸下他的敏感——
借一张旧地图，跨过身体与一座城之间

寡言的山脉与泛滥的洪水。有时候
信仰因此漂流。当生活拒绝展示
它的裸体，并试图漫无目的
总有些什么是一无所获的

就像此时，落日轻易擦拭了不完美的足印
在一个答案被揭示之前，夜晚已暗示
更大的虚无。而那些从不被在意的事物
因为从不倚靠，所以懂得宽恕——

看见了吗？那垛墙已注意到
灯光愈发明亮，黑暗愈发深沉

黄　昏

我低低地降落，在水面浮起冬天的傍晚
天空开始黝黑
一尾鱼慢慢吞食所有的星子
但那不是爱

我想我终究会沉睡在大地深处
听万物流逝，受困于因果

而在此之前，我会拥有一些完整的风雨
清洗肉身，喂养灵魂

我想我只是一只候鸟
偶尔掠过黄昏

骆蔓诗十四首

秋

秋风吹皱了我的茫然
稻浪染黄大地
一驾马车拖着疲惫的斜阳
洒落一路

天更高远了
曳住现实中无形的流霞
枫沉醉、桂飘香
最后的燃烧，会把秋天覆盖吗？

雁南飞，叫声里带着吴勾
梦中漏出些许念想
亲人，这薄衾怎抵浓寒
蔓草孤独，与谁共饮一杯秋？

良　夜

那天的我独自走在风起的初秋
中河东路上车流灯海
时针滴答敲打着寂寥如水
过往行人神色匆匆
没有一个会停下来垂眸端倪

闪烁眼底的泪光与苦楚
是否会有人懂得
忆起谁谁又能忆起我
想问谁谁尚愿回复
也许我还在奢求没有结果的结果

想太多在这千金的良宵
没有可以发送的端口
自恋太作态怎么能照亮前途
好让我不再怕夜黑
不再是穷途末路

秋天的雨飘零过后
还有霓虹装扮着尘土里的殇
这一刻会不会是前生的我
把浓情摊薄、思念吹瘦
让骨子里的清冷与隐忍都深深藏心窝

凋　零

清空的一片阴郁是那天的寄语
风飕飕地刮，不加辞色
使苍凉有了突转的境遇
街市没入死胡同，相逢已不识

细雨飘上荷塘的花骨朵
有空谷跫音，细碎暗回
不曾察觉中演变
艳红与华丽图谋的叛乱

一段突兀琴声如万马奔腾，如破竹
攀援上西泠夕照
无边的晕光，晕光里的反射弧
泄露了此刻盛极而衰的走势

挽　留

湖面上碎裂的光和潋滟无关

一点一点被抹去痕迹
风推着空荡的云
擦去了乌鸦弧线的图腾

回忆里的苦涩，重新加了密码锁
取暖的烛光点不燃快乐
寂寞在摇曳
自由，却穿梭在空阔无边里

这时，风开始堕落
走近又远去，脚步沉重
没有挽留
一场梅雨的恩怨

雨天随想

雨没有停，一直坚持到子夜
银杏枝丫间滴落的回声
像一首催眠曲，穿过纱窗
把分贝挤压得支离破碎

点点清凉驼着巍巍青山的倒影
向我袭来
一霎时光华如注
照亮了前途，沉沦后的海阔天空

立于树影下，与夜色融为一体
酒精翻腾出胸口的破绽
窜起一撮撮火苗，如指尖的一朵青烟
如深秋里一件过时的黑色绒衣

隐忍，执拗地
分离出精髓与空洞的告白
努力行进中
感觉身体的失衡
轻薄柔和，像一片沉坠的羽毛

春　天

那些柳芽儿吐露的讯息
那些迎春花装扮的婉丽
那些自由返飞的鸬鹚与满池碧水
那些风情桃花渲染的无限旖旎
这一个节点，并肩而立
我亲抚着断桥的沧桑
在白堤，一树又一树的间隙
在第一个阳光明媚的日子
向着春天
作简朴而隆重的祝祷

青砖地

青砖地，坑坑洼洼
像一片超速离心的顾盼与期许
恍惚间
梦的那头
长满了青色橄榄枝

这一阵雨雾沾湿地上青苔
萧索而清冷的风划过
带起些许初夏的伤感与窘迫
我在稀疏的跫音中回收
嗟叹，转瞬即逝

如一袭艳俗的棉质长袍
与旧时光狭路
故乡的气息喷薄而至
我放缓内心的落坡
让氤氲升温，渐渐收紧了呼吸

西湖边畅想

这一刻，西湖里的水已漫过金山
鹂鹛，在水面自由游弋
垂柳虚晃，平添几分热闹
有婀娜轻盈，多姿曼妙

夕阳已退位，失信的断句
间歇性波动
正在向消失的霞光
做最后的挽留

突然加速的苍鹰
犹如手握一束失重的极光
直直扣下来
击碎，一泓清流

偶　遇

没有早一步，也没有晚一步
这个命定的时刻
阳光璀璨的粒子，蓬勃起
春天的缤纷色彩与热闹情状
一颦一笑的温煦

激荡的音律，连同恣意张扬的
那抹娇艳金黄
扬起的灿烂与喧嚷
把高潮推向极致

我在殷勤的流连光景中迷失
一幅水墨画卷徐徐展开
来不及细数、点击
交汇后，有
流淌着的雍容娴雅

日　子

打开老旧的封皮
微微发皱泛黄书页间
静卧着的鲜甜笑颜
枯井也起波澜

翻过去，清秀的字迹
一笔一画，如深深浅浅的车撤
来自远古
一个个段落构成的配图

我喜欢它，每一个方面
每个话题，每个故事
那么生动、感人
就像在身边真实发生一样
不是相遇太早，不是懂得太晚
无来处亦不知尽头的时光中
去感受
生命细碎的悲欢

旅途上的月光曲

一弯蛾眉月，清淡银色
仿如前世的邀约，相伴相随
有沉默温情，隔窗闪烁

听汽笛长鸣
奔波旅途上不用面对的
探询目光与规避身影
踏实感觉冲淡忐忑

猎猎风与飞逝而过的光
黑暗中静静的河流
不必隐藏的情绪
把中年的优柔推往高处

这些随行中的放纵与宽怀
反复触及泪点
完成了一次又一次的宏大叙述

福　音

深秋的风，缠上了窗前的银杏
金色枝叶晃动出愁怨
沉甸甸的果实
以奋不顾身之势，下坠
与大地擦出了火焰

从第一场秋雨起步
那些积年的城府与精美的道具
那些让人无法平静的猜忌
隐匿的非典型假象
一一与现状对应

相关的悲喜剧开始上演
一些人喧哗着多余的情热

一些人躲藏在美梦的府邸
更多的人，观望中学会了沉默
当我经过
保持着刻意的距离

这是瓜熟蒂落的季节
枯黄间的蒿草、秋海棠、蝴蝶兰
明艳的色彩
给了我成熟之外的福音

落　日

这巨大的飞翔，撇开了寻常路径
羁绊间，从容改变
方位、距离
在每一个停歇下来的刹那
分辨云朵中的糖分
让无法抵达的高处，有了
炉火的色彩

我看到了喷薄的嫣红
不动声色中蓄积的强力
轻且缓的影子
让纠缠已久的埋伏，在明朗之前
陷入，无边的空洞

车过隧道

密封道上，褶皱般
层层叠叠的曲折与盘旋
不断涌过来的浓烈的黑
带起无边恐慌

我用一个下午时间
接受迂回
阳光时断时续
像事物的两面，穿梭明媚与隐晦

屏蔽的空间，压抑的处地
开始消逝的文字
隔断了
我与这个世界的息息相通

黄亚洲诗七首

莫斯科地铁七号线，普希金站

因为出了地铁，就是普希金公园
所以这个站的站名叫普希金站
他的不朽的诗句，每隔两分钟或者三分钟
就由列车铿锵铿锵朗诵一遍，俄罗斯大地为之颤动

墙上铭刻看他的诗句：莫斯科，我久久向往着你！
列车表示呼应，朗诵得斩钉截铁
进站一遍，出站又一遍

我没有急着上车，一遍遍倾听大地的和声
我现在懂了，一个诗人的根
应该在他自己国家的土地里，扎得多深

一首诗，有多深的根须，就能招惹
多大的风

莫斯科，卡梅尔格尔胡同

酒吧、咖啡馆与淡淡的夕阳，充斥了整条胡同
也因此，年轻男女喜欢聚到这里
傍晚时分，他们就端着啤酒瓶，坐成了街道两旁的灌木

作曲家普罗科菲耶夫博物馆位于这条街的中央
所以音乐在这条街上的流淌，是特别寻常的事情
这位作曲家，有时候，也会出门，躲进
街头乐队的音箱里

情侣们在接吻，装扮成大驴子的人偶抱起小孩
风吹动着花坛上的三色堇
暧昧的夕阳，把一条胡同抬得越来越轻佻

但我仍然看见某一栋楼房上插着三面旗帜
一面俄罗斯国旗，一面莫斯科市旗
中间一面的旗帜上，有镰刀、铁锤与红五星
有人告诉我，这是一面曾插上柏林国会大厦的红军战旗

让我先把咖啡杯放下，让我说
让我恭恭敬敬说：
莫斯科的街道，哪怕是一条最轻盈的胡同
也是一根骨头

在冬宫前的草坪上独坐

仿佛我千里迢迢来圣彼得堡，就是为的
在圣彼得堡冬宫前的草坪上，与夕阳共度这一个小时
夕阳如女人的手臂一样挽住我
她的手臂有六月的草香
仿佛，就是为的看一群鸽子如喷泉一样舞蹈，以及
喷泉“咕咕”地唱着鸽子的歌

达·芬奇的油画原作就挂在冬宫墙上，与我相隔不到三百米
穿过二十八座桥的涅瓦河，现在也走过我身后
与我相距不到三百米
而夕阳始终挽紧我，她的草香越来越浓

朋友临走时嘱咐，独自闲坐一定要谨防小偷
我也确实遇见了：
喷泉偷走了我的杂念，鸽子偷走了我的爱意
一对接吻的情侣，偷走了
我好几十年的岁月

也确实有一个戴凉帽的男子悄步接近我
说你是中国人吗，说他的父亲二十四岁牺牲于中国东北
他脸上弯曲的皱纹，如鸽子飞翔的弧线
我掏出钱夹，想支援一点他
他赶紧摇摇手，悄步走了

他偷走了我许多思索
这些思索，我原本是慢慢留给喷泉的，但是
被一个佝偻的人
提前带走

托尔斯泰墓

光说朴素与平易，已经不足以表达我们
对这一方墓地所持有的敬意了

这是一种立场，一种参悟，一种哲学
生与死，就以青草枯荣的样式展示
这很符合托尔斯泰生前不立墓碑、不立文字的初衷

两米长、近一米宽的一个矩形青草土堆
就这样，够了
安静得连蜜蜂与蝴蝶都不知道路径
只有几株托尔斯泰童年亲手种下的椴树站于一旁
守着这一方泥土与青草的隆起
监看着大雪降下，又融化，沿山坡流走
不教打湿草地下面的稿纸

因为，难得，稿纸上的线条
都是人性的经纬

一九一零年十一月二十日
文学变成了青草
而哲学，让草尖摆动

奥地利作家茨威格的评价很合乎我的心意：
“再没有比托尔斯泰的墓更宏伟、更感人的了”
确实如此，请问
天下还有比青草更见生命力的东西吗？

我在墓前鞠躬
一株来自中国的青草，呈现出风中的姿态
或许，进入文学的真谛，真要
沿着哲学
从一方墓地开始

高尔基故居

进高尔基故居要换鞋套，似乎
他的历史还容不得半点玷污

民宅是莫斯科的政府赠送给他的
知识分子的待遇很好
我是指某一些

楼梯也是海浪形状，这与他当时的心潮澎湃很有关系
他太热爱他的政府与这个政府所高呼的革命口号了
这与他以前的政治立场不同，人生
是可以急转弯的

我小时候是多么喜欢读他的《童年》《在人间》《我的大学》
大起来，再看他，他那两撇上翘的胡须
已经弯曲成旗帜上的镰刀
不再有趣

他在这里生活了十七年
他住楼下，夫人与儿子儿媳住二楼
他在这栋安静的房子里心潮澎湃地高歌革命与建设
他是苏维埃的作家协会主席
据说，他也曾想与某些鲜血保持某些距离，但是
晚年蹒跚的双脚，已经不再听话

墙上有一幅他躺在鲜花丛中的油画
描绘的，就是他在这所房子里的去世
他道路的最后一步，依旧是由革命给上的鞋套
以至于，我今天
还要模仿他的动作

莫斯科夏日的阳光

每逢夏日，莫斯科的太阳总是加班加点
最后一个收工，最早一个出工

早上五点不到，阳光就嚷嚷起来
一道热辣辣的鞭子，抽在我脖子上
宾馆窗帘没有拉严

也像是唤我早点出工
早点去红场，去列宁墓，去克里姆林宫
早点去看看那些粘附于历史的
块状的阳光

我来自南方，南方的阳光也像这里一样炽烈
无非是更加湿润，沾皮肤
所以我对阳光的语汇一点也不陌生
无论阳光是何种几何形状，如何有棱有角

我一点也不把莫斯科的阳光看成压力
打在我脖子上的不是鞭子
是一条红领巾

太阳
储存了很多先烈的血，也很潮湿
跟我们南方一样

地铁里的朋友都举着手机

很多年前坐莫斯科地铁，看见所有的朋友都举着书
与普希金，与托尔斯泰，共享
轰隆轰隆的心灵震动
当然，现在，大多都举着手机
手机是当代的旗帜，这是共识

他们通过社交软件"VK"互致问候，探讨美食、拳击赛
彼此相约下一步行动
此时，普希金与托尔斯泰就站在稍稍远些的地方
看着他们，或许也为他们的开心而开心

托尔斯泰的大胡子很密集，如
莫斯科地铁示意图

只有一位老太太还捧着一本很厚的书
她差一点坐过了站
托尔斯泰提醒她，赶快起身
现代社会的站点
已经很短了

谷雨茶叙(组章)

◉霜扣儿

一见倾心

涛落时,我心如棉。

光阴展翅,闪动微光,世上春雨潸然。

我来谷雨茶叙,卸下的每一秒,都氤氲着黄河的温柔。

轻声问候造物的雅篇:要用几许清心调和浅墨,才能剔除喧嚣,勾勒出“谷雨茶叙”的轮廓?

我行于怀旧回廊时,深思的川河被清风一笔带过。

谷雨茶叙披一身淡青色气息,以安好之姿加深了恬静的曲线。

我与它一见倾心。

之前烦忧的眼眸,已去了人生下游。

心安顿,斜倚时光的肩头融入静谧。

仿佛过往流年不曾有过风疾雨冷及白马丢失的驿站。

抚腮凝思。

高天下,流云慢动,那是天地间的记事簿,染着一页黄道吉日:

阳光总在风雨后——大黄河扛着九曲十八弯,从天上到人间,一路避开万丈婆娑,为修心者分出一股清流。

万物命理都泛涌百草的香气,悠悠然一方天下难寻的福祉。

谷雨茶叙安静地,任由我把心花开遍。

时光慢卷,众生安宁

寻眸高处,天蓝得可以媲美琉璃。

云白得可以做青鸟的嫁衣。

但,再美好的物事也不能把沉浸于静好的心绪惊醒。

谁呢,将长发铺上谷雨茶叙的一角竹椅,似有似无,在时光的长河里泛舟。

满目春去秋来,满目花落花又开。

记忆的闪光点上,瓦当以古朴的纹理,悄然映日。

拙而大气的底板,质朴绵长的景象。

深切的久违的温和,覆盖了千帆过尽的惆怅。

这教我怎么分辨时代的去日与归期?

一切都在长天下借春风打马,借秋月入酒。

新鲜与陈旧没有界限。

过来与来兹不停地交错、融合,每一寸红尘都滴沥着大风过境后,堪比芳华的宁静。

时光慢卷,众生安宁。

我以诗词在谷雨茶叙的瓦当上穿行。

恍惚合和,如多年未归的人,梦到了故土上的老墙。

锦珠入匣

走了多久。疲惫的人可愿意与我一起,借半日水光,回到大河之南的谷雨茶叙。

走了多久。经风历雨的花事,可还能在恬静的檐头下,被事主深情回望。

一眼千年。来路上的城堡为忧思所残,青春意气被荆棘削减。

渐忘了人生还有另外的好梦,等在无欲无求的时空。

直至清香在心锁前泛动涟漪,方知新生的意味已浓。

方知命运旁逸处,还有这一场江湖外的竹椅蝉鸣,致远闲庭。

——我早已不堪思虑之重,背不动尘烟里的野马。

未遇谷十茶叙前,我竟忍心,随世道颠簸了那么多年?!

清茶待斟,格子窗待挑。茶桌一件件,收起我随身携带的呼啸与呢喃。

低头，倾心，染水。随万顷波涛入定。
一脉清茶之香游于人心之内，江湖之外。

不必说，南山有篱菊花绽，桃园有泉随云起。
不必问今夕何夕。

就此停伫，拨开风云，将一声锦瑟在茶水泠泠处，轻轻拾起。
锦珠入匣，我来如是。

万千沧浪皆入喉

波起。
谷雨茶叙里的水汩汩而下，在眼角指尖，划出浅浅的柔软与苍茫。
隐含柳笛的宛转与舒缓，多情犹胜在江南。

地域的线条开始融合——茶意以诗的味道，悄然融入怀里一帘烟雨。
悄然，融汇天南地北的习俗与音律。

大黄河的诗核站于一杯浓茶的肩头，若苦若甜，勾连弥漫。
谷雨茶叙幻化出诗情画意，在清水的容颜上摇曳——

一杯日光召唤一杯月色，合成一方杯里青天。
谷雨茶叙在韵味上呈现时空镜面，飘逸时代的透彻，与清婉。

饮茶的人用嘴角牵住一缕柔和光线，格子窗朦胧，心间小调拉开淡红色序幕。
——抚杯的人啊，她不言语。她的目光已洞穿悠悠岁月，在一抹水香的身段上，赏读来自唐宋的线装书。

清风抬着一叶垂柳，来拂谷雨茶叙的额头——
天地间翩飞的，都是至清至雅的花色。

莫道此味初尝。
一杯品尽，万千沧浪皆入喉。

春芽唤君归

茶浓。

谷雨之雨催开慢时光里的万叶春芽。
人影如新绿，光阴在唇齿上滴翠。

芬芳何如？旖旎时光凝于一滴，淹没尘埃。
水墨画无形，可以蒹葭丛生，可以齐放百花——无尽处红尘在源头传来管乐，尚未被品茗者弹唱，古老的诗经已有新词衍生。

至斜阳金红，满天星辰做了万家灯火的珠帘。
谷雨茶叙不再是谷雨茶叙，是多年牵绊的旧故里，是暗香荫陈的，一卷唤人落款的画轴。

一念既生，沧海如注。
一杯浓茶将懈怠泼尽，在盛世的后花园里，期待大宇的回音。

远处有归人三三两两，羁旅的足迹渐次泯于茶香。
再远处，大河如睡，一排镶着金边的薄云目送落日。

万事静如静止，一柱老香被梵音点燃。
在谷雨茶叙里望远的人，眼里的禅意越发古典。

清水煮茶，自在观心

如醉。
案上一纸留白，翩然如蝶。

木廓下，座榻上，有人泥炉盛雪，清水煮茶，自在观心。
有人在胸怀的释义里，写下：高韬之外的内敛，绚丽之外的沉淀。

且收心，推开身旁的漂浮与沉沦。
在一茶一道的长途上参悟鹰声雁语，抵达天高水长。
且吹开水雾之外的万千泡影，露一叶嫩绿的叶脉，问候轮回里的，又一世生命。

泱泱逝水带走渺渺浮烟。
留下诗意水痕，滋养众生。

醉茶的人欲谱新曲，以明月钩沉，意味辽阔、深邃。
主旋律是大黄河的滚滚涛声。

流光绵长啊，谷雨茶叙被懂者亲吻出四朵诗意的烙印。
最后一声落地，莲花已生在手心。

自铸黄金(组章)

◉风　荷

盛夏的果实

借你一个盛夏,世界如若方舟。

萤火虫的尾部举着灯盏,繁花们已卸下了春天的妆容。

流水的倒影,你只惊讶于玉兰的果实。它拥着人间的绿,也拥着花朵凋谢之后的悲欢。

沿着倒叙,你暗自想象:素色的花朵们,在阳光和雨水里打坐,夜里凝固琴声,白天采集鸟鸣。

脱胎换骨一般。青涩的,螺旋形的,枝叶间挂满了钟摆。

那时间一下一下,敲击着记忆的鼓膜。

玉兰的果实,是人间明亮的灯盏,仿佛每一盏里都会走出来一个穿白裙子的少女。

窈窕匀称的声线和韵脚,吐出红色的籽粒,安然于自己小小的家园,好像佛静心于寺院。

每一阵清凉的风吹过,带来爱和慈悲。

去秋天

旷野安放于纸上,足迹就是备忘。

眺望,奔跑。秋天还在高处,身后是大山,有火焰般的幻影和暂时脱离了深渊的月亮。

秋天还在远处,只有警觉的风在耳边,笑我尘埃里的影子。

孤独像那古代的书生,正涉水而来。

舍弃欲念捆绑的街市,在辽阔里一步一步那裹着香气的灯盏和那些欲落未落的叶子。一行行注解生活的庄稼和没有姓氏的路,静默着,偕同水墨的修辞。听凭爱如星星,在客栈,把一封信里的称呼写了又写。

你身体的骨头和血肉,皆由一枚枚的文字构成。高耸的山,澎湃的海,茂盛的草原,每一寸肌肤都是动词的组合。

自由之神在头顶,引领你。心中那个不老的少年。

正拉紧时间之弦,射向秋天。

芦花辞

溪谷带回了月色散布出去的一切。

带回了羔羊和鹰只。芦花雪带回了十一月的雨水、星光和姐姐。

一个黄昏被雪簇拥着，静如处子的雪啊，坐在岸上望着，眼睛里停泊着远去的船。落日悬挂在头顶，你从雪的身体里走出来。

鸿雁飞过，人间的悲欢离合在手指间徘徊。夜悄悄合上眼帘，水声潺潺，啄开记忆的花瓣。

蕊涌动着少女的情窦初开。

盛大的芦花雪，飘荡在溪谷深处。听见一个声音在喊：姐姐，姐姐。

夜空如洗。月亮的杯盏，盛满了游子的呓语。

你忽然想起一句：遇见就是缘分，见字如晤。一场盛大的芦花雪在梦里簌簌落下。

雪为媒。一封信，正在赶往冬天的途中……

遥远之物

风吹来，雨声滴答，像有人轻唤……

仿佛遥远之物，来到身边。你正在习诗练字。经书漫卷，有人生清凉、温柔的心跳。

亦如火车开过，已经不是“咔嚓”“咔嚓”的回声，而是铁轨无缝衔接。

一个人寂静的午后，远方来信在案头展开，带来另一个人身体里的清响和清辉，令你无限感动。

纸张屏住小小的呼吸，你写下内心的喜悦。

只为久久的期待没有错过。像一生的暖意，有了足够的勇气，让距离只是一杯咖啡的时间。滴答的雨声让世界更加安静。

没有火炉，不要紧，你有滚烫的思念。没有茶水不要紧，你手心里紧紧捏着一枚心仪的名字。

雨声，风声，火车呼啸。触手可摸。

某种遥远之物，神一般的到来……

秋色无边

流水淙淙，水池里种着莲荷，音符在琴弦上滑过好听的声音。

养花的人已是中年，不愿提及那些凋谢的疼。

夕阳沿着远山滑落，星星将要升起。

恍惚中，你闻到一阵荷香，仿佛曾经的自己。你看见青瓦灰墙画在纸上，木芙蓉花在不远处开得无遮无拦。

人到中年，秋色无边，身体里有灯盏暗示的迟暮，有被浓荫遗弃的废墟。

不经意的一瞥，墙上的钟摆。三分钟出神，五分钟后你又回到尘世。洗手，剥最后的几颗莲子。

身体里依稀走出一个明亮的孩子。

她代替你，铺开水墨，每一笔都如白马飞奔。蹄声越过辽阔，深厚，温润和饱满。

秋色像一只坛子涌起……

明月生

请给秋天的午后，解散蝉鸣。

让热闹在夕阳的余晖中消隐。去采撷几片软光阴吧。丝滑的，清凉的。把一些莲子种进月光里。

然后，跟着书里的先生，一溜烟跑过竹林，麻油地。

空气开始凉爽。

请翻开下一页。去看掘井人带来的星盏，放鹤人捎来的梅香。

等等，到七七四十九天的夜晚，就是花好月圆。花朵结籽，月亮长出好看的白牙齿。

我们去山坡上把梦翻晒。梦里有雨水，也有大象。

一尾鱼，沿着河水的边缘游过来。

葵花用她的微笑弹拨时间之弦，点亮大地的灯盏。我们收拢梦的翅膀，把一条河流扶上祖国的肩头 。

自铸黄金

赶早班车，黎明的窗口把你送出很远。

你要去秋天，去拣拾命里的黄金。那朵硕大的向日葵一直在头顶引领着你。它把自己打开，递给你新的希望。

随长长的隧道穿行，听见寺庙的钟声。行走的岁月里，前面有你钟爱的国度。

慢慢地接近辽阔，和自己的福祉。

接近真相，和花朵汹涌怒放后的寂静。

你忽略掉脸上的雀斑，皱纹。剔除掌心里的担心，焦虑。

如一枝稻穗，自铸黄金。

每一粒结实的词语，都落到了纸张。从肉身到灵魂，水墨遥想满天烂漫的风筝。而今走在你右边的人，是你最亲密的爱人。

光涌过来，用柔顺的手，抚摸你。

风　景(组章)

◉林海蓓

一场雨漫不经心地下在富山

毫无预示，一场雨就这么漫不经心地下来。

没有风。在富山，雨雾如绿纱，笼罩在竹海。

许许多多的声音，敲打在竹叶上，那些枝头上的竹叶，那些夭折在大地上的竹叶。那些声音让空气中有了些柔软，像时光的路途上留下的那些让人怀念的足音。

绿色在雨水的浸漫下愈发地绿了。

看着这幅有着声响的画，看着这幅梦里似曾相见的画，看着这些正在变得遥远的画，昨天仿佛伸手就可以触及。

一场雨漫不经心地下在富山，那些细细碎碎的声音让谁长久失语?!

山中无月

不是第一次住在海拔几百米以上的山中，而被如此黑的山影淹没好像还是第一次。

山里的夜无声无息，连黑也显得特别黑，甚至看不清时间怎样从身边悄然流过。

那照耀着山中万物的月去了哪里？在如此恬静的山中，月不来还有谁来？

都说山中无岁月，可时间不会凝固，春秋会被山风轻易吹落，那满地飘散的叶片呵，多像翩翩的蝶的影子，转瞬失去踪迹，似我们短如一瞬的人生。

远离城市，远离喧嚣，远离浮躁。许多人的一生就是在这种寂静中度过？谁在说"在接近自然的地方，一个人也更接近他的灵魂。"可当一个从城市的尘烟里出来的人，行走在田野和山风之间的时候，他是否会感觉到灵魂在边缘游荡的孤独？

今夜无月，幽深的夜更加幽深，梦只是梦。

石　川

石破惊天，大自然如此造化了这样一个小山村，让这里的溪水沉默，让这里的石头说话。

沉默了千年万年，这里的石头让空气有了重量；埋伏了千年万年，这里的石头其实满怀希望。不然，怎么会有想起步的“短靴”？怎么会有即将远航的“白帆”？怎么会有冲天而出的“剑”？

这里的石头向往飞翔，这里的石头渴望歌唱。沿着石川缝隙掠过的山风呵，是它们经久的歌声；从石壁上腾起的云雾呵，是它们飞翔的翅膀。

一切都是易逝的，只有这些石头，千年万年，虽若隐若现，却永远不变。

误读的季节　温暖的梦

十一月中旬，冬至后的天空依旧温暖。不知是大地误读了季节，还是季节误解了人们。

铺向远方的棉桃依旧开满大地，开满时间。

行走在田埂边、果树下、堤坝上，一时不知“今夕何夕”。

随意低下身去，拾捡的竟是些柔弱而灿烂的风景。

远处有水鸟在飞。这些自由的精灵，在这安静、干净、宽敞的观光园，天高、海远、地阔的一隅，舒展着生命，享受着和平。人在这里也接近透明。

而吞没人们的，是满目的绿意：立体的绿，平面的绿；深的绿，浅的绿；连呼吸的，也都是绿色的空气。

三三两两的身影，是大地的点缀。

那是新人们在这里留下人生最美好的一瞬。

那些白色的纱裙向世人宣告：幸福会带来温暖。

走在结满果实的文旦树下，躺在平坦整洁的草坪上，享受着这一刻的细腻、柔软，有些令人炫目，却又令人心灵澄澈。

蓦然回首，又是一季秋天。

旖旎的埋伏

漫步在这绿色的果园，能想到的一个词是：陶醉。

文旦林，橘林，桃林，防风林……眼前绿色的林海与远方斑斓的大海遥相辉映。

阳光的炫目，海水的潮湿，果树的馨香，飞鸟的轻盈，草地的柔软……人被一种气氛温柔地包围。

我们忘了那些落叶的日子，我们忘了那些退潮的日子，我们忘了那些阴郁的日子，我们忘了那些沉静的日子。阳光下，我们被一种灿烂的情绪感染，其余都被抛在了遥远的他处。

此时此刻，一切都变得简单明了，所有的思考与探询都显得愚蠢而笨拙。我们只需停留于此，沉溺于此，放松于此，让灵魂来一次悄然的远行。

枕一湾湖水　莲花盛开

这里是人工湖。走累了，在凉亭小歇。

中午的静，让人觉得时间在世界的这一隅凝固了。

轻轻地倚着栏杆，想沉沉地睡去。

小小的凉亭，像静止的摇篮。枕一湾湖水，却听不到水声。

阳光在水中反射出万片碎金，有风从耳边掠过。

这些来路不明的水，漂走了多少美丽的眺望，才沉静得如此安详。仿佛一个人，站在世界的背后，沉默着，什么也不说。

心若止水，而寂寞无处不在。

记得有一副对联："士能知足心常泰，人到无求品自高"。其实，"欲求无求已是求"。我们都只是凡人，不够知足，所以我们会失望，却也会不断希望。

终于明白，"那些从来不曾遗忘过，只是尘封在心底深处"。

月下天湖

是佛国一颗绿色佛珠，遗落在人间佳境；是一颗宁静的佛心，安卧于凡尘净处。

天空是背景，芦苇是前景，你给我带来最初的静穆；山是远景，水是近景，你为我指点尘世的路；树木是中景，季节是全景，你让我被美震慑却不会了倾诉。

沉寂而优美的山水呵，你让所有路过的人满怀敬畏和珍重；空阔而清蓝的天空呵，平静地诉说着这天湖的隐秘；而天边的星星无言，它早已目睹了澄澈的湖水与生俱来的豁达与祥和。

是月亮飘下蓝色的雨，化作一颗绿色佛珠；恍惚间，你就是被人们念珠般默默细数拥着入梦的祝福。

六月天湖

六月，从大山深处奔跑着；清澈的溪水心怀大梦，在山谷间忽高忽低，飞向天台的母亲河——始丰溪。

我好像听见结庐隐修的天台宗创始鼻祖智者大师的传教声。

度僧四千人。想象着当年这里曾经的香火曾经的诵经声。那不是一种壮观，是一种对贤明智者的崇敬，是对一种人生态度的首肯。

上善若水，厚德载物。一个人的大智大慧，为后人留下一种意境。如今，只有我们闲散地观赏着这曾经的朝圣地，体味着无忧境界，感激着前人为我们留下了神山秀水，让我们在滚滚红尘中寻找到片刻的安宁与幽静。

寂寞山中盛开的花朵，它的芬芳深藏在体内，犹如人间最大的智慧往往无语，最深的情感总是默默。

一抹夕阳

当暮色渐上，当我们来到山顶的上天湖，当芦苇在沉寂中与我们默默对视，当白天就要在这样的时刻悄然结束，周围静得只剩下我们悉悉索索的脚步声，忽然，在我们面对的远天云层之中，射出了一抹光线。

短短的，斑驳异彩，转瞬即逝，只来得及让人拍下一张照片。

人生有多少这样的瞬间。

当等待已经麻木，不再抱任何幻想任何期待，以至准备放弃任何徒劳的努力的时候，在时光黯淡处，命运会对人回头一笑，把它的仁慈把它的大美把它不动声色的公平补偿给那些虔诚的跋涉者。

终于明白，希望无所不在。

不再笃信“唯一真实的乐园是人们失去的乐园，唯一幸福的岁月是失去的岁月”。

珍惜每一个涉足的地方，那地方就可能成为失而复得的乐园；

把握可遇的幸福瞬间，那幸福不再仅仅属于失去的岁月。

风雨竹山

台风过后，漫山的竹子失去了往日的挺拔。

那些无情的风呵，在大雨的助威下，无所顾忌地摧残着这些鲜嫩的生命。

我看到过竹笋顶出石堆时的倔强，我看到过竹子拔节时的顽强，我看到过竹林青纱帐般地为大山披上新绿，我看到过漫山竹子轻快地舞蹈……

一群生机盎然的大地的子民呵，是那么的欢愉，日复一日，无声地倾诉着对阳光的感恩，对雨露的报答，对清新空气的亲昵，对行人友好目光的迎接，对生命的敬畏。

一滴一滴清澈的泪，在轻盈的竹叶上低垂。生命的谦卑，生命的柔韧，生命的长绿……

可是这突如其来的风啊，改变了它们的命运。

那些曾经迎风摇摆的舞者的腰肢，在漆黑的夜里被折断了梦想、倾斜了希望。

我敬重那些宁折不弯的生命。我敬重那些宁为玉碎的灵魂。

那些直指天空的断枝呵，让苍天也为之动容；那些不堪重负的身影呵，风雨过后，依然昂起了高贵的头，笑迎命运。

整片整片的竹林，多像一个民族，多像一个地方世世代代靠着这片山水长大的人民，多像在这个人群中流传的一种叫作“不屈”的精神！

定根水（组章）

◉鸽　子

你不能晚，一晚，江山与美人就会老去。

你早，百年就会成五百年。

五月，栽烤烟的季节。

阳光如火，我是火中的一粒栗。慢慢成熟，等着时间的手，将我取出。

阳火始终如火。而雨，并无现身的迹象。

布谷夜以继日地叫。烟苗，不可能等雨水来临之后，再慢慢栽培。

一根烟苗究竟怎样突破烈日的围剿，亮出自己的精彩？

作为旁观者，永远无法参透这秘密。

渺小的我，无法像哲学家一样，通过思想思考，归纳出答案。我找到正确答案的唯一办法与途径，不是空谈道理，只有实际践行。

我爱实干胜过空想。

犁地、分垄、栽烟苗……这一气呵成亲近土地的劳作，让我激动、兴奋而充满激情。

覆完地膜后，必须给栽好烟苗后，重要而必不可少的一个环节就是给苗浇定根水。

水要浇足，透根，才能确保烟苗的成活。苗要扶正，才能确保一根精气神烟苗的出现。

明晃晃的光、清汪汪的水、绿茵茵的苗一同给我上课。

我认真栽烟，不敢有丝毫的马虎。

我认真给烟浇水，确保烟苗根深蒂固。

每浇好一根烟苗的定根水时，我都暗暗在心底给自己浇一次定根水。

每浇完一根烟苗的定根水，我直腰，我感觉好像自己的脚又稳实了许多。

培人如栽烟，浇不好定根水，一万个孔子，也育不出一个好弟子。

我的定根水。浇给烟草，浇给自以为是后自己，也浇给遇到我的你！

大风夜

大风。夜。

大。风。景。

风在吹，夜在响，心不止步：不要轻言放弃，继续亮灯，坚持写诗。

大风夜已够孤独。焚香煮茶的人、逍遥游的人、挑灯看剑的人……在心底陪着我，仰望星空。

我的担心很重要，但不是杞人之忧。夜黑不了月，风也吹不灭星。至于土地上的穷和目光里的涩，正在被外来的光和内生的力一一改变。

风之外，我置我于风之内心。

风之内，我一直在风之外。

白发，吹不黑。

红心，吹不黑。

大风吹。结局与结果是清白。

一根草知道人物的向阳心。

一朵花芬芳着泥土的逍遥游。

我绕过自己，看见数月不曾照镜子不曾沐浴的我：才是真正的我。

夜。大风。

大风。夜。

我写着最热血的诗。我歌颂最火热的生活。

我的论持久战是：永远在爱得深沉的土地上，继续写溢光流彩的诗。

我，或我们，只要不忘黎明，就能带着心，穿过大风，穿过黑夜。

风大。夜黑。天高。路远。

大风吹，吹走一切牛皮，只留下铮铮铁骨的身心，和温暖有爱的灵魂。

红　花

一味药，它的好，如色一样红：正而热烈！

红花开在阳光下的坡地，每一朵都是一束阳光一朵火焰。

采红花的人，在烈日下的地里，采采复采采，单调而重复。这时节，采花人也是一朵红花。药效主治：奸懒怂毒。四体不勤，五谷不分。兼治：缺心少肺。

我曾尝试以采红花来治愈自己遍身和满心的病：当我轻轻探出手，红花上的芒刺就扎痛了我。

艳艳红花好看迷人的色彩和好药效背后，是劳动的艰辛。

在红花地，我收起不可一世。什么时候，我可以成为一朵红花？什么时候，我能用乡土的麻栗村方言对你说："红花采克（去）！"

我的想法，红花懂，要不，它们怎会开得如此红如此净，如此的美！

一味药，我需要。

这世间，需要。

想　家

所有的星斗都是方向。

所有的月光都是亲情。

所有的蛙鸣、虫声、星月和不消停的犬吠，都需远眺。

之前，如此。之后，也一样。而其间，是聚少离多的清愁。

倦鸟早已归巢。灯火明灭处，是人家。人家，有梦和鼾。

就差一道无语的问候，就差一道静宁的目光，就差实在而生动的亲人面孔。

月夜，或后半夜才升起月，我努力着躲开众人，努力躲开空虚的自己，不看天空，不看云朵，只看月亮。

不谈炊烟袅袅吾心安处，都是故乡。不谈途中遇到的所有人，都是故交。也不谈白日里随意用目光在青山画屏上，写的好字作的好诗泼的好画。

更不装腔作势，从云上回到人间，从表面文章回到谛听心跳。想家，并不是一件羞愧的事。

就让想念朝一个目标飞，就让五湖四海归于远方一间小屋。

每一片星空，都有慈善。每一缕月光，都有我的家。

柔软心思。润和灵魂。我开始想家，也只想好好想家。

家是亲人，亲人在远方。家是淡淡菜香与嗔骂的蜗居，蜗居在远方。

洁月在天。我的仰望有全部的相思相恋与怀想。

从大国归于小家，我依旧是个高尚的人。

素面朝天，小排地坐着，我们不说话，各洗各的脚，各生各的梦，各想各的家。

骑一匹月光的千里马。今夜，我鞭策自己，放下江山与江湖，放下美人与英雄，梦里还家。

我知道，亲人友戚，也是这样地想念我们。

想家。能想家。是想家人的光荣和幸福。

凤凰花开

太阳越火热，它们开得越激烈。

学会同时接受太阳和凤凰花的双重考验，是一种学问。

夏日阳光如火。凤凰花开如火。阳光里看凤凰花开的我，如火。

三朵火开在一起，是熊熊的火。

太阳火啊，烧得更猛烈些吧，至少，你要烧出我射日的理想，烧出我逐日的梦想，烧出我向日的思想。

凤凰花火啊，烧得再强劲些吧。至少，你要烧出我生命“叶如飞凰之羽，花若丹凤之冠”的姿态，烧出我不言离别思念只扬火热青春的花语，烧出我凤凰涅槃重生的每一天。

我不想高高在上，但我想远离人间的黑恶和假伪。我不想逃遁躲避，但我热爱良善的心和安详的笑。

生活的道道不完，就只走正道。

事物的理理不清，就只信真理。

正午，炙烈阳光、怒放的凤凰花和笔直的我，天马行空燃烧。

阳光在山，凤凰花在侧，我在火海之间，逍遥游。

离我不远不近的人们啊，只要努力剔除杂草破解坚冰，犹可以有志同道合。只要心有光明，只要初心愿意，不言前途，不说远方，我们的血肉之躯和百年生命，每一天，都有辽阔如海的精彩，都有光彩夺目的风流。

听懂太阳和凤凰花的鞭策和呐喊，即便只是痴人做梦，或一厢情愿，也是一种幸福。

我热切的目光和想法，告诉自己，告诉世界。

青梅煮酒

雨后，好月又在天。

一个中岁之后的人，更加好道。这道不是道士穿墙破壁之术，不是驱魔养鬼之术，是真道理，是道法自然。是较着真地与谬误和歪理搏奕，与辩经。

我们以夜色为水，借青梅煮酒。夜必须是麻栗山川之上星月满天的夜，梅必须是麻栗百姓亲手植栽采摘的梅。而酒，必须是百分之百粮食酿烤的酒。

至于交流与对话的情感前提，必须纯粹干净无勾兑。

青梅煮酒，谁敢膨胀私欲？横槊赋诗，只能以稼穑为槊？

英雄的人民和工作队员们已马还奔跑南山，留下几个青梅煮酒的人虚下心，向土地和英雄学习。

青梅煮酒，我们认真煮。吃青梅酒，我们不敢醉。我们清醒着，这大美的夜色里，还有暗疾需要疗治，有光的村庄还有灯盏需要点亮。

我不敢骄傲。也不敢轻视青梅酒的度数和质量。

在一壶青梅酒里，佩索阿的文字就是我的心声：“带着形而上学的惊愕我发现，我最深思熟虑的行为、最清晰明朗的想法和最合乎逻辑的打算，终究不过是天生的醉态、与生俱来的癫狂和巨大的无知。”

要进入一个村庄，这长征何止万里刁？

要品尝出青梅煮酒的真味，绝不是卖醉和买醉。

梅子在山中成熟。青梅酒在农家小院飘香。我把杯子举了又举，假面撕尽，不敢装腔作势，更不敢表演和粉饰。

朋友就在身边，孤独绝对可耻。举杯不为邀月，只为这时光的静美。

青梅煮酒，我要更努力更好地爱亲人、朋友、天上人间和自己。

更好的明天还在未来。更好的青梅酒还在未来。

你真实的存在（组章）

◉张少恩

一

我的荒唐因你的渊默无息而成立。

杳无音信，这正适合我的彷徨和忧伤。想念应了大雪的茫茫。一茎野草摇曳，失落了春梦夏花的愣忡。

阳光不朽，洁白无瑕。灼热的苦思在深谙我心的雪地上写下你的芳名。树，袅娜的枝影，捆扎浩博的寂静。

有许多猜想——王子用嗒嗒的蹄声将你掳获；耀眼的豪门出手，挥洒黄金白银，错乱一缕清风的明慧；抑或一只山鹰口衔绝色的玫瑰，劫掠玉洁的心，去南国之巅翻读人间的烟云，演绎嬉戏的人生……

有多少种可能，就有多少种忧愁。牵念不知所踪，眺望何以落定。漫天的渺茫凌乱了大地的初心。跋山涉水的想念陷入困窘。

北斗在北。握其长柄，舀一壶银河之水，煮星辰之茶，和入滔滔之思，独自品饮……

二

嗖的一声，你又把自己射出——百步穿杨的弓箭手。

不断地发射，优异的脚步命中诗意的远方。

漂泊，轻盈的翅翼高于现实，高于梦。

你还将把自己射到哪里？请透点口风，我将去那里安排蒙蒙烟雨、幽寂的深巷、玉环的拱桥和十里莺啼，百丈花香，万里之摇曳的月光……

想与你品茗，说春山之美，泉水的悠悠。或饮绵柔的黄酒，吟唐诗宋词，说才子佳人的故事，爱恨情仇的古今……

你渐行渐远，朦朦胧胧。

你在何处，与谁牵手；与谁低眉软语；与谁悠悠漫步，暗香浮动……

不可及的星啊，我为何还要仰望，缥缈在长夜的这头……

三

我依然因爱而疯狂。

风雨交加，想念更加繁茂，眺望的心再次拔节。

爱的深邃——无声的煎熬但不颓靡。痛，愈发明亮，历久而弥新。优雅的坚守，给自己掌声。沉默，赞美有加！

洁羽频梳；爱吟长调。
路途迢迢，心向往之。纷披的长鬃，飘逸的月光是心灵的自发。我穿越时空，寻觅与之比翼的理由。

驱驰于梦中的千山万水，
屹立于爱的崇高的领地。

我是真正的王者——威武坚毅之貌，谁与我争！?

为爱，粉身碎骨也不甘拜下风！

四

我披星戴月磨砺翅膀，只为追上你的身影。你的身影杳邈无踪，而我的翅膀察纳大地的声息，辨识你独有的芳香。

想念的心是星汉对大地的覆拢。璀璨的眸光，在你的头顶佑安。

苦觅的翅膀孜孜不倦；
幽昧的古莲揣着皎然的梦。

多么痴情，又多么简单，只要一个拥抱，灿烂的体香，迷醉的深渊我亦投身。愿意在你燃烧的唇上化成青烟。灵魂说值得。崇高而漂亮的爱都是疯狂的。理性的教父，讨厌的嘴脸，我不喜欢！

好吧，还是让我先做抒情的大路引你向前。绚烂的花树弹拨清芬的晨光。或做一条古典的长河，供你摆渡，激励流波，击棹而歌。
做一拱长桥也好，花香为你吹箫，你在倾听的疏影里摇曳。月轻浅……

你终会碰见我。
一把雨伞笼络潇潇雨歇……

五

我成了那个影子的奴。

她统治了我的肉身和纯粹的时光，攫取我的思念堆积如山。而她浑然不觉，像上帝，赢得了人类的信仰和膜拜，却一丁点儿都没反应。

上帝到底存不存在，没人能说个明白。而你存在，我见过。内心的汪洋因你而生成不息的风暴。浩瀚、汹涌，奔腾不息。我中魔于一只偶然的蝴蝶的魅惑。

恍恍惚惚——罂粟的妙计。

悬铃木的天空，巨大的晴，调治不了我郁郁的情结，爱之不得的块垒。

来吧，我用十里春风布景，用满山莺啼迎亲。满园的幸福，耀眼的甜美，只供你流连和采集。

你来，我就启动高飞的翅膀，携你优游四方；你来，我就凌越怅惘、孤单。重新抖擞——狂野的爱的情种，在巅峰上高蹈！

我的仰望，期许已久的热情波长，
你的莅临，优游翩然的身影崇高。

六

"爱是一种眼神"——
我的眼神在赶路，披星戴月。

我本是一块水淋淋的湿木，偏遭了一场大火，湿气的心被照耀、烘干。火焰的温度是我生命的温度。血液的誓言滚烫。

夜夜敲着星光的键盘，像山泉跳跃，夏蝉磨砺透明的翅膀。吟唱，给自己听，指尖倾诉隐蔽的喜欢。

我有绽放的感觉，从自己包裹的心灵中溢出。梦里梦外步子轻快，频繁梳羽，春风浩荡又流畅。

爱，你得接纳，幸福的闪光。一只蝴蝶落在花簇，溅起轰鸣的芬芳，人间的呼吸活跃，有声有色。

痴迷的心是爱的现场，我在那里穿梭又沉迷。我忠于自己的感觉。

爱是生命的职场！

七

渴望我的手在你的河流上划船。垂柳的依偎，夹竹桃的流连，花开嫣红的喜悦。斑斓的蝴蝶悠悠，阳光的铃铛芬芳。

渴望我的手盛下你的欢欣，沸腾的时光；盛下丰盈的土地，巍峨的高山峻岭，以及你的迷昧，灵魂的飘舞。

你在我的掌心化雪，晶莹转身。我将舔食这人间的甘露，润我干燥的喉咙，泽我躯体丛生的沉醉。茂盛的欢喜！

我的肘弯是你的一池碧水，因风而兴的漪涟，折皱的寂静，是丝绸的滑爽，体态的暧昧。你的额头饱满，播种着我疯狂的吻，又有感动的泪水，报恩之心。

爱的当量是浩瀚的星河，
所有的思念都在你那闪现；

永久的回味——夜色里我有遍体的梦想……

八

这个冬天注定了我在想念中度过。雪花的单词，爱之洁癖的背诵。默生的冷扑面，无语的深渊覆手，

清寂的时空只有我的孤影支撑。大街像被掏空，没有一辆车穿行。空旷，仿佛蓄谋我灵魂的风暴！

我忍不住想呼喊，把你从我的想念中请来——夤夜的风雪与我一起倾泻漫天的痴狂……

九

让美丽的爱情发生，圣洁而久远，是与爱不相碰。我让你闪现，亮耀婆娑的星空。

多么清新，雪花点亮我芬芳的呼吸，彻夜的醒迎合寂寞的心。心，顺从我的脚步，漫飞的灯火忽略了梦乡。

我的想念无法关闭。你像整个世界的存在无法摆脱。我认识的人无数，见过风情的女子如春天呼啸的枝头。唯你，温柔的眸光与我冰冻的星球叫板。一江春水泛涌不息。东风的斧头在我的躯体里开天辟地。我迎接新鲜的自己。

天地轮回（组章）

◉赵国瑛

立　春

并不能当作真正的春天，只是在寒冷的冬季添一笔暖色。有人把它贴在窗上，有人把它挂在门边，有人把它放在心里。

一个春字让我们有了美食的借口，烙春饼、包春卷，美美地品尝春来的欣喜。如今已没有穿新衣迎春的习俗，而大地的新衣已在缝制，云霞为布料，春风作剪刀，用细细的春雨密密地缝制。

晴朗的日子，阳光踩碎薄冰，冬眠的鱼儿探出头来，打了个哈欠。流水急着赶路，奔向遥远的地方，那就一起走一程吧，一起寻找春天的脚步。

年是一道坎，有时春天立在年里，有时春天立在年外，有时雨，有时雪，有时风，有时霜……你比冬天任性，但你已穿越严寒，不再回头。

雨　水

年将要过完时你来串门，浇灭了元宵的花灯，长夜重归黑暗。

刚刚萌动的一丝暖意，又被西北风吹走了，但所有的根须都竖起了耳朵。

大地醒了，一切都在忙碌之中。

水变着花样与气温捉迷藏，冰雪化了又被寒风打回原形。

小麦的少年绿了，潮湿的心躁动不安，在相互低语中，沿着春天的方向出发。

腊梅怒放时，桃李还是观众，现在她们在雨水的辅导下登场，含苞待放。乍暖还寒，而春风已冲破冬天的牢笼，万物急于起身，传递春的消息。

惊　蛰

风、雨、雷袭击了这个黄昏，闪电撕裂夜空，黑暗里睁开恐怖的眼睛，照得世间一片惨白。惊悚中，黑夜被风声、雨声吞噬。

忽然闪电从夜空里出鞘，随即是一阵击碎洪荒的巨响。闪电始终在寻找它的仇敌，一次次眼放凶光，一次次铩羽而归。

江南的春夜，像一场激烈的争吵，冬眠的虫蛇醒了，落叶的树枝醒了，潮湿的泥土醒了。

结束或开始都在这寒夜里决定。

大地微微颤抖，让春天有了乐感，我们的心也卸下冬装，此刻宁愿被微凉的雨水轻轻抚摸。

春分

春雨一遍一遍嘱咐我们，大地充满爱与期待。如果门前有棵树，你将成为鸟类的导师，每天清晨批阅各式鸟鸣。而最让人惊艳的是一树一树的白玉兰，她的婚礼是西式的，拖着洁白的长裙，仿佛刚刚踏上鲜红的地毯。

接下来是粉色的海棠，殷红的桃花，以及知名或不知名的小花。她们有的在路边蒙尘，有的在庭院独唱，甚至在山间指挥小草舞蹈。

我走过这些花，想握一握她们的小手，她们说：不要靠得太近。

稍远的地方，风带走了百花的体香。蜜蜂是季节的榜样，为爱追寻千里，用细小的刀锋品尝幸福，谁的痛酿成了人间的甜蜜？

天气预报今日有雨，阳光依旧踽踽独行，我行我素。死亡分开了灵魂与躯体，不能用遗忘简单界定我们来过或未曾看见。

清明

这些灯火不爱我们，它们在森林里要扮演星星的角色。在黑暗的祖宅，先人们在为一些细节忙碌，他们有食冷食的习惯，与我们期待的温暖相反。

介子推与老母聊天，白云为他们打伞，野火是群山的仆人，用鲜红的火焰歌唱。

这杯酒献给会喝或不会喝酒的故人，任何时候，你不能阻止灰烬的舞蹈，这是风制造的温情。

现在是春天，每一块墓碑又老了一岁，我们不担心它们长寿。

没有人规定我们如何回家，我们确实踩碎了一些鸟鸣，转身又和一棵果树撞了满怀。

立夏

气温渐高，春天萌生了去意。豌豆和蚕豆出落得亭亭玉立，正商量着煮一锅立夏饭给孩子们解馋。一只蛋想站起来，试了很多次都没有成功。

我只说江南，油菜怀孕以后，小麦也开始扬花，蚯蚓在潮湿的泥土里来回奔波，像是在寻找不为人知的秘密。

紫云英彻底败下阵来，被犁铧埋进春天的故事。这时，我们开始翻看水田的心事。寂静的夜晚只有蛙鸣是唯一善良的提醒。

晴朗的日子都是秧苗出嫁的良辰，现在你应该为不时来临的雨水鼓掌。

在泥土的留白处，根须是一群快活的鱼，在阳光下快乐地成长。

大　暑

阳光踩在时间上，一条道走到黑。大地开始发烧，淘气的虫豸、毒蛇也不敢在她怀里撒娇。夜晚，萤火虫为腐草举行葬礼，蛙鸣悠扬，池塘好戏正开场。

草木无言，但泥土感觉到了它的渴望，蟋蟀在石缝中彻夜弹唱，月光不为所动，像在听一曲古老的情歌。开始与结局同时上演，早稻向大地交卷，为丰收画上句号。晚稻初试新泥，在水汪汪的家园安身。玉米站在旱地里身怀六甲，粉红的辫子迎风招展。葵花昂首，与阳光互动，为自己的青春镶上金边。

她的花朵承受着生命之重，那么多快乐的孩子在一个巨大的花园里生长、成熟。

荷花高过绿叶，向世人诉说六月风情。大豆在田塍上暗结珠胎，它的周边埋伏着西瓜、甜瓜、葡萄。稍远处，桃李慈眉善目，守护一树繁华。

骄阳似火，暗藏玄机。一旦台风造访，暑气便夺路而逃。炎热走向顶峰，必然有新的期待，深一脚浅一脚走近。

立　秋

一串脚步声从远处传来，或许是风，或许是雨，或许什么也不是，但我们确实听到了。早晨开始起雾，为大地笼上面纱，太阳来时，她便走了。被夜色洗得发白的星星跃上山岗，倾听流水的欢歌与田野的低语。

早稻上岸，晚稻下水。番薯旁若无人，把泥土挤开一个个裂口，对泥土来说，这样的伤口是开心的。玉米还站在原地，不过已很低调，垂着棕色的须发，仿佛京剧里的老生。棉花举杯，像要把白色的火焰献给秋天。

天上的云比以前活跃，来去匆匆，似有要事在身。云中埋伏着一只秋老虎，时不时向人间喷射火焰，消耗着我们的汗水和心情。农家借此晒秋，也算是对虎威的回敬。

如果高温颠覆了你对秋的好感，那么，就痛痛快快啃秋，西瓜、玉米这些不想再赶路的大地之子，你尽可以敞怀拥抱，一次抱住爱个够。

白　露

此时，应该先说露珠，晨光下晶莹剔透，撒落在草叶或花瓣上。她的白令人难忘，仿佛秋天的眼神停留在葱郁的大地上，只有阳光可以亲吻她。

晚有凉风，或许一场薄雨便能捎来些许秋意。气凝为露，季节以自己的方式告诉万物生命的节律。鸿雁启程，将天空当作沙场，吹响嘹亮的号角，此行并非征战，而是沿着记忆寻找故乡。紫燕南归，最远的跋涉也是一场旅行，堂前廊下有家的温馨。

白天依旧艳阳，暑热已不再深入肌肤。有时干燥有时多雨，夏与秋常有交锋。一大堆美食已呈现眼前，可以纾解秋燥。白露茶醇厚清洌，提神清气；白露酒香醇扑鼻，回味悠长；大枣红白相间，圆润饱满；龙眼皮黄肉白，香甜可口……

晚稻抽穗扬花，秋菜绿意盎然，大地正在铺排一场丰收的盛宴。风不像先前那样疾走，停下来带上瓜果的清香。泥土的呼吸被夜色收留，给清晨的绿叶和花朵镶上闪亮的眼睛。

大　寒

积雪不化，或许在等待春天，或许只是冬天的地标。几只飞鸟在电线上闲聊，它们对谷物的牵挂已近崩溃。阳光依然明媚，冰雪略显疲惫，美好的事物还没有抽芽。

寒流南下没有规律，但与春天的战争不可避免。树木、麦苗、蔬菜是布阵大地的士卒，只有深挖沟、广积肥、勤培土，才能躲过风霜刀剑。

劳碌一年的人们掸落生活的尘埃，期盼每件事都有心仪的结果。寒风吹不走古老的习俗，喝腊八粥，吃八宝饭，恭恭敬敬将灶神送上天。

年关将近年味浓，天南海北回家忙。乡村杀年猪、腌腊肉、搡年糕。城市备年货、剪窗花、贴春联，家里家外，除旧布新。

无论故乡或异乡，冬天终是过客。在梦醒来之前，心已将春天搬到了眼底。

梵·高与向日葵(外二章)

◉刘凌军

你把自己的耳朵割了下来,小心翼翼地拼贴成了太阳。那孩童般的脸,阳光一样的灿烂。

而烈火,在燃烧你的画笔、眉毛、眼睛,以及那颗执着的心。燃烧尽你几乎所有的激情,愤怒,和贫困。

一只失聪的耳朵,在人间穿过夜色的黎明。

大把大把的阳光,奔走相告春天的花市。没有了知情者,也没有了告密者。至今,这个世界有些冷清。

而,梵·高成了告密者,一个真正的告密者。

那些抑郁症者,激进者,精神病患者,干脆揪住了他的耳朵,拼命地喊叫,然而却是徒劳的。

为了证明自己的清白,梵·高果断地割下了自己的耳朵,公示于众。那些燃烧的向日葵,就是最好的佐证。

说完,梵·高抱紧他用耳朵拼贴的向日葵,匆匆逃离了人间……

倾　斜

把泪水洗净,天就亮了。

把天空擦拭净,云就白了。

——蓝天白云多好,海鸥不让它溜走。

一切都是那么的平静,安详。时光之外,任由你慢慢倾斜。

气流萦回。周身都是静谧的气息。甚至,能遇见亡灵一样的玻璃时空,在延伸、抑或挤压。

可以给我一小块透明的空间,哪怕它是易碎的,要有海的蓝,白色海鸥的飞翔。它衔着一幅极美的画卷,哪怕有些伤痕。

海鸥在大海中,会不会因海水干涸而死亡。

面对大海,一半镶嵌画框里,一半封存心底。静静倾斜。完美流淌。已是,白发飘飘……

而我,只能把一颗小小的祈愿,折成一枚白纸船儿,在湛蓝色的梦里。

为母亲，起航——

我知道，那些死去的风物，无法一一返还。

一只鸟儿的翅膀，至少能为我们枯竭的念想，保留一颗花期的种子。

在春天，面对大海，爱一切！

走一趟陌生的街

以一朵桃花，或一匹白马的姿势，穿越它。

以一棵麦子，或一朵蒲公英的姿势，走近它。

陌生的，不再陌生。白驹过隙，身影与花香弥久。

一街。一伞。一诗。

一人沿着一人的足音，走入，走出。

也许，擦肩而过。也许，只是一个照面。

相对无言，我们只是过客。

穿过人流。穿过一条街的繁华和落寞。

鸟鸣，抓住了孤独。

一股风的来和去，一朵阳光每天的照耀，有些陌生。仅月光，在夜深人静时，扫视了一下街景，时光斑斑。

一条街，它拒绝说谎，就像一个人拒绝忧伤。一堵墙不善言辞。

谢了幕的繁华，有裂开的声音。

脚下的石面，布满细碎的足印，陷进去人间的风雨，和寥落星光。

一位沉默的老人，目光深邃，闪着光。人来人去，物语无声。

黑夜，被一只流浪的猫驮着。一条街的河流，被唤醒……人影绰绰，车水马龙。

几滴柔弱的雨水，顺着屋檐飘落，清洗了一下那些驻足的尘事。

晴朗的，是阳光的流动……花伞，异样的眼神，陌生的你我，脚步移动，白银洁亮。

匆匆。匆匆而过。走过，走过便是来过。

走一趟陌生的街，捡拾起些许记忆的碎片，和文明。

而耳边，只有风吹过。石板缝里的草儿，挤出了些封存的沧桑。

容颜老了。人走了。街空了。

莫名的光，在陌生人的背后，把冷，一点点取走。

这个春天，我擎举一朵小花，走进它。

以一个闯入者的身份，把一条街的肋骨，踩了一下。

你什么也没说，只是看了看，而后离去……

当代爱尔兰英语诗七家

◉傅浩 译

作为用一种殖民语言或准国际语言写作的民族文学，爱尔兰英语诗歌从诞生起到现在一直面临着的一个重大问题是：如何在同一语言和文学传统之内创立并保持自己的特色，而不至于使自己的作品与英国及其它英语国家的诗歌作品混淆不分。因此，创作题材的选择就成了首要问题。自威廉·巴特勒·叶芝等人开创利用爱尔兰神话和民间传说与个人生活和社会现实相结合的创作方向，在19和20世纪之交创造了爱尔兰英语文学之后，后来的许多爱尔兰诗人大体一直沿此道路向前走，从而形成一种传统。从泥土中走来的帕垂克·卡瓦纳和谢默斯·希内又给这一主要依赖书本和幻想的主流汇入了真实的爱尔兰天主教的乡土生活。近三十年来，爱尔兰诗人似乎在做着多方面的尝试，试图以各自的方式突破传统模式。他们似乎不再拘泥于民族和本土题材，而是把触角在时空中伸得越来越远。观念和视点的国际化成为一种不可避免的趋势。

爱尔兰共和国一向不拿北爱尔兰当外人，虽然后者在行政上现仍属联合王国。由于南北爱尔兰同根同文，彼此有着比与英格兰更多的相似之处，所以北爱尔兰作家更经常地以其民族身份，而非国籍身份出现于世人面前。这里介绍的主要是希内之后的爱尔兰诗歌。

迈克尔·朗利(二首)

迈克尔·朗利(Michael Longley，1939–)，生于贝尔法斯特。毕业于都柏林三一学院。现居贝尔法斯特，任北爱尔兰艺术促进会主任助理。著有诗集《没有继续的城市》(1969)、《爆炸的景色》(1973)、《躺在墙上的男人》(1976)、《回声的大门》(1979)等。

交尾的天鹅

就是现在我还希望你曾在那里
在河岸上坐在我身边：
那雄天鹅和他的雌天鹅有节奏地航行
直到他们的小脑袋交合，最终的
前奏时刻消融在涟漪之中。

这是一场婚礼和一次洗礼，
一阵屏息，近乎一次溺水，
在他踩踏之处翅膀伸展以保持平衡，
她的羽毛沾满了水，她的颈项
在水下，好像一根光柱。

情　诗

一

你用你的香水味划定
无穷变换的地盘；
用洒落的爽身粉拓印
你的脚丫的影子。

二

蛛丝从你的牙齿间纺出，
那么多轻盈的构造
好像用潮湿的翅膀描述着
我舌头下面的沟壑。

三

这些广泛的迁移开始
于我们较丑陋的地区——
一位贫民区居民的鸽子
从嘎吱响的筐子里放出。

德瑞克·马洪(一首)

德瑞克·马洪(Derek Mahon, 1941-)，生于贝尔法斯特，毕业于都柏林大学三一学院。曾在爱尔兰、加拿大、英国和美国当教师和自由撰稿人。现居英国伦敦。著有诗集《夜渡》(1968)、《众生》(1972)、《赏雪会》(1975)、《1962-1978年诗选》(1979)等。

赏雪雅集

(赠路易斯·阿瑟科夫)

芭蕉[①]，来到
名古屋城，
被邀至一赏雪雅集。

有瓷器的丁丁声
和斟入瓷器的茶；
有许多的绍介。

然后每个人
都挤到窗前
观赏飘落的雪。

雪正落在名古屋
和更远的南方
京都的屋瓦上。

向东，伊良湖那边，
雪下得
好像树叶落在寒冷的海上。

在别处他们正在
沸腾的广场上焚烧
女巫和异端分子，

自黎明起已有数千人死去，
为野蛮的国王们
尽责尽忠；

可是在名古屋的人家里
和伊势的丘山中
有的是清静。

1975

①松尾芭蕉(1644-1694)：日本最著名的俳句诗人。——译注

保罗·德肯(三首)

保罗·德肯(Paul Durcan, 1944-)，生于都柏林，曾在世界各地巡回朗读诗歌。著有诗集《北方的方舟》(1982)、《与安吉拉跳铁轨》(1983)、《柏林墙咖啡屋》(1985)、《回俄国老家去》(1987)、《耶稣与安吉拉》(1988)、《爹爹、爹爹》(1988)、《我盛年的蜗牛》(1993)等。

爱尔兰，1972

毗邻我亲爱的祖母的新坟：
被我兄弟杀害的我初恋情人的坟。

在总统府外边做爱

少年时，我和我的女友
骑自行车上凤凰公园；

在大门外我们常躺在草丛里，
在总统府外边做爱。

我常纳闷，德·维列拉[①]在他的
象牙塔里会怎么想，
要是他知道我们在他的青青草丛里，
在总统府外边做爱。

因为奇怪的是——呵，可真奇怪——
我们俩都敬仰爱尔兰爱国者；
我们梦见一面青青的旗帜，当我们
在总统府外边做爱。

可是，即便我们的名字是迪尔米德和格拉尼娅，[②]
我们仍是怀疑德·维列拉会赞成
一位诗人的儿子和一位法官的女儿
在总统府外边做爱。

如今我看见他在白昼的热雾中 盲目地一路追踪我们；
端平一杆老式步枪，他说"停止
在总统府外边做爱。"

①伊蒙·德·维列拉(1882–1975)：1932年起任爱尔兰总统。——译注

②迪尔米德和格拉尼娅：爱尔兰古代传说中的武士和美女，二人相恋而私奔，遭到武士首领、格拉尼娅年迈的未婚夫芬·麦库阿尔的追杀。——译注

被指控不戴避孕套的神甫

一位四十二岁的教区神甫——弗兰西·马尔霍兰神父——昨天在巡回犯罪法庭被告
不戴避孕套，和企图造成不想要的怀孕。
马尔霍兰神父对两项指控都不服罪。
马尔霍兰神父的辩护人请求宽大处理，
陈述说该神甫不懂避孕套的用法，
因为他来自一个农村背景，
假如说他知道如何操作避孕套的话，
他就绝对肯定会操作一个避孕套。
杰玛·菲茨杰拉德法官判处被告
两年苦劳，陈述说在今天和现代，
在这么个进步的国家，一位神甫
竟考虑不戴避孕套，实在令人不安；
而当事人又是一位年轻、精力旺盛的教甫，
就像马尔霍兰神父，那就双倍地令人不安了；
不仅双倍地令人不安，而且独特地让人丢脸。
她建议说在服刑期间
马尔霍兰神父应当接受避孕套疗法培训。
也许——她评论说——他缺乏避孕套意识。
准许上诉，同样也准许保释，
前提是马尔霍兰神父满足警察的要求，
无时无刻不完全拥有
艾利克斯·康福特博士的《性的欢乐》——最近被国家审查署查禁了的虔诚的性学手册。
杰玛法官补充说考虑到保释人——
马尔霍兰神父的女友——自身所受到的舆论压力，
她出面保释该神甫，真是很勇敢。
保释人丽兹·格瑞夫斯女士陈述说马尔霍兰神父
已向她保证决不再不戴避孕套了。
这对男女离开了法庭，
剩下他们的家人和朋友在热烈地鼓掌欢呼，
就不用提那三四位健壮的主教在远处背景中温顺地喝彩了。

1985

汤姆·波林(三首)

汤姆·波林(Tom Paulin, 1949–)，生于英国利兹，长于北爱尔兰贝尔法斯特。现在牛津大学做研究。著作有诗集《公正的

国家》(1977)、《五里镇》(1978)、《奇异的博物馆》(1980)、《自由树》(1983)、《俘获火焰》(1990)等；评论专著《托马斯·哈代：感受之诗》(1975)和散文集《爱尔兰与英国危机》(1984)等。

在艺术是个接生者之处

在三月下旬，
星期二，Z市——

审查官们在放假。
他们必须学点文学。

有些东西叫作反讽，
还有象征，带有含义。

歧义的类型
无数，就像国家的

敌人。形式主义和资产阶级的
十四行诗歌颂旧秩序，

及其失去的花园，那里，白种贵妇
在幽静的树荫里享用着葡萄酒。

这首写一头熊的诗
不是一首写熊的诗。

它也许被说成是对
忠实朋友的讽刺。我需要

详细解说它吗？有可能
你们谁也不懂吗？

新

我们身触觉凉，当时目光所遇的
新被单的褶皱和床罩围沿。
他按着我的手，我的爱人，丈夫；
握着两手，在大澡盆里的水下。
天还没亮，我就听见
走向磨坊的木鞋声。
鹅卵石上的霜，我想；
硬木头被石头磨损，
石头也被软脚丫磨损。

私人专栏

这些信息是秘密的，缩写姓名
加以密码，使我们多数人迷惑。“LY
你现在在哪儿？我依旧爱你。MN。”
于是，翌日傍晚，“MN你还在那儿吗？
爱你。LY。”以至，“我可以寄信
到老地址吗？”MN提议，等待着。
每天喝茶时间，那微弱的信号就又发出。
你几乎听得见分离了的爱情、
在公共停车场结束了的暧昧私通的
唧唧鸣叫，虽然他们想要
重新开始，再度相会，偷偷摸摸地，
像间谍似的，肉体尚未接触，心思已经
　沟通。

爱情，在一个空仓库里，也许就像这样。
以为小号印刷体字，如此公开，可显温柔。
谁会想到，在一个消息正常的
城市里，有这么多男女期待着
报童——他们的媒人——把寂寞
而满怀希望的他们，引到某处的一张床上。

梅芙·麦古骞(三首)

梅芙·麦古骞(Medbh McGuckian，1950-)，生于贝尔法斯特，毕业于贝尔法斯特女王大学。现在贝尔法斯特克诺克的圣母与圣帕垂克学院(一说在其母校)任教。著有诗集《乔安娜的肖像》(1980)、《花匠》(1982)和《维纳斯和雨》(1984)等。其诗主要关注女性之神秘。她不讳言其作品的难懂：“我的词语是遍布的陷阱，/从中你择路而穿行。”

烟

他们沿路燃烧荆豆。
我想不出是什么在控制，风能够
使那朝山上移动的橘黄色的蛇
避开房屋吗？

他们好像十分自信能够做什么。
我连自己
都不能控制，我奔跑，
直到那黄褐色的烟在地上落定。

六月
现在我们好像蜗牛，
情绪低落，处于最低档，
裹在音乐的壳里，拖着银色痕迹
穿过这雕花的门框。

听，我们是用雪雕成，
挡风玻璃融化，好似缓慢的
刺绣，我们是凯
和哥达，在一顶白色的帐篷下。

难挨的夏季

那时从头顶到脚趾，我　是一条长长的
　曲线，
仗着一条看不见的手臂扶持，
才不至于倒下。我交臂合抱，
线条仿佛弯路，好像字母
S，移动时便扩散着
那来自下方的灯光。
你的手指发现，乳房和臂膀
挤在一起时，形状如何
改变；弯曲的腿如何
连已婚者也瞒过，隐藏起
膝盖后面的H。虽然
某些骨头永远紧贴
皮肤，但是，迫使
背面起褶皱的臂肘
也许正在为我们演奏
“难挨的夏季”，像份礼物　从父亲传至
　女儿。
那按月命名的一切是
你那T形的脸，在
春天的阴影里，你的掌纹
像双乳似的垂向两边，
造就字母M。

保罗·穆尔东（一首）

保罗·穆尔东（Paul Muldoon，1951－），生于阿尔玛郡波特当县。上高中时开始用爱尔兰语写诗。1973年毕业于贝尔法斯特女王大学后，开始在英国广播公司工作。1986年移居美国，现为普林斯顿大学人文和创作教授。著有诗集《新天气》（1973）、《骡子》（1977）、《布朗利为什么离开了》（1980）等。

通往北方深处的窄路

一个日本兵
刚刚踉跄着走出森林。
战争已结束
近三十年，他已丢尽

一切，除了他的佩刀。
我们递给他一根美国香烟。
他一言不发接过去。
这一切来得太晚。太晚

而无法用他的膝磕断那刀，
而无所谓对或错。
他有意回到他的老农场
去耕田。虽然绝不拒绝
给石头以抛石索，
给草叶以唯一的好臂膀。

1973

伊恩·杜希格(一首)

伊恩·杜希格(Ian Duhig,1954-),生于英国伦敦,父母为信奉天主教的爱尔兰人。曾在伦敦、贝尔法斯特和约克郡等地为帮助无家可归者工程工作。现居英国利兹市。著有诗集《布拉德福伯爵》(1991)和《墨塞金鱼》(1995)等。

基本教义

弟兄们,我知道你们许多人今天来这里
是因为你们的酋长向任何不参加者保证
他会把他绑出去,把帐篷橛塞进他的肛门,
把他的老婆和孩子卖给葡萄牙人。
我想要你们尽量把这远远抛到脑后去。
今天,我想给你们讲讲基督教的上帝。

在许多方面,我们基督教的上帝不像你们的上帝。
他的名字,例如,也不是我们的“雨”这个词。
对我们来说它也没有“性交”的含义。
尽管我称他“神圣”(我们称他“他”,不是“它”,
即便我们知道他不是男人,当然也不是女人),
我也不像你们,意思是说,他肥得像头健壮的母牛。

我来解释一下。当我说“上帝是好的,上帝无处不在”时,
那不是因为他特别的肥胖。“上帝爱你们”
意思不是武士在战场上对扛矛手所做的事情。
那意思是,他像你们的母亲或父亲那样怜悯你们——
是的,我知道库玛爱一个他买来的儿子就像武士
在战场上爱扛矛手一样——那是罪,以后再讲。

从今天起,我想要你们只记住三件简单的事情:
我们的上帝与你们的上帝不同;我们的上帝比你们的上帝好;
我老婆不喜欢你们盯着看她上茅房。
抓住这三点,你们就抓住了得救的基本教义。
洗礼在太阳落下去的时候开始,但在那之前,按照安排,
是怎样拆卸、清洁和重新校准手动枪机的马蒂尼-亨利。

1991

艾丹·马修斯(一首)

艾丹·马修斯(Aidan Mathews,1956-),生于都柏林,毕业于都柏林大学三一学院。现居都柏林郡。著有诗集《风吹落木》(1977)、《当心露丝》(1983)、《依照深更半夜》(1998)等及一些小说和剧本。

遵守太平洋时间

最后一堂课结束了,
此刻你正走向你的汽车;

你的日子蜿蜒而下,
一枚硬币在桌上旋转。

夜风拂过之处,砾石和碎草渴求

灌木丛中晃来荡去的
尚有余温的野餐残剩;

夜间有警察巡逻的公园
私下里梦想儿童;

雕像高举手臂伸向

天空拒绝鸽子：

许多白面孔，
月光下长发纷披。

在我现居的世界的另一面，思念你，

时在凌晨。光亮
像雨滴般聚集在凉棚里。

关了门的报亭上的露珠；

正在冷却的第一炉面包。

不久乌鸦就会来了，
就像在家里那样，

到倾斜如比萨塔一样的凉棚来
啄食我窗台上的面包屑：

一个甜饼碎成小块，
在冷水龙头下变软。

洪　炉（长诗）

◉巴　人

楔　子

当冬神主持了大地盟坛的时候，
暴风狂雪，直飘剧吼，
象洪炉一样的宇宙之中，
现象顿呈着枯萎，颓败，消瘦！

蠕动象蚂蚁一般的人们，
无力支持这环境的暗示，
心头的火焰烧起来了，
眼上布满了血网——丝丝。

宛如一群食肉的野兽，
狂喊着凶杀的高调，
“啊！快流血吧！快流血吧！
熄熄我们胸中的火熛！”

终至世界的大火灾来到！
宇宙真成了个洪炉了。
一出出的惨剧继续演着，
世人呵，怎待不到噩梦破晓。

不久，在时运之神的手里，
春，接受到主持大地的威权，
于是缠缠绵绵的泪了一春细雨，
哭活了已然死去的宇宙。

于是跳过洪炉的铁儿，
也不绝地倾泻他忏悔的泪珠。
听哪，这其间的经过故事，
颇足资我们警惕反思。

一

铁儿跳过了血肉洪炉，
正鼾鼾地拥抱着黑夜入睡，
赤血激荡着心怀，

噩梦包蒙了四围——
把过去的往事重演，
把未来的运命预现。

直等到屋外的枯枝上，
站着只灰色的鸟儿叫唤，
他从醉睡中惺忪醒来，
眼中浮动着梦的重圈，
黝黝的屋内——沉沉的黑渊，
如有狰狞的恶魔前站。

屋壁间透进一线光明，
照穿了他天赋的良心，
他似乎毛孔管内装满罪恶，
不住地寒栗，战征！
他胸中遗留着不灭的污痕，
怎还有面目在世上见人！

“唉！泪儿也将淌完了，
心血也将沸干，
你湔不掉的记忆账啊，

岂经泪血的冲泻，
越显出事情的颠末来？”
他这样地自语自喊。

一家家的早餐炊烟，
合那山间的云雾浮漾，
一忽儿半壁的太阳辉光，
发闪在这东山之上，
他沉迷地把着一柄锄儿，
懒洋洋地去到前村野上。

他经过了老杏树的荫下，
他跨过了霜白色的桥上；
桥下的流水激越烦唱，
宛同胸中的悲痛叫响；
他跳入绿海的田野中央，
拄着锄儿，兀自醉想。

东山角上，噙着个太阳，
草上露珠，闪着银样泪光，
山鸟，匿迹幽林歌唱，
歌喉婉转，音调清朗，
在蔚蓝的天宇下浮翔，
在苍绿的旷野上回漾。

只有他单调的心琴哟，
终弹着单调的曲儿“心伤一心伤”
虽春野允许他忏悔过往，
虽春野揭破他前途迷惘，
可是怎么销毁得哟——
这血经肉纬的罪恶之网！

二

记得我家中虽是清苦，
一间茅舍，一楹破屋，
但旭日终还不时地照着。
记得我，生涯虽是劳碌，
一日山间，一日田隅，
但清风终还不时地拂着。
记得我产业虽是微薄，
一座竹山，几丘田亩，
但有父母妻妹团聚欢愉。

每当骄阳卸职西去，
反射的红锦横铺天隅，
我肩着把反抗余光的耒锄，
鸟样唱着，归返家居，
年已古稀的老父老母，
笑对着我问劳慰苦，
娇小倩笑的妹子阿娟，
又来乞果丐花，问有无，
我的妻子在勤理家务。

林间的鸟儿，啉声无语，
山中的明月照入阶除，
我们爱结的网儿哟，
正撒晒在，正闪烁在，
正光笑在，正默语在，
愉乐地沉入睡眠深处。

谁知清白的天上，被风狂——
吹揭起了密密云网，
霭祥的月光，被天狗将——
半边的晶明吞啮——消亡
啊，我哟，我哟，我的家庭哟，
从此后，竟造成个畸的形状！

记前年，赤金太阳施毒焰，
放射他愤怒的灭箭，
我着恋似的奔窜田间，
想救救苗儿们纤弱生机，
但太阳毕竟是个暴徒们使者，
知管你农人们一腔血汗。

一月余的阳威过了，
百余天的大雨又到，
血淋淋的怒涛奔号，
漫山，漫野，漂庐没舍，
谁的生命不在颤抖飘摇！
我们也预备这苟延的残命，
授予这有眼的苍昊！

一家的颠沛情况催我心肝，
尚有父母妻妹的情爱，
上薄了彩丽的云汉，
虽是我神经时起痉挛，
如啁啾雏莺鸣声，
在我的神经的末梢动弹。

这是黄叶低垂的夜晚，
阴云惨凄地密幂四山，
炊烟在空中人立地上升，
宛同弱者阿附恶鬼一般，
我痛抽着牛儿悲歌归来，
不料把獗民的马儿冲坏。

种种的恫吓语也听得够了，
种种的眼前亏也吃得多了，
我的父母妻妹吓做一堆，
我也只有两泪对语，一心暗淡，
啊，天知道，从此好马的粮食，
吃着我们一家的泪血了。

我那时疯狂的歌啸，
能把层积的重云吹开，
我那时血涨的胸壑，
能把猛烈的太阳饕啖，
我开眼觉满是我的仇敌，
我闭眼觉恶魔包蒙四围。

我有时在深夜漠然起来，
把妻子痛打得心中快感，
可怜驯柔如鹿的她呵，
竟茹苦忍痛地谢绝人海！
我又怎禁得，醒时候，醒时候呵——
旋烟似的悲哀向心空飞来！

我于是奋兴地喊道："啊！
田地没了，妻子死了，天底下
只有一个太阳一个月亮，
但我怎么也不能顾得了！
我要横行天下，切头作杯，
痛饮哟——痛饮尽仇雠血了！
我要不顾一切飞剑苍旻，
溅出哟——溅出一天的血霞了！

"啊！啊！太阳呵！月亮啊！
你有限的残年，你日暮的路上，
且自己保养，自己珍重，
欢娱着膝下承笑的小星，
你的罪孽深重的儿子，
要杀却魔鬼，救回妻子的怨魂去了！
在那夜苍茫之时，我从此逃亡，
让獗民去挟着松风狂笑！

三

白昼启开了朦胧的睡眠，
在那东方云帐深下之间；
黑影憧憧的人们沉睡梦乡，
全不知这未来的运命悲惨。

撒旦——洪炉的火夫领袖，
率了一群四肢毕具的人兽；
带了一管取火的钻头，
聚如蜂蚁，向着人间迈走。

他们在人间地上的树旁，
筑成个炎炎的血肉洪炉；
他们唯一无二的目的，
要使人们改走兽的径途。

撒旦把钻头向树上一击，
一星星的火熛突然飞出；
火熛跃入那洪炉里面，
洪炉中便有许多戏剧表演。

一群人兽各执着枯红枫叶，
在洪炉外不住地扇扇；
看哪！在这蓬勃的弥天火光中，
有多少匆忙颠蹼的奇形怪态。

有的穿着件灰蓝的单衣，
挈着个纤弱的孩子踉跄；
有的抖动着两个白乳房，

散发露胸地如石像之逃亡。

花发白须的伛偻老人，
虽说是金刚百炼之身；
但他也怕这肉火横飞的天空，
抽搐着胸的风箱儿，仆仆奔动。

有的左手挟着个熠光的枪，
右手抱着个酡了脸的姑娘；
兽狰狰笑容遏现在面上，
紧搂着不知要走向何方。

有的高壮激越地悲唱，
唱那，他们战胜人类界现象，
唱那，他们破坏事业的伟壮，
唱那，他们疯狂行为的快畅。

有的衣后一角已炎炎在焚，
如田单破齐时的火牛狂奔，
有的如置身于红蔷薇中，
泰然地把圣洁的肉身亲吻。

有的高喊着："快畅！快畅！"
"如尝了浓酽腻蜜的酒香！"
有的瞄对着颤奔的女孩，
试试他们的枪法怎样？

在这样的情景之中，
火光如地球的血流，
大肆他的生力，流动——流动！
又如一阵赞美诗的音波，
在磅礴的大气中高耸——高耸！

待到浩浩的太阳，
觍颜地坐在东山上，
人们的血流一阵儿超腾，
夹着火光在空中游荡，
人们的幽灵夺出了胸腔，
混着火流在空中跳踉。

血流浮荡，幽灵跳踉，
他们用着最愉快的调子，
高歌，高歌——欢唱，欢唱！
向那浩浩的太阳，
觍颜地坐在东山上！

幽灵跳踉，血流浮荡，
他们用那最优美的舞蹈，
跳踉，跳踉——波漾，波漾！
向那浩浩的太阳，
觍颜地坐在东山上！

直待到撒旦鼓吹力竭，
人生的喜剧已演完了一节，
一切生物皆已藏形匿迹，
只剩有劫后的黑瓦零砖断墙残壁！

四

于是撒旦又开始工作了，
钻头向树上再刺再击，
火熛如流星般不止射出，
在洪炉中又演起戏剧一节。

他正是醉意儿薰薰，
两颊上软泛红晕，
身披着件獭绒大衣，
眼角眉际露着胜利笑痕。

当那寒森凄厉的晚风，
吹起木叶萧萧哀鸣时辰，
他走到他情人的家中去了，
——低唤轻拍地叩门。

她搭着微晕白润的腮儿，
飘着疏散松松的发丝影，
纳着急促的呼吸颤跳的心，
一步一移地，欹腰侧耳谛听。

于是他听到凌波步儿动又停，
衣裙的悉褷声渐渐儿逼近，
他如寒月下老乌站着在等，
笑意，如星映冷塘濯濯浮泳。

直等到大门儿呀的开了，
他便霍地迎上把她拥抱，
说一声："我的心肺心肝呀，
让我接个甜甜蜜蜜的吻吧！"

"我的怨家呵，那是没有这样的容易的，
——她软弯着腰，笑弥着眼，——
什么东西是你今晚献给我的，
什么东西是你的敬礼——贽仪？"

"我有金钱，来买你的香吻，
我有钞票，来买你的拥抱，
只要你吻是热的，拥抱温存，
那我就损失生命，也是甘心。"

"那末你来吻我吧！轻轻地——
吻落在我左颊微笑的涡里，
吻落在我右颊微愠的痕里，
吸去我心头怡酽的甜蜜。"

于是他俩深长地深长地蜜吻，
于是他俩紧紧地紧紧地搂揾，
在那鸳帐飘动的小床之中
他俩又枕臂磨鬓地私语温温。

"爱呀，爱呀，你这几日怎不来到？
我孤零零地空着一双臂抱，
睡伴着冷清清的被儿枕儿，
我的心苗哟——焦躁！"

"啊，我的心肺，我的心肝，
为了你蛇舌儿，为了你亚麻眼，
为了你花般笑，为了你莺样言，
我竟做了匪兵们双方的侦探。

"我可以向匪兵们分赃，
我可以向官兵处领赏，
我指挥着匪徒们东遁，
我率领着官兵们西往。

"我现在身上有几百银洋，
倘你百般体我的心愿，
我这算不来什么的薄仪，
敬呈奉你这个我的心肺心肝。"

她因之娱光渺视地撒娇，
装腔学婴地啜泣——求爱，
说："从此愿生则同衾死则同穴，
祝我两之间不再发生恶草谗言。"

于是桶箍一般的他俩，
吻着！吻着！吻着！拥抱！拥抱！拥抱！
她的乱发散上眼角眉梢！
她的颊上，画出了殷红欲潮！

啊！上帝！这夭夭的快乐之花，
终有一时要在暴雨下凋谢了吧，
听那，这使人战栗的敲门声，
不是象隔岸丧钟那样打起了吗？

他惊疑地悄悄地出来开门，
却是什么也没见，什么也没声，
只奔进了满地波漾的月明，
白光刺破他兽火上冒的眼睛。

忽然地白闪闪的刀光飞迸，
他左肩上如着寒冰，
急急凝眸回看时——啊，
左肩已在血涌，左臂已落地在滚。

他匆忙地从肋下探出手枪，
连连地射中了面前的黑影子，
可是脑上冰般寒冷又起，
啊，天哪，这是他最后的感知哩！

她软玉温香，艳如白莲体中，
正燃着炎炎欲火——难压，
期他——他又不来哟，
又不好，深夜，叫呼，唤喝。

她穿着件粉红的体里衣裳，

胸上似有一对小羊吃奶般波荡，
冒着习习傲人的寒风出来，
适看到这有味的喜剧收场。

一个是兰巾裹头的匪徒刺客，
一个是她救火熄炎的情人，
血淋淋的，如夜睡的红霞一泓，
中有死骸一对，枕臂横陈。

她愉悦地向情人内衣检寻，
探得了钞票一握——盈盈
笑暗暗说："这是我爱最好的赠予，
这是我永久的，永久的纪念品。"

五

月儿漫漾出在东山之上，
穿着件冰绡银罗的寒裳，
晶莹的泪珠满贮胸腔，
哦，这至大的爱神，为甚这么惨伤？

她看着那黑樾樾的大地，
正演着人相食的惨戏，
她担负着的爱的使命，
试问可向何人感化起？

她把那万道的银光爱箭，
向松林竹林之下直射，
一群野兽般的人们，
却正高谈得趣味淋酣。

"在那好几十年，好几十年以前，
长毛造反到我们乡里，
他们真坏，做着有趣把戏，
把那小孩蜡烛般插在长枪尖点。

"孩子哭喊得喳喳嚓嚓，多么甘美，
拨动了天云袅袅绕绕，旋动，
孩子的肉色，滑泽红润，何等圣洁，
手舞足蹈宛同一尊胜利神容。

"于是他们全都狂笑高啸了：
美妙的音乐呵，美丽的舞蹈呵，
啊啊！醉心撩魂的甘旨冽泉呵，
啊啊！安慰我们枯竭的灵魂的天使呵！

"他们继又拿着钢刀走入民家去了，
他们再也不愿刀锋生白光，
他们最愿刀上长涂着赤血，
好和腾沸的血潮高调同唱！

"啊！快哉！快哉！多么的痛快！
我们也应该，我们也应该！
割下人们的头，镂成空心杯，
注灌玛瑙血，痛饮芳冽醅"

他们的神经紧张到百度，
他们的语锋森森撼风！
同时那月儿的无声歌调，
在云汉中弹响得悠悠融融！

"啊啊！洪炉中的人们呀！
你们且来咀嚼我那冰团吧！
熄退你们的心血正在潮！
你们且来沐浴我那光渊吧！
洗净你们灵魂上受伤的污疤！

"啊，啊！洪炉中的人们呀！
妈妈的眼泪为谁流尽了？
爸爸的头发为谁变白了？
啊，啊！你们睡在火里者呀，
尔妻，尔子，正望尔心之归来啊！

"洪炉中虎似雄踞的黑炭，
正是耀发难数的罪恶所结晶呵！
你们不要茫然同化着哟！
你聪明的炉中人呵——
用你们的灵智的足跳出来吧！"

任你千言万语，和婉地歌唤，
怎也难以激动他们残酷哀肠，
他们仍继续地谈着兴趣飞舞，
那原是一样，一样的收场！

“长毛杀却人们原说是豪爽，
人们煮吃长毛毕竟也畅快，
记那年长毛的势头已消退，
我村的父老把长毛儿子捕来。

“旭日高升在东山林表，
阳光平匀地散满了溪郊，
在那白石累累的溪滩之上，
对着苍昊，宣告他们的罪业了。

“拿着把泥锈烂了的菜刀，
截破了皮肉，支解了骨骼，
再把翼翼的心肝心肺取出，
一淘儿，在滩上煮炒争食。

“哈哈！我们吃他们，
他们吃我们……
人类大事便完成，
那是何等的快意畅心！

“啊啊！快哉！快哉！多么的痛快！
我们也应该！我们也应该，
割下人们头，镂成空心杯！
注灌玛瑙血！痛饮芳冽醅！”

古松听到他们危壮高论，
颤起了萧萧瑟瑟的哀鸣，
苍竹俯头沉默的深深悲痛，
叶叶都含着莹莹泪晶。

直待到炉火不烧了他们的心，
始沉沉地在草上寻梦安睡
月光泻银般微笑着在，
世界似乎回复了和平状态。

六

在这匪群中的铁儿于是也沉沉地入睡了，
银光下宛有万千只白蝶泛空，
荡漾银辉的翅膀上，负着梦影，
反映出铁儿恍恍凄离的心痕。

好似繁星沉在黑渊时辰，
他眼见到了媚笑殷殷的猓民，
唱着鸟一般清脆婉转的语言
向他毕恭毕敬地招待亲近。

“啊！我可爱的铁儿先生，
你怎黄鹤杳如抛弃双亲？
您老人家枯涩泪泉，
竟为你终日舒泻——殆尽。

“你美丽聪颖的妹子，
又手软软的，不能赡养，
我实不忍见此颠沛情况，
所以时把生粮殷殷输将。”

此时铁儿心壑中的怒火，
已烧红了四山杜鹏——夭夭
任你什么样哀哭悲啼，
怎么也——不是时候了！

“我在此敬受你的好意，
我非木石，怎肯忘情了你，
在这枪中藏有卫生丸儿，
我要诚心敬意地送你一粒。

“这不过是海澜中一掬水儿，
广瀚的沙漠上一粒沙子
原说是属于动物的人的生命，
但你往常是看得何等微细。

“皇皇天道，岂能薄待于你，
有多少忠实的小羊儿，
在你的手中挣扎饮泣，
在你的足下被蹦被践。

“这许是老天假手于你，
我们也只好这样自解自慰，
可是今天这样的你，
试问是老天假手于谁。”

他完全地亡魄失魂，
手足豁剌剌受着雷震，
心波吓喇喇撼着痛鸣，
滴盈盈泪儿又血斑斑沾着衣襟。

寒光森森雪也似的手枪，
颤巍巍地在眼前飞奋，
他眼迷迷地失了天地，
他魂悠悠地飞离肉身。

他一丝希望，星儿般的，
还在同情的海里游泳，
他半点生意，露儿般的，
还在和平的花里沾润。

但可怜枪机……枪机起时！
啪！他尚有何言，他尚有何言！
紫褐褐的玫瑰花一朵朵，
染在他黄澄澄的两颜。

如梦似的把人生的债了结
只剩有妻子破彀也似悲喊，
与那室外咽着美调的细雨，
两相鼓勉地歌哭助酣。

拨忐忑展开醒的翼儿，
铁儿心中留着过后悔恨，
——啊！你草上的露珠呵！
怎象我眼泪一般的晶明？

七

宛如一只驯顺的小羊儿呵，
现在却投入在豺狼中了！
宛如一张绵白的云罗呵
现在却流融在黑霓中了！
何处哟，是铁儿之归宿？

天底下原知有父母，
空着臂抱，张着双手，
但又谁容你归去哟，
哀哀地淌泪痛诉，
深深地告罪悔尤！

天底下，也原知有妹妹可亲，
红嫩的两颐芳艳泽润，
但又谁容你归去哟，
抚她的美发儿轻轻，
揉她的皓臂儿温温。
也只好搭起破碎的，
褴褛而疲乏的篷儿，
趁着顺着这个风势，
向险恶的波涛首途，
向险恶的波涛哟——首途。

夜朦胧般的曙色，
被恐怖的鸡声叫破，
雾浸沐着的山中，
游移的香梦只得抛过，
他们又走向人烟稠密的处所。

穿过了郁苍苍的山林，
涉着在冷森森的溪汀，
汩浏浏活跃的泉流，
没命地在石上竞进，
生命流的危艰哟，在他们足下哀吟！

飘然地走到荒荡的野上，
惨离离的血草吻着晨光，
“啊！好英雄，仰卧大地，看云天苍茫，
难得的死所呀，难得的溅血呀，
我们当顶礼膜拜渴想如此了结。”

一群兽啸般喊声，高遏云汉，
正在纪念着哟，这被杀的同类，
铁儿宛同那经霜过的枫叶，
兴奋后的神经正渴望安睡，
——啊！我何不幸闯入这喝血的兽内。

幽灵也似的竟不待召而来，
眼前又见了他聪颖的阿妹，
哦！二个儿的四湖泪水哟！
让它们在一处儿喷泻，

天哪，谁不怜惜这陶嚎一对。

“我竟不料妹妹已长瘦到这么样了。
我们别来，只看到融了一会雪吧！
妹妹呀，我的亲爱的阿娟呀！
返不到家乡的哥哥，啊现在——
只有掬露与泪当作胸中的夜餐了”

“哥哥，啊，久别的哥哥呵，
你可知道父母黄金也似的大爱，
是迷漫在这宇宙之间，
任你生有怎样健翮劲翼，
谁能回翔出他的境界以外？

“当哥哥劫杀獗民的那晚，
爸爸正数着残星悲叹，
心胸中悲哀之轮不住旋转，
谁知道黑夜鸣起无声的更鼓时，
爸爸又给他们劫去锅铲。

“妈妈正是病卧在床上，
闻惊后幽灵夺出了胸腔，
气息渐歇了，四肢渐僵！
啊！哥呀，你害我那父母……
我那父母啊……一个个怨亡！

“我孤零零的一个身儿，
左没有高枝可扳援，
右没有危岩可靠依，
况这兵匪杀夺的世界，
谁都是室亡家破颠沛流离。

“我决意投奔进尼庵，
愿把那丝青发儿，
向那无言的金身之前凋残！
愿把那玫瑰般红颜，
在萧萧荒叶中，迎着斜阳衰颓！

“啊！谁又知蛇心的尼师，
暗地里又把我卖给人了！
啊！我的哥呵，你又把我卖了！
卖了……污在强暴者的手里了！
你快把我洁白的灵魂救回来吧！”

铁儿把持着苦痛的心杯，
灌注起去愤恨的酒醅，
负载得太重的心杯，
又豁然地落地殴碎，
他泪蒙了苍昊，枪对着阿妹。

“啊！妹呵！我把你的灵魂救回，
我把你洁白的灵魂救回。”
啪哒一声的音响出后，
妹妹的芳魂慢悠悠飞去，
妹妹的玉身软浑浑沉睡。

啊！天知道只有天知道呵，
铁儿的心，铁儿的心事哟！
欢欢喜喜吻着她樱唇血口，
温温存存一探她柔和酥胸，
扬长地，又和那人们笑着去了。

八

天底下，何处哟，不是兽牢，
天底下，何人哟，不是大盗，
金银的火炉，把人血煎熬，
资本的恶手，把劳工紧抓，
啊！起来哟！起来哟！啊——
索性把那个世界打成个破碎腐烂。
流我们的血，用我们的头颅，
在劫后的地上，开出大同的花儿。

“你们想呵！所贵乎官吏者何用？
不是为民众保治安谋幸福吗？
但而今哟，剥民脂，吸民膏，
狗一样地在外国人前摇尾乞怜的，
却虎一般地在民众前扬威舞爪；
要知我们也是上帝的儿郎！
岂能常受你们这样践踏，
而不一放心空中赤血反照？
“你们想呵，所贵乎士者何用？
不是正我们是非开智识先导？

但而今哟，不是在乡中东诈西敲，
便死守着破书，白靡了粮槽；
我们也一样是上帝的儿子，
岂命注定终岁勤劳不获一饱，
让他们安稳地在白云中逍遥，
让他们应分地吸我们血涛？

“你们想呵，所贵乎兵卒者何用？
岂叫他们反戈来杀我们同胞？
岂叫他们饱腹浩歌为军阀牙爪？
我们哟，从此誓死不要——
不要在这现制度下忍声生活；
我们哟，从此誓死终要——
打破一切的威权，偶像，约法，
把那世界，世界哟，重造重造！”

铁儿徘徊在重山叠嶂之上，
正望着那炎炎在火的下方，
脑中思想，如幻灭的晚霞，
转换，变化，收缩，舒放，
好似他头上翔着黑衣女郎，
弹奏起如啁啾的雏莺般琴儿在唱，
——那就是他幽灵的腾翔，
行尸走骸的解放时光。

豁然地山下的军号悲壮高啸，
山下的喊声奔涛似的遏到，
在那茅棚之中的铁儿兄弟
正在雀牌上卜他们未来运道，
这时他们胸中恐怖鸡声纷叫，
急挟着枪儿奋击奔逃，
啊！快烈哟！快烈哟！快烈哟！
这便是地球的末劫时期来到。

直等到天公吓得幂上黑纱，
那孤独的铁儿便在此时被擒，
他心里如鸣着战时的戈钲，
全不知这是苦痛抑悲哀的激吟，
他只觉自己的命运已然注定，
向着光明而平等的死国长征。
又何必畏惧，战栗，寒怔，
又何必愁虑，哀泣，求情！

但当兵士们邀功地在村中横行，
奸淫民家妇女，狼笑狞狞，
强勒民家赏洋，恶语狰狰，
饕餮猪羊，牛饮黄酒，时作猪鸣，
他这时倘有人把他血管刺破，
那射击出来的血，定能——定能
坚如枪弹攻破人们的心！
杀却这一群，这一群哟兽兵！

“啊可怜你们忠实的小羊儿哟！
任那虎狼狂吞，狮豹蹂躏，
颠沛流连，怎也不敢发一怨声，
又何用乎这么辛苦的生命！
我正恨不能嘘气成云，
将你们轻轻举起在海中深隐，
我又恨不能祷祝那昊昊苍天，
把你们生命收回——死去安稳。”

九

一间漆黑的处所寒凄阴冷，
禁囚着无数的黄脸瘦骨弟兄，
他们因被恶魔引诱而堕落的心，
何处哟，去找得光明之拂揾？

烟似的接续，雾似的继存，
灶猫般生涯，壶气样呻吟，
那原是人们的生命，
那原是狱中囚犯的生命。

铁儿的心境如大海上波浪，
狂风飓飙不再来作难吹掀，
早挟着浮云，在天边浪行，
而那沉默的象征者月明，
安慰那清波蜜卧酣睡的幽静，
发闪着光明之眼——炯炯！

忽然地心钲叮当而鸣，
眼前又舒放了万道光明，
一个白衣翩珊的女神，

似在慈云围护的天程之中，
打着美丽的正义的旗旌，
在他那眇绵的前方招引。
又似闻到一阵云雀那样歌声，
清沥婉转使人听了心惊，
在婉娩的云波之中颤震，
“哦，你矛盾的大哟，你矛盾的人！

“你的生命历程，只不过短短的二十几春，
你的罪恶，可是已在心上播遍了种，
看那蜂房一般样的你的心呵，
处处都住有恶汉，处处都是窟窿。

“你的幻想又那么样旺盛，
你想天衣霞锦，你想缀莹络星，
你想紧揾寒月，冷浸银河，
你又想骑着太阳之马而飞奔。

“而你的肉性又昂头到苍穹，
浓酽的血是你所渴想的饮，
殷红的嘴是你所渴想的吻，
软腻的酥胸，又你所想要温存。

“你左手执着灵之矛，右手，肉之盾，
无时无地不在冲突纠纷，
一天价的铿铿锵锵撞击声，
这便是你罪恶的起源与收成。

“你应该调和你的肉与灵，
如雨下在水里，相合为一体，
搀着歌着同赴生命的征程，
以期达到人生的，人生的真谛。

“即使社会的大石挡住你的前途，
你也应该联合几多同病的弟兄，
好好地设法把它丢入时浪之中，
切不可任你情感推去，贻害他人。

“固然世界终是黑暗，太阳业已残损，
但你不要驱策巨鳌扳倒天柱，
就算你的气已泄，你的愤已伸，
你终当炼就五色彩石，勠力共补。

“啊！你灵肉不能调和的囚徒呀，
你终末的时期业已临近，
你改悔之日要俟诸天堂之中，
此生，你要把罪业销毁，恐已无分。”

他像明月样微笑地在听，
胸中加灿着一片晶莹光亮，
手中满握着快乐之花轻盈，
眼前又有幸福之灯舒明。

于是他向囚犯箴劝谆谆，
“世界中人，哪个不是囚犯化身，
除非他们灵肉调配得和谐，
你们又何必常是悲泣深深。

“要知遇着灵肉和谐生活的人，
才能说是表现了干脆的人生，
否则你许是堕入兽的圈里，
你许是闯入迷幻的神的国中。

“虽是我明天日中之前受刑，
但我祈望人性的精神，
永寄宿在宇宙的花心中，
除非是月堕星殒，地球裂迸。”

他说着现出和平的笑容，
宛如镁带一般的燃焚，
灼烂出奇异芬烈的光明，
把牢狱中的黑暗驱尽。

十

鸡爪般的劲枝之尖高挂着一朵红云，
红云下的火炉，正燃得火炎熊熊。
簌簌地不时地来了阵带叶的北风，
竟如扇般吹动那火光更浓。

撒旦正高挥着他血染的手掌，
遏着火一般的蓬勃的高唱，
一个个被肉风吹去了思想的人，

也附和着推助音涛的膨胀!

“硪!来呀!来呀!这是最后的工作了!
我们已把清流纯纯的河道,
送去人们石榴花般的血涛!
哦!来呀!来呀!这是最后的工作了!

“哦!来呀!来呀!这是最后的工作了!
我们已把那人们的生命之流,
消退于钱王的愤恨的箭头下了!
哦!来呀!来呀!这是最后的工作了!

“哦!来呀!来呀!这是最后的工作了!
木叶萧萧地临风而悲号,
不再为生的光荣而赞美,
乃唱出死之赞歌与恐怖的曲调。

“哦!来呀!来呀!这是最后的工作了!
火焰似的喊声,咽调的军号,
碎栗了妇女的心,孩子的胆,
从此地上将建不起爱的王国了!

“哦!来呀!来呀!这是最后的工作了!
刀光与枪光,烘烈的炮声,
耀瞎了诗人的眼,呆禁了,口,
世间将再不能听到美与同情的歌调了!

“哦!来呀!来呀!这是最后的工作了!
我们已然把地球上人迹绝灭了!
我们已然把末劫的斧铸出了!
我们现在只要断去那明月吧!”
月儿早搭架好金青银箭,
预备和撒旦神作剧烈的争战,
她骑着石英色的云之马,
向火炎炎的下界飞驰——疾前。

歌声顿时,哦哈,歌声顿时绝灭了,
万千人兽尽目光流弹样发炯,
都为她蛊心荡魄的美质,
像海水抱明月一样地被吸引。

突然地又万千箭弩齐放,
一枝枝的尽中着人兽的胸膛,
“啊!怎么畅快而甜蜜的呀
我们真觉得前尘如一大梦!”

于是撒旦神背着血肉的洪炉逃了,
跳过理性的海而入于屈服的国中了!
在棺中受伤而未中要害的铁儿,
竟也如蛰虫一般的慢慢地醒了!

他看看棺外面的天色,
正是月儿卸去战甲的时候,
漫掩着一幅艳艳的白裙,
悄悄等等向着西方退走。

他把那薄薄的棺板橇起,
正听到第一声报晓的鸡鸣,
他同时也吸到世界里,
第一口新鲜而有味的空气。
他如梦的醒了迷惘,
他茹忍地抚着创伤,
于是走向人间去了,
哦哈!看那一轮的东方

一九二二年八、九月间作于普迪
一九二四年三、四月间改于松林

论巴人的叙事长诗《洪炉》

◉毕　艾

在中国新诗坛上，有些人就作品而言，本够不上水平线，却有幸因某种机缘而名声大噪的，实在不乏其例；而另有些人由于没能够及时让自己智慧的创造公诸于世，结果落得默默无闻，倒也颇有人在。巴人就属于后一种遭际者。

虽然，早在1922年巴人就已发表过一些新诗，并且还受到过郑振铎的称赞，说他与徐玉诺一样是"最初在中国唱挽歌的人"，然而巴人极大多数诗作在生前并没有发表和结集出版，因此今天大家只晓得他是一位著名的小说家、杂文家和文艺理论家，就没有多少人说他是诗人的。平心而论，巴人那些抒情诗即便当年全公诸于世，倒也还不能说一定就具有很大的开创性意义。可贵的是他的叙事诗。

巴人一生留给我们三部叙事诗手稿：《洪炉》《髑髅哀歌》以及《印度尼西亚之歌》，我以为它们都是珍品，尤其是《洪炉》，要是在当年就发表了出来，我想巴人早就被尊为中国现代叙事诗的开拓者了。

中国现代叙事诗是在1920年——1921年之交正式出现的。在这草创期间，新诗坛推出了四首叙事诗：吴芳吉的《两父女》、刘半农的《敲冰》、玄庐的《十五娘》和郭沫若的《洪水时代》。作为现代叙事诗，它们算已初具格局了。也就是说：一、这些叙事诗的情绪体验渗透着现代意识，从而能够真实地反映出中国劳动人民在半封建半殖民地社会中的悲惨遭遇。譬如玄庐的《十五娘》，对"五四"前后宗法制农村在半殖民地现代物质文明的波及下渐趋崩溃的景观就揭示得相当典型，同时，它们也真实地反映了那一批经历"五四"战斗洗礼的革命民主主义者在无产阶级及其先锋队——中国共产党的领导下，把彻底地不妥协地反帝反封建的斗争引向深入时期的战斗情貌。譬如刘半农的《敲冰》，就象征性地显示了"五四"民主战士奋不顾身地为开拓一条通向社会与人生至美之路与险恶势力斗争到底的悲壮精神。二、这些叙事诗已开始摆脱古典叙事诗轻情节而重抒情、轻人物形象的具现而重情绪氛围渲染的传统表现，多数已有一个较复杂而又完整的外在情节，却又相当缜密地渗入进人物活动——特别是内心活动中，以激发起他们的情感，催化出一层浓郁的情绪氛围，从而又反过来让这层情绪氛围挟裹着外在情节，去做定向跳跃，使人物的内心抒述始终框在现实的情节事件中推延出来，显示出一种接近现代化表现的叙事诗艺术特征。不过，也不能不指出：这批现代叙事诗除了为这一诗品种提供草创性的价值以外，离成熟还颇有一段距离；也就是说，它们对生活的发现还相当肤浅，形象契入的角度还相当陈旧，写劳动者的苦难只着墨苦难的表象，而没有从生活和人的底层世界去求索；写革命民主主义者的激情和追求意志，也没有能升华到哲理高度。而在艺术构成上，又显得担疏、单薄，形象机体的时空度也不够开阔——如《敲冰》的形象，就是一个寓意化的具象物而已。

中国现代叙事诗带着草创期的稚气，进入1922年以后，仅以五年时间，就已显得成熟起来了。这种成熟展现在如下这批作品中：闻一多的《李白之死》《渔阳曲》，叶绍钧《浏河战场》，王统照的《独行的歌者》，汪静之的《精卫公主》，王希仁的《松林的新匪》，饶孟侃的《莲娘》，冯至的《吹箫人》《帷幔》《蚕马》《寺门之前》，白采的《羸疾者的爱》，韦丛芜的《君山》，朱湘的《还乡》《王娇》，等等。而巴人的《洪炉》恰恰也写成于这期间——1922年8-9月间初稿，1924年3-4月间修改定稿。如果说，上述那批当年已公诸于世的作品，分别从不同的角度展示了中国现代叙事诗的成熟，则我以为：这首未问世的《洪炉》实在为这一成熟做了全方位的展示。

这期间的叙事诗，继承了草创期的现实主义传统精神，以较现代化的社会意识对半殖民地半封建的中国现实做了强烈的批判，并能采用社会矛盾十分尖锐的现象为题材，来做近距离的生活反映。叶绍钧的《浏河战场》和朱湘的《还乡》就富有代表意义。前者通过巡视战场所见的种种残酷景象的叙写，后者通过一个士兵及其一家的悲惨命运的描述，来控诉封建军阀连年混战给中国人民带来的深重灾难。可以说，它们比之《十五娘》《两父女》中所揭露得更为深广，批判得也更要尖锐强烈。但也像后者一样，都只停留于揭露和批判，而没有能再走前一步。即使像《浏河战场》这样现实主义色彩颇浓的作品，在控诉了军阀争霸夺地、给人民带来巨大灾难和难以愈合的创伤之后，诗人最后就只能愤怒地说：这些灾祸是无需向"大帅""土王""避居租界的富翁""挂起洋旗的巨商"去陈诉的，只有"向命运相同的男和女"去讲，让大伙"心心联结成大心"，才能使"魔王"们再不逞凶。值得珍视的是：叶绍钧这首长诗的终点却是巴人《洪炉》的起点。这部长诗也写了"兵匪杀夺的世界，谁都是室亡家破、颠沛流离"的现象，但它写的"兵匪杀夺"并不是军阀混战的统称。"兵"是反动政权的专政工具，而"匪"呢，却是被逼上梁山的造反者。诗篇中的主人公，作为"匪"中一员的铁儿，从一个勤劳善良的农民走向"匪群"的经历，十分典型地反映了封建专制统治下中国农村一场阶级压迫与反压迫的斗争。这个"家中虽是清苦""生涯虽是劳碌"的青年农民，因为尚有"父母妻妹团聚欢愉"，对生活原本是知足的，并无非分之想，因耕牛冲坏了獗民的马，弄得"田地没了"，"好马的粮食，/吃着我们一家的泪血了"，妻子也逼得含恨自尽了。于是这个血性汉子决心把命豁出去——复仇：

> 我要横行天下，切头作杯，
> 痛饮哟——痛饮尽仇雠血了！
> 我要不顾一切飞剑苍昊，
> 溅出哟——溅出一天的血霞了！

就这样，他入了"正群"，并且亲手宰了獗民。但这样做带来的后果却是他家庭的彻底毁灭——父亲被豪绅拘捕杀害，母亲惊病而亡，妹妹被逼卖身。从此，铁儿成了个亡命徒。可贵的是巴人对《洪炉》所作的艺术构思并没有孤立地去表现铁儿个人的悲惨遭遇，也没有去单纯地描写他个人的复仇故事。诗篇告诉我们：所溜的匪群，也正是由铁儿这样铤而走险的亡命徒组成的，他们复仇的具体对象虽然各不相同，但这些对象所组成的整体，亦即追捕他们、逼得他们走投无路的地主、豪绅和官兵，却牵着每一个亡命徒的命运。于是我们在诗篇里看到了：这一股自发的个人复仇者所汇成的势力，在"惨离离的血草吻着晨光"的荒野上，年年月月与其对立面所展开的一场场生死搏斗，就成了十分典型的、自发性的阶级大搏斗，而在中国现代叙事诗中，也就第一次出现了一支造反大军，他们复仇的对象已不是这一个或那一个獗民，他们复仇的目的也不是消灭某个具体的恶势力者，而是要彻底毁灭这个剥削世界，创造一一个全新世界：

天底下，何处哟，不是兽牢，
天底下，何人哟，不是大盗，
金银的火炉，把人血煎熬，
资本的恶手，把劳工紧抓，
啊！起来哟！起来哟！啊——
索性把那个世界打成个破碎腐烂。
流我们的血，用我们的头颅，
在劫后的地上，开出大同的花儿。

这是何等悲壮的抒情，又是何其值得珍视的创作境界。

任何价值都是从比较而来的，《洪炉》的价值也只有把它放在中国新文学——特别是新诗的潮流中去比较才能获得。根据以上分析，我们可以看到：《洪炉》一方面像《浏河战场》《还乡》一样，真实而尖锐地揭露了中国劳动人民在半封建半殖民地社会中的悲惨遭遇，另一方面则由于巴人的现实主近艺术视野相当广阔，更使这部作品的艺术形象上升到一个新层次：从揭露现实到反叛现实，从个人复仇到阶级反叛。我们知道："五四运动"是在马克思主义真理的启迪与十月革命的感召下发生的，是一场属于世界无产阶级革命范畴的中国资产阶级民主革命运动；而作为它一个方面的反映，"五四"新文学革命虽然把为人生而艺术这个中间性的口号来普遍提倡，但在揭露现实的基础上激发起阶级反叛，应该说是它更本质的特征，显示着现代文学的创作主流方向。这个方向，新诗的奠基人——郭沫若在诗集《前茅》的个别抒情篇章中已有显示，如《上海的清晨》《朋友们怆聚在囚牢里》等，蒋光慈的诗集《新梦哀中国》中也可感受到一些，如《太平洋中的恶象》《中国劳动歌》等。但他们这些诗实在显得太空泛了，缺乏生活表现的真切感。至于在现代叙事诗中，如上所述，草创期也好，这期间也好，这种主流方向就统统没有在创作中得到过体现。恰恰是《洪炉》，通过现实主义生活概括的真实性和形象表现的真切性，把这一点动人地体现出来了。所以可以这样说：我们在《洪炉》里听到了"五四"文学的最强音。所憾者是这么个最强音，在当年和以后数年间的叙事诗创作中，几乎没有听到过，直到十多年以后，在杨骚的《乡曲》、蒲风的《六月流火》等长篇叙事诗中，才得到极大的回响。

于此可见：巴人这部作品在显示中国现代叙事诗的主流方向上，具有何等炫目的开拓性意义，该是不言而喻吧！

但一部作品的价值是不单属于体现创作主流方向的。它必须以现实主义的真实为基础，而这类真实又不仅仅表现于现象的如实，更要求作家富于历史感的智慧目光，透过现象，揭示出生活深层结构中的本质真实来。《洪炉》值得我们珍视的还在这一方面。

铁儿所加入的这一支队伍，毕竟是自发性的造反，它对封建统治势力的打击不能说不沉重，但巴人却能透过现象看出：这股反叛势力究其终只能说是一批群氓，它那无节制的破坏力同样会损及一般人民。这使得他在进行《洪炉》的艺术构思时，竟以很多的笔墨写这支队伍的残忍和奸淫掳掠。诗篇告诉我们：在这批亡命徒心中深印着的是这样的逻辑："我们吃他们，他们吃我们"；其结果则不仅使他们对仇人采取"割下人们头，镂成空心怀！注灌玛瑙血！痛饮芳冽醅"——这样残酷的报复行为，并且还做这样疯狂的追求：

有的左手挟着个熠光的枪，
右手抱着了酡了脸的姑娘；
兽狰狰笑容遏现在面上，
紧搂着不知要走向何方。

有的高壮激越地悲唱，
唱那，他们战胜人类界现象，
唱那，他们破坏事业的伟壮，
唱那，他们疯狂行为的快畅。

对巴人的这种抒写，我们如何解释呢？

首先，我以为这显示了巴人在艺术地认识生活中已把握住了如下这点现实主义内在规律：被黑暗社会逼入生活绝境的亡命徒，产生这种残忍而疯狂的行为并不奇怪，这正是他们的灵魂遭受严重扭曲的真实体现。为更好说明问题，我们不妨研究一下铁儿性格的演变历程：这个被逼入匪窝的青年农民，虽然一开始就横下一条心要亲手宰掉獗民，但等到仇人被他抓到手中后，他却"亡魄失魂"起来，一时下不了手，"在同情的海里游泳"再三，而等到终于宰掉了獗民，他又"心中留着过后悔恨"。这是一个憨厚的农民在灵魂遭受扭曲初期，善良本性未泯的真切表现。唯其如此，他才会对自己生活在匪窝里老感到受不了，因复仇而"兴奋后的神经"，竟会跳出这样自怨自艾的情绪："啊！我何不幸闯入这喝血的兽内"。不过，等到他亡命途中碰到了妹妹，得知家庭已被仇人彻底毁掉以后，这个农民的善良天性也彻底毁了，竟亲手枪杀了妹妹受污的肉身，为的是甩掉最后一点后顾之虑，然后也肆无忌惮地滚进了匪的狂流——这一举动是他的灵魂终于彻底被扭曲的标志。从此以后，他既决心和旧世界斗到底，性格也变得和其他亡命徒一样了：

转换，变化，收缩，舒放，
好似他头上翔着黑衣女郎，
弹奏起如啁啾的雏莺般琴儿在唱，
——那就是他幽灵的腾翔，
行尸走骸的解放时光。

正是这个"行尸走骸"意识的建立，使铁儿进一步变得和他的学兄们一样了，不仅追求毁灭一切的快意，也乐于让"自己的命运""向着光明而平等的死国长征"；这就是说：他还渴望自己和旧世界一起毁灭。从巴人对主人公的性格逻辑所做的这一把握中，可以看出那是始终和黑暗社会对个人无尽的折磨紧紧结合在一起的。因此我们可以承认上面已经提及的结论：铁儿和他的弟兄们变得如此残忍又疯狂，正是由于仇恨把他们的灵魂彻底扭曲以致兽性化了的缘故。

其次，我认为：这一伙身上染着这样那样兽性罪恶的造反者，要毁灭一切，甚至包括毁灭自身的情绪指向，除了是灵魂扭曲以后的一种性格逻辑必然所决定以外，同时也是巴人有意让主观意图打入的结果。《洪炉》就创作精神说是现实主义的，但就创作方法看却是现实主义、浪漫主义和象征表现的杂陈。被巴人表现得十分扑朔迷离的那些包括铁儿在内的群氓们传奇式的活动经历，实在颇使我们感到这无非是如下这点诗人自己主观情思的具象外现：强烈渴望毁灭黑暗世界——包括染有污迹者自身的毁灭，以求得身外身内的世界彻底毁灭而新生。而我们晓得：巴人这类主观情思，其实正是"五四"青年追求理想社会和人生真谛的反映。郭沫若《女神之再生》里要求毁灭世界而再造个光明的世界，《凤凰涅槃》里要求毁灭自身后再生个鲜美的自我，就正体现着这种精神，只不过他在这些抒情作品中是直接表现出来的，而巴人在这首叙事诗中则是曲折地表现出来的。

由此看来，《洪炉》是凭着形象的真切感，较深沉地体现了生活的真实和时代的真切。而由于这种真实和真切的高度相融，使得这部作品从另一个角度显示了它对中国现代叙事诗的开拓性意义。

但《洪炉》里这股"匪的狂流"——特别是其中铁儿的心理归宿，乍看却颇令人迷惑不解。巴人采用浪漫主义的表现手法，让待死的铁儿"找得光明的拂揾"——在幻觉中看到"一个白衣翩珊的女神"正"打着美丽的正义的旗旌，在他那眇绵的前方招引"，并且以她"云雀那样歌声"给待死的铁儿以恢复人性的启悟，向他指出：他的幻想虽是那么旺盛，"想骑着太阳之马而飞奔"，但他的肉性却无限放纵："浓酽的血是你所渴想的饮，殷红的嘴是你所渴想的吻，软腻的酥胸，又是你所想要的温存。”于是：

> 你左手执着灵之矛，右手，肉之盾，
> 无时无地不在冲突纠纷，
> 一天价的铿铿锵锵撞击声，
> 这便是你罪恶的起源与收成。

因此必须“调和你的肉与灵”，只有这样，才能在奔赴生命的征程中，达到“人生的真谛”；只有这样，才能当社会的大石挡住自己前途时，能联合起“同病的弟兄”，“把它丢入时浪之中”——即把个人的不幸和大时代的斗争结合起来，而不至于只凭个人复仇意气，“驱策巨鳌扳倒天柱”，贻害他人。正是这种追求灵肉和谐的人性精神的启示，才使铁儿及他的弟兄们在临死之前大彻大悟。从《洪炉》的这一种形象逻辑中使我们感到：巴人对这支造反队伍是既怀惋惜之情，又持批判态度的，而批判的集中点是他们失却人性，堕入兽性，因此他们面对“太阳业已残损”的黑暗世界，无法有“炼就五色彩石，勠力共补”的理想以及成功的可能，应该说，巴人对社会问题实在相当敏感，在他看来，农民造反由于缺乏正确的方向和思想支柱，其结果总是变成群氓以致毁灭。这无疑是很深刻的，并且在长诗的艺术构思中体现得极具现实主义真实。至于巴人提出的那种正确的思想支柱，却是灵肉和谐的人性精神。他当然脱不了资产阶级民主主义的思想认识范畴。不过对这一点，我以为需要采取历史唯物主义的态度，以可以谅解的目光看诗。我们晓得：巴人虽然在写这首叙事长诗前夕，就和他浙江第四师范的同学宓汝卓等创议在宁波组织一个共产党小组，说明他那时已有朦胧的共产主义觉悟。但他毕竟还没有严格地受过马克思主义理论和革命斗争实践的教育，因此对社会现象的分析不能不受形形色色的资产阶级思想的影响，而无法深入，而这当然也影响到这部作品更多层次的现实主义价值。不过，我们如若回顾一下巴人写这部诗作的时间，那倒是颇有利于探讨上述问题的。这部诗初写成稿时，离中国共产党的建立还有一年，我们现代文学家中可以说还没有人以科学的马克思主义理论来认识和解剖社会现象，并在创作中得到反映。鉴于这种历史的局限性，我以为我们后人是不应该对《洪炉》中铁儿等人的心理归宿做苛求的。一个研究者所需要的是把对象放在当时的历史条件下与创作格局中去。

“五四”初期的作家、诗人们，在创作实践中普遍地追求着“美满的人生”这个命题，总是从现实生活中灵肉失调的角度契入的。而在趋向成熟期间的中国现代叙事诗，这方面的追求就更显著。冯至的四篇著名叙事诗，就全从灵肉失调入手完成其悲剧构思。譬如，《帷幔》中的少尼，原本是一个大家闺秀，向往心心相印的崇高爱情，崇奉灵的世界。因此当误听人说自己的未婚夫是个丑陋而粗卑的人时，她竟抛掉富贵生活，逃入荒山，削发为尼了。但她想脱离肉性而建立完美的灵性世界是不可能的，所以到后来，她在暮鼓晨钟的寂寞生涯里，竟被一个山野牧童挑逗起青春琴弦，以致无以自释。但她又明白自己与牧重已属两个世界；于是在尝尽灵肉分裂之苦后，她只好绝望地在一块帷幔上绣了幅“天上有相思鸟，水里有比目鱼”的极乐世界图，以寄托空虚的灵的生活，随即郁郁成病，结束了年轻的生命。可以看出：冯至这首诗是从主人公强调灵性而忽视肉性导致的悲剧，而另一首被朱自清誉为“押阵大将”的白采的《赢疾者的爱》则相反；这部诗的主人公太强调优生。由于深感自己肉性的不健全而活活地扼杀了灵性的追求，从而也导致人性失调的永恒哀怨。这些作品在那个封建势力还浓重地压制着年轻人个性解放的时代出现，当然也有反封建的现实意义，但和处于饥饿线上挣扎着的劳动者的生活，和那时最尖锐的社会矛盾，毕竟还有一段距离。而巴人的这首《洪炉》则是通过被逼出正常人的生活轨道、过着朝不保夕亡命生涯者的生活描写，来升华出如下这个命题的：至美的社会生活境界是人性的充分完成。应该说这就更富有时代色彩。可不是吗！在三座大山压迫下的中国社会，铁儿和他的弟兄们所过的日子本来就是非人的，又何以谈得上灵性生活。他们弄得人性精神的丧失，不言而喻是黑暗社会对劳动人民残酷迫害的结果。所以巴人在长诗里呼唤人性的觉醒，比《帷幔》《羸疾者的爱》等具有更尖锐的反封建的现实意义。还可以说：这也是从自我为本的个性解放向社会解放——“五四思潮”的演进，在诗歌创作方面的动人反映。

总之，以上种种方面都可以看出：巴人创作这部叙事长诗，在对生活进行了思考、体验和艺术概括时，是极具现代意识的。那么，这种创作的现代意识是不是也渗透进他叙事诗的艺术追求中了呢？我以为也确是这样。

现代叙事诗进展到巴人改成《洪炉》时，其创作艺术已不再像草创期那样单调呆板，可以说已五花八门了，而《洪炉》在相比之下就更显得有创新特色。

好像有那么一种不成文的约法：叙事文学中凡富于血性魄力的阳刚之作，总强调点情节性：出人意料的突发事端，曲折离奇的演化过程，大起大伏的命运遭际……中国现代叙事诗也脱不了这个规范。在产生《洪炉》期间，最富血性之作该是王希仁的《松林的新匪》，情节性相当强；虽然也不乏关节点上的抒情。但总的说是以主人公离奇的命运遭际抓人的。而《洪炉》是尤其富有血性的。按理说情节性事件也该特别强些吧，其实不然！这部长诗依顺主人公命运演变的主导情节是颇平淡的，为了于平淡中见离奇，给读者的审美感受以强刺激效果，巴人就致力于情节的朦胧化；而为了达到这一点，他又采用两种办法：

首先，我以为《洪炉》中情节的朦胧化，是以打破情节外在的时空顺序模式达到的。也就是说，在巴人的这首叙事诗中，按地球时间、空间的序列来叙写情节事件的传统做法，已被人物心理时空序列的表现所取代了。在这首诗中，楔子不算。第一章所叙写的其实是情节的终结点，以后九章不过是主人公铁儿死里逃生重返家园后的往事追忆。对铁儿非凡经历的叙写，有一条依稀可辨的时空顺序线，但内中的场景事件。却完全按铁儿回忆的心理流程所需，打碎其外在时间序列，任意取一段，缀纳进心理流程中去。譬如，铁儿被逼入匪群后，巴人并没有马上去让他复仇杀獗民，而是花了第三到五章全力写匪群在黑夜山野上和荒村里的一桩桩兽性行为，也写到初入伙而尚未失却灵性的铁儿因为还不习惯这种生活，怀着怏怏心绪睡去了。就在这场沉睡中，巴人让铁儿处于矛盾中的意识流动起来，展现出他灵魂扭曲过程中精神状态由量到质的变异。为完成这一指向，巴人采用两个梦境来具现。这就是：在第一个梦中回叙了他入匪伙后杀獗民复仇的事，而这些叙写里显示了铁儿初次杀人时内心的胆怯、同情、忏悔等复杂情绪；第二个梦回叙了两件事，一件是他在亡命途中遇见妹妹，又从妹妹口中知道了杀獗民之后的家难：父母惨死，妹妹被迫卖身；第二件是他听了妹妹的叙述后，竟狠起心来亲手枪杀了妹妹受污的肉身。这一连串往事在这个梦境中呈现，又是密切配合心理流程的，显示了铁儿的精神状态已有了质的改观，灵魂彻底扭曲。两个梦，把他入匪后的一整串经历全压缩进去，但从叙述事件的外在时空序列看，这两个梦境中的事情是根本挪不到一起的，只是在潜意识流程中才和谐地组接起来，极具心理时空的有机序列。也许有人要问：按地球时空顺序来叙写不是挺方便、挺合乎一般人的欣赏习惯吗？这话当然不错，但巴人偏用心理时空的序列来写，也自有其审美奥秘的。我以为除了有利于心理性格的真实呈示，在更浓缩的描写容量里立体地表现人物之外，还能使外在情节不时地断裂，情节性场面不时地跳跃，给人以扑朔迷离之感，从而产生一种情趣离奇的审美效果。

其次，我以为《洪炉》的情节朦胧化，还以情节线上的重要场景采用虚拟的描写达到的。叙事文学很讲究对场景描写的真实，特别在小说创作中。叙事诗虽不像小说那样讲究过分。却也因同属叙事之列而总要求真实。草创阶段和开始趋向成熟的期间，中国现代叙事诗除了郭沫若的《洪水时代》、汪静之的《精卫公主》、冯至的《吹箫人》《蚕马》那样的神话传说体，或者刘半农的《敲冰》那样的寓言体，其余的叙事诗在情节性场景描写上几乎没有像《洪炉》那样搞虚拟化的。《洪炉》把那个苦难社会的大背景虚拟为一个血肉洪炉，这个罪恶世界所演出的一幕幕宿命悲剧也被虚拟化为撒旦率一群人兽，用一管取火钻头在人间树上一钻，飞出火苗跃入人世血肉洪炉。然后"洪炉中便有许多戏剧表演"。第三到五章，写匪群夺黑夜山野荒村一场场触目惊心的场面，就是洪炉中的"戏剧表现"，一些夸张的、虚拟的、带着浓重象征色彩的描写。全作第九、十章，情节场面更是极度虚拟化；先是写"一个白衣翩珊的女神"——月神向铁儿诉之以灵肉谐调的人性精神应当复归，续写撒旦对生命之流的进攻，而月神"骑着石英色的云之马"和恶魔剧烈的征战，使"撒旦神背着血肉的洪炉"逃走。这一支兽群的狂流终于毁灭而铁儿再生。这种搏击性场面的虚拟化描写，既是人物在特定环境中的心态幻觉，又是诗人主观情思的一种象征意象具现。正是这样一种艺术处理，使巴人比中国现代叙事诗初期的追求者们更早些掌握了一种充分表现意识流动的意象技巧。表现了那么些场面的虚幻，这条情节线自然显得似实似虚，似真似幻，颇具神秘离奇的审美感了。

叙事诗既要叙事，又要抒情，但毕竟要把叙事放在首要位置上。叙事诗中的叙事和小说并不完全相同，必须叙事抒情化——这样叙写事件，归根结底是要达到诗的高度抒情的目的。而我们晓得：诗对生活的直觉是诗创作艺术的起点，从直觉的深化而获得感知印象，就进入了活跃的想象阶段，想象高度活跃的结果才激起诗的情绪出来，所以我们说诗的就是想象的，诗的就是抒情的，其实是一回事，即想象和抒情在诗中是一回事。为了达到高度抒情的目的，诗人就要使表现对象能触发读者活跃的审美想象。这在抒情诗中，可以强调意象表现的功能，在叙事诗中呢？如上所述，鉴于它是以叙事为出发点的，就得考虑情节的问题。要使叙事诗的情节具有活跃审美对象的功能，现代化的办法就是使情节朦胧化，因为形象的朦胧在审美效果上能触发人多方位的艺术思维，或者说能给以充分展开想象的自由。想象因自由而造成活跃，则抒情效果也就更佳，给读者的情绪感受也会更浓。所以我们不谈叙事诗的创作艺术则已，要谈的话，就得首先考虑情节朦胧化问题。巴人在《洪炉》中所显示的艺术表现才智，就是突入叙事诗艺术追求的这一核心课题。在中国现代叙事诗的初创期间，写好比较出色的叙事诗不是没有，像朱湘的《王娇》，在表现王娇的心理性格方面，以及格律的追求方面，都是堪称独步的。但总体说，这部诗的技巧还是传统的，重情节叙写，太实，朦胧感不强。韦丛芜的《君山》抒情味很浓，但情节太淡化，以致于不像有情节似的，又未免失之于叙事诗艺术的质的规定性。只有冯至的几首叙事诗是讲究情节和情节朦胧化的。巴人的《洪炉》可以与之媲美。对于冯至，当年朱自清就誉之为"叙事诗堪称独步"(见《中国新文学大系·诗集·导言》)。"可惜巴人当年没有把《洪炉》发表出来，要不，在叙事诗艺术的追求上，不也可以誉之为堪称独步吗？

当然,《洪炉》还不是很成熟的。巴人是一位凭才力写诗的人,写得较放,长江大河一泻而来,却也难免泥沙俱下。使我感到最大不满意的是第一章,即铁儿死里逃生后的情景,这里的铁儿再也没有血性汉子的气概,似乎是放下屠刀彻底改悔了。这个造反者的心理归宿典型意义不足。如果不写这一章,倒能给读者更多回味,不致于像现在那样损及这个形象的现实主义光采。其次,艺术上我也感到粗率了一些,不精致。记得巴人在1925年写的《自叙》中曾谈到过自己的诗:“风格太强硬太男性化了,欠柔软和谐”。从风格讲,男性化绝无非议之处,不过男性化得过分是会产生粗糙的,会缺乏委婉曲折的余韵和精致和谐的艺术格局。这些就不值得肯定。当然,我指出的这两个缺点,比起前述四个方面全方位的开拓性成就来,毕竟属次要。

在巴人写《洪炉》的前一年,郭沫若在《司春的女神歌》中借司春女神之口唱道:

“花儿也为诗人开,
我们也为诗人来,
如今的诗人
可惜还在吃奶”

郭沫若当时做这个判断还是对的。但不要忘记1922年是中国现代诗歌史上一块界碑。从这以后,现代诗歌结束了它的尝试阶段,而走向了多种流派竞争,走向了成熟。从此以后,不但抒情诗的追求者们不再吃奶,现代叙事诗的追求者们也在摆脱幼稚了。可惜在中国现代叙事诗上富有开拓意义并能标志出某种成熟度的佳作——《洪炉》,竟然默默无闻,被岁月的风尘掩埋了几十年。我说:历史老人的这一场无可奈何的失职,今天该让我们后人来纠正吧!

1986年6月于西子湖畔

郭沫若论(续二)

◉安　操

六

郭沫若写完诗集《恢复》中的最后一首《战取》后不久，就化名吴诚潜往日本，在那儿度过了十年的亡命生涯。“七七”事变发生后的第十八天，他又抛妻别子潜回祖国，投身全民抗日的伟大时代。抗战胜利后，他由重庆到上海，以民主人士身份按党的指示从事着革命文化活动。新中国成立后，他被委以重任，在科学、文化部门的领导岗位上，做出了卓越的贡献，直到1978年6月12日以八十六岁高龄走完了人生道路。在这长达半个世纪的岁月里，他的主要方向虽已不在新诗创作上，但仍能以过人精力、惊人毅力，业余继续从事着这份心灵创造事业，先后出版了包括《战声集》《新华颂》《骆驼集》《百花齐放》等八部诗集，构成了这位不倦的歌者第三个新诗创作阶段。

这一阶段对于郭沫若来说，不仅时间特别漫长，而且作为一个踏着荆棘而奔走在血火交迸的时代中一名爱国志士，经历也是十分复杂曲折的。在前面我们就已称他第一阶段的新诗创作为新世界三部曲，第二阶段为彷徨者二重奏，那么这第三个阶段则可称之为向太阳交响曲了。鉴于交响曲原是多声部演奏，所以也就决定了郭沫若这阶段新诗的情调风格也必然是极丰富多彩的。因此，我们对他这阶段的考察，也将从如下三个方面展开：一、1928-1948年间以《战声集》《蜩螗集》为标志的激越高歌期；二、1949-1957年间以《新华颂》《骆驼集》为标志的沉稳吟唱期；三、1958-1963年以《百花齐放》《东风集》为标志的反讽乱弹期。

先看1928到1948年期间郭沫若具现于《战声集》《蜩螗集》且以激越高歌为特色的新诗创作情况。

从1928到1948年整整二十年间，郭沫若只出了这么薄薄的两部诗集，产量算不得高。这同他转移了兴趣有关。这期间，他致力于古代社会研究、甲骨文钟、鼎文考释和历史剧创作，留给他写诗歌的时间不多。平心而论，这两部诗集的艺术质量也算不得高，不过有一个特点：从总体看这些诗已经从写《恢复》时那种低抑情调中挣扎出来，又像写《女神》《前茅》《瓶》那样显示出激越高歌的情调风格来了。这当然同那个时代有关。诗说到底，毕竟是时代生活的反映。这二十年间，中国经历着民族大解放和人民大解放接踵的伟大历史转折关头，方死方生的特定时代情调充盈当年身处现实斗争敏感地带的郭沫若心灵中，使他能从革命受挫期的低抑情调中挣脱出来转向为大时代而呐喊高歌。这样的心理演进是必然的，也是完全可以理解的。不过也应该看到：这同郭沫若这期间的诗歌审美观又一次转向火山爆发式惠特曼风尚有关。

作为具有特定创作个性的诗人，郭沫若一直奉火山爆发式惠特曼风尚为至尊，而这也就是“雄浑”风格的追求。唐司空图在《二十四诗品》中认为“雄浑”是一种具有"荒荒油云，寥寥长风"般"横绝太空"气概的艺术风格，而与之相对的则是"冲淡"。这种"饮之太和"而作"素处以默，妙机其微"的虚静风格，却并不是郭沫若真正喜爱的。在《序我的诗》中，郭沫若在谈到自己《女神》以后的诗时这样说："……但像产生《女神》时代的那种火山爆发式的内发情感是没有了。潮退后的一些微波或甚至是死寂，有些人是特别的喜欢，但我始终是感觉着只有在最高潮时候的生命感是最够味的。"这席话作为他偏爱雄浑而不爱冲淡的佐证，是确切的，但用来佐证《女神》以后他的诗就没有雄浑的风格之作了，那可并不确切。在《我的作诗经过》中郭沫若就说《前茅》具有"第二期的惠特曼式恢复的形势"，而我们以为《战声集》《蜩螗集》——特别是前者，可以说具有"第三期的惠特曼式恢复的形势"，显示为激越高歌的诗歌审美特色了。值得指出：郭沫若是把"荒荒油云，寥寥长风"的雄浑情调风格看成是"扬"的生命节奏表现的，而把"素处以默，妙机其微"的冲淡情调风格看成是"抑"的生命节奏表现的。于是在写于1936年11月的《诗歌国防》一诗中，他就借诗来表白自己这期间的新诗情调风格追求是雄浑，是力求先抑而后扬的生命节奏表现。在该诗中他承袭当年《论节奏》一文中的见解，说节奏是两种，"或是先扬而后抑，或是先抑而后扬"。而前者，如"古老的钟声""宗教的颂歌"，是"使人消沉的"，"把人引到的境地，是睡眠，是渺茫，是空"，而他所欢迎的是后者，是如同"澎湃的海潮"那样的：、

> 它从海心卷来，声音是由低而高而更高，
> 奋迅地打上岸头，令你腕鸣而血跳。

为什么他爱这种"先抑而后扬"的生命创造节奏呢？是因为"我们"身处的时代所要求于诗人的是以诗"鼓动起民族解放的怒潮"，"唤醒全民趋向最后的决斗"。因此他提醒自己和其他诗人：

> 我们的民族需要的是觉醒不是睡眠，
> 催眠歌的音调应该暂时放在一边。

由此看来，《战声集》和《蜩螗集》中的新诗，确是在自觉地追求一种先抑后扬、振奋人的雄浑情调风格。这类情调风格具现在三个方面：召唤精诚团结形成"们"的队伍；讴歌"们"的队伍投身民族抗争；赞美必胜意志献身时代精神。

先看召唤精诚团结而形成"们"的队伍方面的抒写。

在做这方面的考察时，得首先来谈一谈郭沫若未收入《战声集》或《蜩螗集》的佚诗《夜半》。这首诗写于1931年4月29日，它是郭沫若一时的感触而以诗的形式记在这一天的日记中的，后来应《现代》杂志的约稿，他才让这首诗在《现代》第2卷第1期上发表了出来，后来也从未见收入过任何集子中。该诗抒写的是：一个寒风怒号的深更半夜，北斗星在天心摇摇欲动、铁管工场的烟囱顶上挂着"蒙烟的一钩残月"时分，我们一条寥寂的陇道上肩并肩"向着北方的一朵灯光通红"的方向走着的情景。诗篇在抒叙了这些后这样唱道：

> 我们在寒风中紧紧地握着两手，
> 在黑暗的夜半的陇道上颠扑不休，
> 唯一的慰安是眼前的灯光红透。

诗到此也就戛然而止。显然，这是一场本体象征，象征着革命者在革命低潮期团结一心向北方——闪耀着社会主义理想光明的方向手挽手继续前进的精神意绪，由此凸显出来的则是让"我"的"发烧"的手温暖着"你"的"冰冷的手"——"在寒风中紧紧地握着两手"一起继续前走的意象。这些表现像一个特写镜头那样感兴地象征出了精诚团结、万众一心、共度艰难的情境。

革命斗争需要这个特写镜头，民族抗争更需要这种精诚团结，这是形成一支战无不胜的阶级解放、民族解放队伍的基础。而正是由《夜半》提供的这条象征思路，使郭沫若面对强邻压境、国将不保的“最危险的时候”——1936年“九一八”国耻纪念日那天，写下了《们》一诗。以“们”为题有点怪，其实也容易理解：这是对万众一心的群体精神的张扬，因为“们”在汉语中是作为名词的复数标志的，所以对“们”的赞美也就是对精诚团结、万众一心的赞美。诗人在诗中说自己是在1936年“九一八”国耻纪念日这天才悟及“们”的伟大价值的，因为他在这日子看到了中国人民团结一心做民族抗争的队伍已在形成，诗篇中就这样说：“们哟，我亲爱的们！/你是何等坚实的集体力量的象征”，“你鼓荡着无限的潜沉的力量”！因此，当他听到“我们，咱们弟兄们，同志们年轻的朋友们”，就会“勇气百倍”，“和瞥见了真理一样的高兴”，以致说：“我要永远和你结合着，融化着，/不让我这个我可有单独的一天”。这就不仅表现了个我群我化的哲理感悟，也表现了“我们万众一心”的现实体悟，体悟到我们民族“们”的队伍已经形成。

于是郭沫若进而讴歌“们”的队伍而做投身民族抗争的抒写。

考察这方面就得先来提一提“七七”事变发生后第十八天的一件事。那天郭沫若别妇抛雏毅然潜回祖国。这事儿也许可以说就是诗人奔向“们”的队伍、投身民族抗争的一首最悲壮诗。在潜回祖国的舟中他作有一首七律记录了自己当时的心境，这样写：“又当投笔请缨时，别妇抛雏断藕丝。去国十年余泪血，登舟三宿见旌旗。所得残骨埋诸夏，哭吐精诚赋此诗。四万万人齐蹈厉，同心同德一戎衣。”这最初的两句就表明自己抛家弃舍投奔捍卫祖国的“们”的队伍那一片精诚，而最后两句则点明这队伍将会是民族解放最强有力的保证。唯其如此，也才使他在《民族再生的喜炮》中把民族再生的希望寄托于这支“们”的队伍的终于形成。诗中说：“我们的民众是众志成城，/我们的将士是一德一心。/这民意，这士气，是我们的剑和盾，/这为敌人的飞机大炮所炸毁不尽。”这可是对“们”的队伍真切的抒写。在《血肉的长城》中，他进一步把“们”的爱国责任感和人人都欲“竭尽自己的精诚”的报国意志提升为一道民族的“血肉的长城”，并这样讴歌：“我们并不怯懦，也并不想骄矜，/然而我们相信，我们终要战胜敌人，/我们要以血以肉新筑一座万里长城。”这样抒写当然是进入“们”这支队伍的灵魂里了，而“众志成城”则是其逻辑起点。

从血肉长城已在“们”的队伍的灵魂深处筑起的感受出发，诗人又进入第三个方面的抒写：赞美必胜信念而高扬献身精神。

“七七”事变后全民奋起抗日并非一夜之间的事，而是我们国人早在预感中的。具体点说：中日大战不可避免的社会思潮从1935年下半年起已郁结成一片“山雨欲来风满楼”的时代氛围了，当年的文化人就已称之为是“密云期”。值得指出对这场战争不可避免的预感，在国人心中还深化为中华民族必将再生的乐观主义信念。所以，随着卢沟桥枪声的响起，这股信念竟掀起了一股巨澜。这里值得提一提艾青。在“山雨欲来风满楼”的日子里，他也深信着苦难深重的祖国一定会在战争中获得再生，因此而写下了《太阳》《煤的对话》等诗篇来寄托这种心情。1936年7月6日，他乘火车从上海去杭州的路上，望着杭嘉湖平原的风光，而幻感到“腐朽的日子/早已沉到河底”，“春天的脚步所经过的地方，/到处是繁花与茂草”，“忠心于季节的百鸟”，也已在呼唤播种者前去播种。于是他深深相信：“为了我们肯辛勤地劳作/大地将孕育/金色的颗粒。”既然如此，那么“你”这个“悲哀的诗人”也应该拂去往日的忧郁，让希望苏醒在自己“久久负伤着的心里”吧。处在战争预感中的他这一份心情，竟然如此明朗和令人振奋。这是什么缘故呢？他在心儿里向自己做着这样的回答："因为，我们的曾经死了的大地，/在明朗的天空下/已复活了！/——苦难也已成为记忆，/在它温热的胸膛里/重新漩流着的/将是战斗者的血液！"这是一个中国诗人惊人的预言——在《复活的土地》这首诗里。而第二天，卢沟桥的炮声响了，伟大的民族解放战争正式开始了。不仅艾青怀着死了的大地已复活的心情在迎接着这个血火交迸时代，郭沫若同样怀着凤凰在烈火中再生的心情在迎接着这个时代。在《前奏曲》中他高唱："全民族抗战的炮声响了，/我们要放声高歌，/我们的歌声要高过/敌人射出的高射炮。"而在《轰炸后》中，还以戏剧化手法把一场日机大轰炸给中国百姓带来巨大灾难的情境做了别出心裁的表现：一对夫妻警报解除后回家，家已彻底被毁，男的不免伤心地说："窝窝都遭了，怎么办？"而回应却是这样："窝窝都遭了吗？/女人平静地回问着。"诗篇到此，推出了诗人强烈的感慨：

这超越一切的深沉的镇定哟！
人民是不可战胜的！
生命是不可战胜的！

这是从真实的生活现象升华出来的顽强意志、必胜信念。而随之则是诗人对中国人民誓死捍卫祖国的献身精神做了更高音阶的赞美。在《中国妇女抗敌歌》中他抒写了中国妇女在"已到生死关头，/已到存亡界线"时刻，也已"提枪""仗剑""上前线"去之后，代她们这样抒发了誓死捍卫祖国的斗志：

玉碎未必碎，
瓦全何尝全？
祖国纵使成焦土，
留得精神能再建。
站起来，
站起来，
战到最后一天，
守到最后一天。

这可是对中国人民爱国献身精神一场颇为动情的抒唱！也可以说他通过这些诗句传达出了我们民族的心声。

基于以上的回顾，我认为郭沫若在新诗创作第三阶段所写《战声集》《蜩螗集》中的那些诗，总体说情调是高亢的，在一定程度上体现为雄浑豪放的风格。这也表明他的生命创造节奏又呈新的状态：回复《女神》时期写新世界三部曲中那些诗和《前茅》《瓶》中那些诗的"扬"的特色。不过，这批诗大都是急就篇浮光掠影的多，真切体验的直觉感应不足，所以空泛的热气有余、理性的演绎过多而情思浓度不足，醇度不高。相比较而言，《战声集》比《蜩螗集》要好一些，但《战声集》也标语口号倾向严重，用以作这本诗集集名的《战声》一诗就是标准的标语口号。不过话得说回来，那是一个血火交迸的时代，用标语口号来粗暴地喊叫反倒更能适应战斗鼓动的需要，所以以纯文学目光去过多指责是没有必要的。

再看这阶段的新中国期间。郭沫若具现于《新华颂》《骆驼集》等的新诗创作情况。

时代在飞速前进，抗日战争结束以后展开的第三次国内革命战争形势发展之快出人意料，人民解放大军节节胜利，到1948年的下半年，国民党政权将会彻底垮台的命运已经毕现。为预防困兽犹斗的不测，国统区大批爱国民主人士在中国共产党的直接关怀下通过各条渠道纷纷进入解放区。郭沫若也于1948年11月从上海转道香港北上。临行前他赋五言旧体诗一首：《赴解放区留别立群》，又一次表达了他别妇抛雏的心绪。不过这一次离家远走他所怀的是万分喜悦的心情，因为它是"慷慨付人民"当家作主的新社会，更何况前景明朗无疑："中华全解放，无用待一年"，虽要远离妻儿，但将会"瞬息即团圆"。就这样诗人来到了当时还称为北平的新政权中心北京，立即投入筹建共和国的热潮中，并从那时开始了他第三阶段中1949-1957年间的沉稳高歌期新诗创作，唱响了他在共和国初期的赞美诗。是的，那时他的诗全是属于赞美性质的，后来他把它们全结集在《新华颂》《骆驼集》中，这些赞美诗可分为三类：新中国颂歌、保卫和平歌和梦歌。诗人的天真使这三类"歌"显出了抒唱者的相当虔诚。

郭沫若建国初期的歌唱是立足于全球政治格局、面对人民解放时代所做的全方位赞美，所以是一场站在时代制高点的宏观抒情。说是全方位的赞美，乃指赞美涉及存在于当今人类命运格局中的新中国既重大又多方面的新气象。我们不妨拿《新华颂》中的重要诗篇来略做分类：歌颂我们新生祖国的，有《新华颂》；歌颂我们党的领导的，有《顶天立地的巨人》；歌颂真理追求者幸福感的，有《鲁迅笑了》；歌颂新中国发展速度惊人的，有《六一颂》；歌颂中苏友好取得外交胜利的，有《史无前例的大事》；歌颂马列主义光耀千秋的，有《光荣归于列宁》《集体力量的结晶》。这可是把当年最重大的政治宣传内容全用诗的形式表达出来了。郭沫若以诗来作政治宣传，在诗集《前茅》中已经开始，不过那时还是自发的。真正自觉追求的则从写作诗集《新华颂》开始。自觉地出于政治宣传来写诗，未必不能有好诗。在列举的这批颂歌中，我以为《新华颂》就显示了雍容华贵的气度。当年围绕新中国成立这件大事，有不少诗人写过诗，艾青写有《国旗》，构思精巧，但概念多于情感，气势不盛；何其芳写有《我们最伟大的节日》，写旧中国的苦难很是生动，写"最伟大的节日"的场面却枯燥无味；胡风写有长篇组诗《时间开始了》，特别是其中的《欢乐颂》，围绕着对毛泽东形象的表现而展开对新中国的颂唱，意象壮阔，很有气势，但艺术上语言松垮而形式散漫，格调上张扬过度而庄重不足。因此这些诗人的新中国颂歌都缺乏些《新华颂》那样的雍容华贵，郭沫若在这首诗中能有这一类格调，同他对传统颂诗的继承有关。千百年传承下来的邦国大典颂词是以面面俱到的宏大叙事为依据展开的，《新华颂》继承了下来。所以这首诗对"新华"的歌颂有如下几个特点：一、颂诗中所涉及的宏大叙事对象可说是面面俱到的，文本共三节，分别叙写了三大场面：中国人民当家而横空出世，屹立亚东；中国因中共领导而百废俱兴，声扬全球；中国因领袖英明而各族共和，万众一心。这里每一对象都极宏大，三者合在一起确显出其整体的面面俱到；二、宏大叙事与直接颂扬照应得体，文本每一节都以最后两行作副歌，前四行宏大，这副歌则作点化式直接抒情。如第一节前四行展示的是新中国英姿勃发、横空出世的壮丽形神，后两行的副歌则点化：这情境的显现不仅在于"生者众，物产丰"，更在于制度的优越："工农长作主人翁！"这一点化可说是照应得极周到；三、语言上以文白有机结合而显示出亦今亦古浑成一体的情调——或者就说这首颂诗的情调既是中国古有的，又合于世界潮流而属现代的，如第三节：

> 人民专政，民主集中，
> 光明磊落，领袖雍容。
> 江河洋海流新颂，
> 昆仑长耸最高峰。
> 　　多种族，如弟兄，
> 　　千秋万岁颂东风。

这就显出了亦今亦古情调、庄重高贵风度；四、形式上讲究句的对应均齐与节的对应匀称，每一节前二行的诉说调与后四行的吟唱调的组合，显得和谐自然，而又以声音洪沉的"冬"韵句句押而作声音象征的串联，展现出肃穆宣谕中不乏激情飞扬、激情飞扬中不失肃穆宣谕的双向交流，以致庄重意味油然而生。而把这四个方面结合起来品味，一种雍容华贵的颂扬格调更是油然而生。值得指出，历来郭沫若诗的研究都并不那么看重《新华颂》，我们却要说这是对新中国的第一首颂歌！郭沫若堪称新中国一个代言人，向世界宣告，向中华民族历史宣告“人民中国”已“屹立亚东”，是需要这种雍容华贵格调的。除了《新华颂》，郭沫若其他一些颂歌如《鲁迅笑了》也还是写得较好的。当然也有一些颂歌成了伟大功绩的记账单，如《顶天立地的巨人》等，它们并不来自情感体验，而来自空洞的热气所充涨的政治概念，郭沫若自觉地为政治宣传服务所造成的非诗倾向，在这些文本的写作中正式开始了。而在他那期间另一类赞美诗——保卫和平歌中则有了延伸。

20世纪中期，特别是朝鲜战争发生以后，保卫世界和平运动在世界政治舞台广为展开，而郭沫若又作为世界保卫和平大会委员会的中国代表——执行局的副主席，频频出现在保卫世界和平的各种会议上，心有所感而抒写这方面的诗，且用作以诗代言，确也很合适，日积月累，这些诗也就构成郭沫若在新中国初期所写赞美诗中的重要部分。1951年11月8日，在维也纳参加完和平理事会后，与会者提前为郭沫若做生日，他为此写了《多谢》一诗。诗中说与会者赠他一册日记本，题词中“要我‘为了下一代的幸福努力，不辞劳辛’”，令他十分感动，因此定下自己“今后的奋斗”目标：“在民主阵营的最前线，团结一心，保卫和平”。因此他陆续写下了《玛娜娜》《和平的音讯》《青年与春天》等咏唱世界和平且显得颇有诗味之作。在《和平的音讯》中，他抒写了一个美好的生存境界：“阳春的旋律低昂，/幸福吐着芬芳，/和平漾着波浪！”在《青年与春天》中他抒写了“青年在向春天微笑”的灵魂情境：“请把芍药花开遍南极的冰窖！/我们要攻占科学的城堡，/要使你美丽的春天永在”，并认为这些“是中国人的赤心”，“是全人类的希望”。唯其如此，才使他在《和平的音讯》中更进一步说：“你，和平的领导者啊，/使百花满地开放。/使百鸟弥天翱翔！”这样的保卫和平歌是得体的，意味着我们所要保卫的和平实系生态和谐的事儿。正是这种常识促使郭沫若写出了一首抒情长诗《玛娜娜》。诗写的是诗人在黑海边休养时碰到的一件事：一个只有四岁多的格鲁吉亚小姑娘为了向她所敬慕的中国诗人献一束蔷薇花和一个可作酒杯用的鹦鹉螺，竟跑了两公里多路寻来，还在休养地等了两三个小时。随后，这对忘年交还有三次相遇，成了“熟朋友”。这首诗的诗情所显示的是超越国界也超越辈分的友情，还写得如此的真挚诚恳，而之所以能这样，乃象征着生活在“人民作了主人的世纪”里，人间生态获得了高度的和谐。所以诗人郭沫若忍不住这样唱了：“人民的友谊是像海一样深，/时代的精神是比电还要强，/我领略着新社会的纯真的感情，/我把蔷薇花插上了我的衣襟。/这儿是加格拉，这儿也就是北京！”“哦，可爱的小妞妞玛娜娜哟，/你可不就是我的小女儿郭平莫？”这场自发地把握到的人世生态和谐感抒唱是意蕴深远的，表明要想世界和平就得定位于这种人间和谐生态的发扬。但郭沫若这种体认完全出于自发，不是自觉的。当他按政治宣传要求来写时却是把世界和平定位在两大阵营间的斗争上了，以斗争来求得和平女神的降临。作为斯大林国际和平奖金的获得者，郭沫若在领奖会上朗诵了一首《光荣与使命》，说他接受此奖实在是“接受了一个庄严的使命！”要以诗“大声地呼吁”：“必须和两条腿的巴奇鲁斯们作毫不容情的坚决斗争！”但在这场“大声地呼吁”的两个月后，他又在北京举办的世界和平会议中写了《在理智的光辉中》一诗，借和平鸽之口传送了这场亚洲及太平洋区域和平会议精神：“咱们不要扩军备战，只要和平共处；/咱们不要封锁禁运，只要通商贸易。”这就和《光荣与使命》中的“使命”相矛盾了。看来郭沫若所作的保卫和平歌有抒情逻辑混乱的倾向。

新中国成立初期郭沫若所写的第三类赞美诗不妨称之为梦歌，是一些恬淡悠远的幻感追求。记得在诗集《前茅》中有一首《怆恼的葡萄》，曾说：“诗人哟，别再右眼观赏风光，/左手蒙住你左边的眼睛。”又说：“矛盾万端的自然，/我如今不再迷恋你的冷脸。/人世间的难疗的怆恼，/将为我今日后酿酒的葡萄。”那时他有个新觉识：反对写自然风光而要关注人世。可这时他唱梦歌似乎来了个一百八十度的转变，为政治宣传务而唱俗了的美好换个新花样：让“右眼”睁大去“观赏风光”，以自然为材料驰骋想象而唱上几曲梦歌起来。于是这期间我们又谈到他一批以自然风光写成的、颇具意境美的诗，如《郊原的青草》《骆驼》《波与云》《西湖的女神》《钱塘江大桥》等。值得指出：在文学创作上，郭沫若此时已是老将，现实主义精神意识几近本能地蕴含于胸中，所以这些诗歌虽有点想摆脱政治宣传而做自由抒唱的倾向，但还是和人生操守、时代精神有意无意地结合在一起的，所以可以说它们全是一些新中国社会生态广义的象征诗，也是郭沫若在新中国初期所唱的赞美诗中堪称成功之作的典范。这批诗中有三类抒情是值得大力肯定的。一类是对生命追求精神的赞美。对郭沫若来说，生命不歇则追求不止已成了人生信条，他的一生也就是追求创造的一生，这在以抒发自我真实心情为本的他那些诗中时有流现，而且往往成了他抒情中的佳作。在新中国时期的一批赞美诗中，《骆驼》就是这样一首最成功的诗。他自己也在为“解放以来十年间”所写诗的选集《骆驼集》的《前记》中这样说：“……其中有一首《骆驼》，是我自己比较喜欢的，因而名之为《骆驼集》。”一般评论把这首诗看成是诗人用象征手法对中国共产党引领中国人民不断冲破黑暗而做的抒唱，这当然是对的。诗的开头两节把骆驼拟喻为“沙漠的船”，导引着“旅行者”——广大的人民群众渡过荒凉与黑暗而“走向黎明的地平线”；又拟喻为“生命的山”，让暴风雨来时“旅行者”能“紧紧依靠着你/渡过了艰难”。这些正是党所提供的“高贵的赠品”——“生命和信念”。于是也就使我们获得了生存的新境界：“春风吹醒了绿洲，/贝拉树垂着甘果，/到处是草茵和醴泉”，有了“优美的梦”——“无边的漠地/化为了良田”。诗到这里，随之一转，出现了如下的诗节：“看呵，璀璨的火云/已在天际弥漫，/长征不会有/歇脚的一天，/纵使走到天尽头，/天外也还有乐园。”这就转出了一条抒情新路：骆驼及受它导行的“旅行者”并没有“歇脚”，因为“天外还有乐园”，还得继续“长征”。如此抒唱让人感受到这已不只是拟喻党导引我们民族在共和国的新纪元里还得长征下去，似乎也是对个体人的人生操守——永远保持追求之志的象征了。这一来也就有了文本最后一节的“合”：

骆驼，你星际火箭，
你，有生命的导弹！
你给予了旅行者
以天样的大胆。
你请导引着向前，
永远！永远！

这里以“星际火箭”，“生命的导弹”来比拟“骆驼”的意象进一步证实：郭沫若这个文本从显在表象上看是对党的领导的象征，而从内在气韵看，则更是自我生命的抒情，即对生命不歇追求不止的人生精神的象征。甚至可以说文本的主题思路已从前者转向后者，从政治性抒情转向了人性意绪的发散，展示着自我生命永远追求创造的精神，而正是这种精神才更合于“星际火箭”这个感兴意象的真实，才使“生命的火箭”更具有意象感兴的贴切。第二类是对生命永远坚忍的意志的赞美。郭沫若的一生从现象上看极其辉煌,其实他拥有的是极其坚忍的一生。走向社会生活初期,他在组织创造社、开展创造社事业中所付出的代价是横冲直闯后、浑身伤痕的坚忍。在投身正义斗争中,革命受挫,亡命日本,后来又别妇抛雏,潜回祖国……这种种颠沛流离中所付出的代价是生不安顿中靠日夜写作以谋生的坚忍;在新中国成立后的日子里,面对"极左思潮"的严峻控制,他作为一代知识者的代言人,又不得不压抑自我意识,此中付出的代价则是克己复礼的坚忍。正是这些促成他对现实生态中的坚忍毅力感反应特别敏锐。写于1956年5月的《郊原的青草》一诗就集中体现出他在这方面的感应。诗以"郊原的青草"设喻来展开象征抒情。第一节开头两句说:"郊原的青草呵,你理想的典型!/你是生命,你是和平,你是坚忍。"把"坚忍"和"和平"等同是可以理解的,和"生命"等同就反映着他居身于特定生态中这种处世态度重要意义是难以言喻的;至于和"理想的典型"等同,则可见出他把"坚忍"看作现实生态中唯一的也是最可靠的依赖了。这个咏唱"青草"的逻辑起点极其重要,所以也就有了这一节的后两行:"任人们怎样烧毁你,剪伐你,/你总是生生不息,青了又青。"并且又据此而多角度展开联想:"你能飞翔到南极的冰苔原,/你能攀登上世界的屋顶","你使大地绿化,柔和生命的歌声"。因此,他发出了赞美:

> 大地的流泉将永远为你歌颂,
> 太阳的光辉将永远为你温存。

这与其说是对"郊原的青草"的赞美,还不如说是对人生操守中一种坚忍毅力的赞美。我甚至感到这是郭沫若在新中国的生态环境中作着自画像。第三类是对生命永远处于动态境界的神往。在本文的第二节里我们已提及闻一多在《〈女神〉之时代精神》一文中有一个说法:"20世纪是个动的世纪。这种的精神映射于《女神》中最为明显。"这是对的。的确,郭沫若从一开始创作就对动态的生存境界十分神往。这种神往随着他年龄的增长和阅历的开阔并没有衰退而始终萦绕于心,在新中国的赞美诗中又流露了出来。《波与云》就是抒唱这一生存境界的好诗。这首诗的意象捕捉与营构实出于写组诗《瓶》的第三十一首。那首诗这样写:"我已成疯狂的海洋,/她却是冷静的月光!/她明明在我的心中,/却高高挂在天上。/我不息地伸手抓拿,/却只是生出些悲哀的空响。"从意象的选用和组合的角度看,《波与云》只不过是把"海洋"与"月光"的关系改成了"碧波"与"白云"的关系,不过意象组合所达到的审美目标却并不一样。"海洋"与"月光"的关系所体现出来的是"海洋"伸出波浪之手却永远无法抓住明月,以此来感发求爱不得的悲哀。"碧波"与"白云"的关系所体现出来的,则是"碧波"的"皓手"能抓到的是吞进波心去了的云影,"白云"却仍"高高地在天上逍遥",这使"碧波"不肯罢手,于是:

> 波的皓手仍在不断伸拿,
> 动荡不会有止息的时候。

这画龙点睛的一点,也就把主体对动态生存境界的神往韵致悠远地透现了出来。这也如同另一首《钱塘江大桥》中所抒述的:"如果只是江山的一片静美,/不会深刻地鼓动我的心扉。"诗人郭沫若就神往了以"劳动"去改造"自然和社会"的那一片动美境界。

新中国成立初期郭沫若所抒唱的第三类赞美诗我们之所以称它们为梦歌,综合起来看就可以明了:这些诗实在是对人性美的梦幻化抒唱。特别是像《郊原的青草》那样广义的象征诗,对生命生态中顽强坚忍意志所做的拟喻性抒唱,象征出来的人生操守可说是诗人在作自画像。所以诗美价值不低。而《骆驼》这样由政治性转向人性的广义象征诗，对社会生态中永远追求精神所做的拟喻性抒唱象征出来的生存准则，可说是一场近似梦幻的心灵雕塑，其诗美价值更高。从这些诗出现的迹象来看，郭沫若似乎已临到“诗魂归来”的前夜，他将会有可能继《女神》《星空》《瓶》之后，又一次出现新诗的创作高潮。但接踵而至的却是1957年的“反右派运动”，作为一代知识分子代言人的郭沫若也重又噤若寒蝉起来，虽在《波与云》《西湖的女神》中还多少流露着人性美的追求，却也已有所收敛。于是他的新中国初期的赞美诗写作又回归政治宣传应酬的老路。如写于1957年11月30日的《新年，欢迎你！》，重新成了政治记账单，诗中提醒“新年”：“我们”是怀着条条战线都取得伟大成就的底气来迎接“你”的：“你知道：我们的第一个五年建设计划/已经胜利地完成，而且超额地完成……”；“你知道，我们已制成喷气式飞机，/‘解放号’汽车在全国的公路上驱驰……”；“你知道，我们已经粉碎了右派的进攻，/为了迎接你，人们都整顿了自己的作风……”；“你知道，你的伴娘就是幸福与和平，/全世界的劳动人民是我们的嘉宾……”等等。又如写在1958年初的《向地球开战》，重新写成了讲话稿：“卓越的人民解放军的将士们，英雄们，/你们是六亿人民中的精华！/你们在党的领导下，在毛主席的教导下，/把帝国主义、封建主义、官僚资本主义的联军/打成个流水落花。”这不是押了韵、分了行、空空洞洞的言辞吗？又如写在1958年3月下旬的《红透专深》，配合“红透专深”的政治宣传玩起了文字游戏：“红！/双反之火正熊熊，/烧五气，/努力学工农。//透！/锻炼须从劳动受。/新八路，/今日又从头。//专！/技术革新在眼前，/学科学，/战向地球宣。//深！/铁杵磨成绣花针。/向党组/交出一条心。”这不是颇为聪明地在玩着文字游戏吗？！这种种迎合政治宣传需要的应酬诗，他实在写得有点不耐烦起来！于是任性又出现了：索性就正儿八经地来乱写一番吧！于是他从1958年3月30开始，花了十天时间大跃进出一部叫《百花齐放》的咏花诗集，结束了赞美诗的写作而开始了反讽诗写作。

郭沫若在这部诗集里咏唱了那么多花，本意其实不是在咏花，是借咏花来对应“百花齐放”的文艺方针做象征性歌颂。百花在这里作为比拟物，比拟的对象是风格上不同的文艺作品。风格可以不同但须一律是香的，或者就说百花必须都芬芳。这“香”或者“芬芳”即社会主义的思想内容。郭沫若即从这个逻辑起点出发来咏唱百花，所以这批诗实际上要表现的是——百花齐放即蕴含社会主义思想内容的文艺作品以各种风格来作表现。唯其如此，也才使他既要把所咏唱之花的每一品种各具的花形、花色——即风格特征写出来，又须统一于一种花香即社会主义的思想内容。这一来，问题也就出现了：百种花既只能是一种气味——芬芳，那就使各种花的种性难以全面而鲜明的特色表现出来，这使得郭沫若在咏唱它们时只好强调花各自具有的实用性，特别是政治实用性。这一着的后果是为“花”贴政治标签铺砌了一条道路，至于有的“花”和政治宣传内容实在难以联系，该怎么办？那就标签乱贴，反正只要有政治宣传内容就好。我们上面说《百花齐放》有乱写迹象，不是指像《鸭绿江》那样艺术表现上乱来，指的就是这种乱贴政治标签。因此在此先得说明一下：《百花齐放》中一百零一首咏花诗倒也并不全是乱写出来的，乱写的只是一部分。

《百花齐放》中不贴实用性标签，不乱贴政治标签，而是正常咏花的诗还是有的，但写得像样的实在太少，经反复阅读，我拣出的仅只有三首还算过得去，这就是《山茶花》《春兰》和《睡莲》。《山茶花》写“花红蕊黄”的山茶“开在浓绿的叶丛中，/满枝满树，/开在蓊郁的山地里，满涧满山”——这风姿生态还是有点诗味的。第二节又以“朴素、健康、诚恳、大方、能干”的“山地的姑娘”去比拟这类花，并且说：“面孔黄如镀金，两颊红如燃炭”的她们“头上戴朵山茶花，哎呀，真好看”——这种带点野性健康美的抒写，也颇有情趣，值得肯定。其它二首也大致如此。但由于都采用叙述、说明的语言方式，表现性不足，所以它们也说不上是什么佳作。值得提出来的是有一首《蒲公英》，第一节倒是对这种花做了表现而不是叙说的，这样的意象倒表现得颇为成功。可惜第二节一转，转出这样一个诗节：“中国大夫知道我们的药性，/他们会用我们来治病救人，/很好，我们实在是热爱中国，/我们是大地之子，别名叫地丁。”这是把这场咏花转向实用叙写了：前二行是物质实用（有药的功能）的叙写。这可是一个信号表明《百花齐放》中这批诗，即使有做审美表现的趋向，但最终也还是会转向实用性叙写。

这就使《百花齐放》中大量文本都是贴上实用性标签的。先看物质实用。有一首《夜来香》很有意思。这种花为诗人们所宠爱，历来有不少诗歌咏过它：“夜来香，/淡淡的幽香透春寒”，郭沫若在这个文本的第一节中对这种“花朵小，香气少”而有“淡青色的花苞”的优雅花种做了这样的表现：“白天不愿意出锋头，/香随夜到，/好朋友是和风细雨，新月山猫。”虽是土白的叙说，也还有一点诗味。但第二节竟这样写：“四川的厨师们手艺实在高超，/他们把鸡肉丝和我们一道炒。/又清香，又清甜，又别致，又新鲜，/你吃过吗？味道有说不出的妙。”真亏他能有这样的实用联想。于是我们又读到他的另一首《僧鞋菊》，这个文本的第一节说：这种在秋季盛开的花多栽于庭院中，因花形像“僧鞋”而得此名。有意思的是第二节：“具有毒素，但我们的用途很大，/根可医瘰疬，肿痒，脚气及其它；/还可利尿，杀虫，有麻醉作用。”经过了一场辩证统一，可以让“香花变成毒草”。这可是从物质性叙写又转向毒草要转为香花的政治性叙写，从实用主义的角度看，物质性和政治性都属实用性范畴，是可以相通的。《憎鞋菊》不就是相通了吗？

这一条运思路子也就把《百花齐放》中多数文本引向政治实用的咏花之路。《水仙花》一诗可说是一个政治实用联想找得很准的文本。水仙由于“只凭一勺水，几粒石子过活”，所以开了“反保守、反浪费的先河”，因此而“活得省，活得快，活得好，活得多”，“大跃进”中“多快好省”的政治宣传标签倒是顺理成章地贴在这首咏花诗中了，但这还不够，文本的结束处还让水仙花这样唱：

> 我们是促进派，而不是促退派，
> 年年春节，为大家合唱迎春歌。

把“水仙花”贴上“促进派”的政治宣传标签，内在的联想还是合于逻辑可以相通的，你能说不合理吗？还有一首《夹竹桃》，第一节花了不少笔墨写它的花形，没有什么政治实用联想，第二节就不同了，写的是花色的变化，这就使诗人展开了活跃的联想：

> 阳光如果稀少，我们要起变化，
> 红色的花会变成白色的花。
> 在这里显然包含着深刻的教训，
> 红色专家也能变成白色专家。

真聪明，真有政治敏感性！客观对象——夹竹桃花因阳光缺少，花色会由红转白，这有政治启悟，因此比拟得贴切而显得极顺理成章，这样的政治实用标签倒也贴得自然成趣。《牵牛花》却不同了。这首诗抓住牵牛花的形状而把它拟喻为农村生产队的喇叭：“太阳出来了，快把干劲放大！”这样的政治实用联想还比较自然。但接着说：“万只喇叭齐奏，雷霆都暗哑，/吹起六亿人民有如奔腾万马。”这就和农村竹篱笆上盛开的生态环境太脱离了，放大得过度而离谱了。可是诗人的夸张似乎还不够过瘾，以致出现了这样的第二节：

倒海排山，不要怕，把天弄垮，
人们有补天的能力，赛过女娲。
天下已经是劳动人民的天下，
提早建成呵社会主义的中华！

这就扯得实在太远了，牵牛花竟然同补天的女娲、同劳动人民的天下甚至同社会主义的中华拉上了关系，有点不可思议。这样做没有内在的联想可言，完全是脱离意象组合逻辑而任性做大跨跳。我们不能不说这个文本是有点乱写的。郭沫若这次的乱写就是在咏花诗上乱贴政治标签，而《牵牛花》还只是个开始的迹象。在《百花齐放》的一百零一首咏花诗中，几乎有三分之一的文本是乱贴政治标签而写成的。这里不妨拿其中的十首咏花诗，每首用两个七言句来概括一下所贴政治标签的主要内容：

《蜀葵花》：力争上游登云梯，听党指挥有志气；

《马蹄莲》：亚非团结奋马蹄，赶超英美逞雄奇；

《紫荆花》：苏联为首众弟兄，互助开花全球红；

《鸡冠花》：雄鸡催促早起身，持续革命再跃进；

《凌霄花》：缠着大树凌霄开，统一战线真正美；

《腊梅花》：祈求花开在夏季，“七一”“八一”去献礼；

《桃花》：诅咒西风迎东风，一心做个促进派；

《杏花》：重瓣花色须改造，岂能红而又变白；

《石楠花》：花红如火能耐寒，只愿向党交心肝。

这样的一批咏花诗其实不是在咏花，是借花的某点由头生发开去，咏党的领导，咏继续革命，咏劳动人民，咏大跃进，咏东风压倒西风，咏又红又专，咏知识分子自我改造，等等。有人因此批评郭沫若。在洪子诚、刘登翰合著的《中国当代新诗史》中就说：“《百花齐放》可以说是开了从大跃进民歌到六七十年代时兴一时的简单比附的咏物诗的先河。”力扬早在1958年8月——《百花齐放》写成几个月后就以《评郭沫若的组诗〈百花齐放〉》为题而提出批评，认为郭沫若这批诗是“缺乏现实生活实感，没有强烈的创作冲动，而勉强从事写作的结果。”因此，“他只能对百花的训诂和考证，补充浅淡的思想、感情和意念的艺术形象”，尤其是“从‘花’扯到现实的部分就写得不但不精彩，甚至有点暗淡无光了”。钟林斌在《论郭沫若建国后的诗歌创作》中说到《百花齐放》时说：“郭老却以他敏锐的观察力以及渊博的学识，巧妙地抓住不同花的特征（或者是颜色、香味、姿态，或者是用途、产地等等）予以形象地描绘，并且在此基础上与某种社会现象联系起来，妙趣横生地赋予不同的花以不同的思想意义，而这一切仅仅只用八行诗。”两种不同的看法我们应该怎样来评说呢？我以为钟林斌似乎在诗的常识上有所欠缺，否则这样来肯定《百花齐放》是讲不过去的。力扬以纯诗学的目光来审视也未必能参透藏在《百花齐放》形象深处的奥秘。这是一组奇特的诗，要求我们从不可理喻中求理喻。为此我想拿《蜀葵花》来做一次麻雀解剖。诗是这样：

箭茎条条直射，绿茶朵朵相继，
由下而上，直射不倚，相继有序。
我们要做多快好省的花模范，
我们要做力争上游的青云梯。

超过英国，赶上美国，不算稀奇，
不仅六亿人民都已有这种志气

万花万卉也都服从党的指挥，
多么光荣呵，花开在“七一”佳期！

这个文本的物象事象之间关系是完全经不起推敲的：首先，第一节的第一、二行所表现出来的蜀葵花形姿神态，绝对无法让人联想到它会做“多快好省的花模范”和“力争上游的青云梯”。也就是说蜀葵花和“多快好省”“力争上游”根本不搭界，这两个大跃进运动中的口号只是硬贴到蜀葵花上去的政治标签；其次，蜀葵花和超英赶美的奋斗目标更是风马牛不相及，说“超过英国，赶上美国，不算稀奇”也是硬贴到蜀葵花上去的政治标签；第三，说“万花万汇也都服从党的指挥”这事儿不仅无任何关联突兀冒出来，且令人不可思议：可能吗？第四，说蜀葵花听党的指挥而在“七一”开放，并感到“多么光荣”，这就有点搞笑的意味，严肃变滑稽了。从这四个方面来看，这个文本这样的构成是主体完全脱离意象组合逻辑的一场任意摆弄，郭沫若自己不会不明白这样乱点鸳鸯谱写出来，是“荒天下之大唐”的，但他还是一本正经地写了。

《百花齐放》中一大批乱贴政治标签、有点搞笑意味的咏花诗大都是像《蜀葵花》这样写出来的。问题是郭沫若为什么要写这样的诗呢？这是值得进一步来探讨的。

像《蜀葵花》这样咏花，显然是为了迎合“大跃进”运动中的政治宣传需要而有意为之地。那么郭沫若是打心眼里认同这场“大跃进”运动吗？未必。聪明的郭沫若其实早就看出真正“荒天下之大唐”的是什么。在公开场合他当然不会这样说，但私下对亲近的人还是会有所流露的。

既然生活本身就是这样，他也就佯装正经起来，乱贴政治标签。我们读到《蜀葵花》中：“万花万汇也都服从党的指挥”，“多么光荣呵，花开在‘七一’佳期”，觉得像是在搞笑；在《凌霄花》中写到：“凌霄爱缠住大树上攀”，然后“在大树枝头替她簪上了朵朵红花，/咱们是形成着牢固的统一战线”，会觉得更像搞笑；而在《郁金香》中把这种花“比成酒杯”，然后不去咏花了，却借此由头别开生面地说：“我们今天是要为大跃进而干杯，/高呼中国共产党和毛主席万岁！”尤其会觉得在搞笑。这种在“花”身上乱贴政治标签所造成的效果就是一本正经地搞笑。郭沫若这样做显然是十分理智地掂量过的，只要合于政治宣传总体标准，在诗中政治标签乱贴总比不贴要好，说万花万汇也都服从党的指挥总比诗中不谈服从党的指挥更好，那是不会犯方向错误的。所以，据我们推测：他写这部有点搞笑意味的《百花齐放》，是基于这样的复杂心态：向上头，可以表明自己对“大跃进”运动的积极响应态度；向历史，可为这个搞笑的社会现象留下一些搞笑的真实记录；向自己，可有个正话反说的发泄机会。于是他就写了《蜀葵花》这样冠冕堂皇的诗，还花了十天时间写了一大批像《蜀葵花》样的咏花诗，集成一部《百花齐放》：

于是有人说：《百花齐放》是幽默的；
于是有人说：《百花齐放》是调侃的；
于是有人说：《百花齐放》是反讽的。

反讽的基本要求是字面意义同实指意义不符，也可以说表现为口里讲的与心里想的不一致。因此，反讽的诗所构成的根本条件是让抒情主人公与抒情主体的真实声音相矛盾，形成鲜明的对照。进而言之作为抒情主体的诗人也就不得不以佯装的面具出没。基于对反讽的这种认识，再来看《百花齐放》和郭沫若创作这批咏花，我以为，都是可以和反讽的追求对上号的。可不是吗？在写这部诗集时，郭沫若已对“大跃进”中弄虚作假现象十分不满，但表面是，亦即咏花诗中，却还处处歌颂这场运动甚至让这样那样的花也都来争当“促进派”；可不是吗？他自己也不会不明白：凌霄缠大树而开花是在搞统一战线的联想是一场严肃的政治命题庸俗化的搞笑，把花形似马蹄莲说成能负驮亚非人民大跃进、把帝国主义丢在背后的万马奔蹄，也是严肃的政治命题庸俗化的搞笑；但他还是一本正经地做了颂唱；可不是吗？他虽厌恶那期间社会生活中假话、套话、空话成风，但还是借咏花而一本正经称颂深入“大跃进”生活、去写这方面的赞歌才会使诗人又红又专。所以，《百花齐放》中凸显出来的一个极大的畸形现象是抒情主体扮演的是个佯装角色，而《百花齐放》则以此宣告了百年新诗中的一个新品种的出现，那就是喜剧情调极浓的反讽诗。郭沫若之所以借《百花齐放》达到既可借咏花而发泄郁闷、又可掩塞这种心绪的审美效果，则借的是有意而为之的乱写，造成莫测高深的情境以达到这种反讽目的。

而这也使郭沫若因此把握到了应付为政治宣传服务写诗的捷径。这捷径有两条。一条是大写古体诗，以古奥的典故语言为载体，严谨的音韵格律为装饰来堆砌事件，演绎概念，让人莫测高深。由于古体诗不属于本文论述的范围，也就不谈。还有一条才是写新诗方面的，郭沫若的办法就是乱写，在乱写中乱贴政治标签，让人读了眼花缭乱，也生莫测高深之感。这条捷径以前已走过两次。初试是写《鸭绿江》一诗，第二次则是写《百花齐放》，上面都已论及，走得还是顺畅的。那么第三次还有吗？有的，突出的例子是新中国成立十周年前夕为应付全运会而写的《歌颂全运会》。这首诗开头表明：这是祖国和党“检阅着全国青年的健康”的大事，然后就不顾文本形象表现的必要性和内在构成的有机性而乱写起来。先是说：“我们要继续鼓足干劲，力争上游，/无论在空中，在水中，在陆地上，/也无论在举重、球赛、投弹、投枪/游泳、赛跑、跳高、滑翔……/各个项目都要出现冠军，/都希望打破国家记录、世界记录、成绩辉煌。”在这一大篇连文学散文也谈不上的叙说之后，就乱贴起政治标签起来，先说：“我们不仅要把瘟神和战争一概送葬，/还要继续向地球开战，向自然开战，/征服核子，征服宇宙，征服太阳”，还进一步发挥：“我们要把宇宙当成一个氢气球，/让我们操纵着飞来飞往。”然后扯到了古代神话：“盘古开天辟地的神话/显示着我们先人的敢做、敢说、敢想，/这开天辟地的盘古就是我们的榜样。”在全运会身上贴了这么些毫不相干的政治标签后，结束处更贴上如下的：

祝我们的党，我们的祖国永远蒸蒸日上！

祝我们亲爱的导师毛泽东主席万寿无疆！

这真是极妙的一通乱贴政治标签的乱写！却也乱写出了一篇合于那个时代畸形真实的反讽之作。

在由中国文史出版社于2013年12月出版的江涌主编《真相：名人名士的那些事儿》一书中，收有丁东写的《他说自己是民主人士跟党走——陈明远谈郭沫若》一文，有一段陈明远的话：

……他说过自己的《百花齐放》并不好。他后来写诗是自暴自弃：反正我就这么胡写了，不是当诗写，想到哪儿就写到哪儿。有什么时事，《人民日报》等媒体就找他约稿，请他作诗表态，他一般都不拒绝。约了稿就写，写了就刊登，刊登后自己就忘了。

这是一位天才诗人的悲剧，却也是喜剧。

因为，在乱写中，他为百年中国新诗闯出了一条反讽抒写之路。

回顾郭沫若第三阶段第二个时期——即从《新华颂》起到《东风集》这一段新中国岁月里的新诗创作，我们本来都会有合情合理的期待，他一定会在梦寐以求的社会主义新时代，扬眉吐气地高唱出比《女神》中新世界三部曲的诗篇更雄浑而壮阔、比《前茅》更高亢而扎实且远胜于本阶段第一个时期——即民族大抗争、人民大解放期间所写的《战声集》《蜩螗集》的新诗出来,从而更会体现出激越豪迈的“扬”的生命创造节奏。然而没有料到,这第三阶段的第二时期他的创作心境竟显得相当沉稳平静甚至让人感到他已内力不足,即或想写得昂奋一点而勉力为之,也显得极不自然。突出的例子是这时期他写得最成功的那首《骆驼》也只给人以梦幻式的静美而难以觅得坚毅跋涉中的雄豪。与此相应的是他创作个性中特具的直觉冲动竟已成稀客,鲜见有前云叩他心灵的门扉,前去造访。《新华颂》堂皇、沉稳,理应有超迈浑厚的直觉冲动打底,却也难让人感受得到。可以说这时期极大多数新诗都是或强或弱的政治理念的演绎。《百花齐放》有主体郁闷心绪的畸形发泄,却也是高度压抑下不得不为之的反讽之作,很难点燃读者心灵的热情之火。所以,这近三十年间,他的新诗创作所体现出来的生命创造节奏,转向“抑”了。

于是郭沫若第三阶段近半个世纪的新诗创作,也就形成了可从《战声集》《蜩螗集》的“扬”转向《新华颂》《百花齐放》《东风集》的“抑”,完成了他又一轮“扬—抑”的生命创造节奏轨迹。

七

上面几节我们已分三个阶段对郭沫若的生命创造节奏做了较为详细的考察,认为这是一场“扬抑—扬抑—扬抑”的运行进程。这很值得注意。正像一粒沙里能见出世界那样,我们从郭沫若的生命创造节奏中也能透视到他一生为人所遵循的行为准则。值得指出:郭沫若在为人处世上不是个直到底不肯转弯的死心眼儿者,面对复杂的社会关系,他懂得辩证地对待。所以他的行为准则主要是这么三条:须让纵情笑傲通向冷静应对;须让癫狂造势通向机敏逆转;须让率性顽抗通向明智随顺。为了深入认识这几条行为准则,我们不妨把他的新诗创作和为人行事结合起来,择其要者对照着来看一看。

须让纵情笑傲通向冷静应对的行为准则,在郭沫若的新诗创作上具现为能自觉地从情性直觉转为理性直觉。也就是说,他显现着这样一个常态:对客观世界的抒情开始总是热烈的,但时过境迁,就会趋向冷峻对待。这种流变前后对照起来看极其鲜明。这在“女神”时期的创作中显得特别突出:写新世界三部曲中的那些狂飙突进的诗篇时,他还未踏入社会,不知天高地厚,可以情绪高昂,气势极盛。而到踏入社会,经受烦恼的人生后所写的彷徨者二重奏——特别是《星空》中那些诗时,就从热烈转向了冷静。情绪低抑,气势转弱,从而使得与“女神”时期形成了“扬抑”的生命创造节奏。相应的是,他也懂得在人生舞台上要辩证地对待角色的转换。如北伐战争时代作为戎马书生的他出入枪林弹雨,后来还参加了“八一”南昌起义,干得轰轰烈烈。但随着大革命的失败,人被通缉,他虽然还间或在《如火如荼的恐怖》这样的诗中高唱:“我们的眼前一望都是白色,/但是我们并不觉得恐怖。/我们已经是视死如归,/大踏步地走着我们的大路。”但又并没有真的迎着血雨腥风抗争,去做无谓的牺牲,而是进退有度,流亡日本,默默从事古代史和甲骨文的研究,一干十年。这可是一场从意气风发猛转向蛰伏隐忍的智者行为,反映着如下这点:郭沫若虽惯于从激情冲动出发,却绝不会失控,理性总会随之而来促使他做辩证考量,冷静应对。从创造追求与人生行事比照来看,显然表明:郭沫若的生命创造节奏和人生行事确也是相通且可以应和的,都显示为“扬抑”的运行进程。

须让癫狂造势通向机敏逆转,指的是以癫狂为表象呈现来反衬实际内质。这是一种逆折行事的机灵策略，郭沫若拿它运用得得心应手，成为颇显“大智若癫”效应的行为准则。在新诗创作中他这种“大智若癫”已成为运思中的常态。采用夸张得近于癫狂的印证意象组合造势，借以取得先声夺人的效果，随之猛然一转，诱入正题——特别是反讽之作的正题，《百花齐放》中不少诗就是按此准则写成的，如其中的《玫瑰花》，从表象上看是歌颂“多快好省”这句口号的，但玫瑰比月季“多一点香韵”，而月季则比玫瑰要开得多，因此，诗人异想天开，想让玫瑰嫁接到月季上，诗中就这样抒写：“谁能够把我们嫁接上十姐妹呢？/我们不愿意保守，真想跃步前进！”这场应和大跃进宣传口径的联想颇有点癫狂意味，超越常态，颇为怪诞（“玫瑰”也“不保守”而“想跃步前进”），确有先声夺人的效果。第二节猛然这样发展说：“我们的花如果能成为一架两架，/而不是眼前这样的一盆两盆，/开得多，开得好，开得省，/那在我们也即是社会主义革命。”这就悄无声息地把文本的主旨引向反讽：原来“大跃进”中搞多快好省和社会主义革命等等，不过是半开玩笑的一场闹剧！让玫瑰嫁接也是搞社会主义革命，还不是一场闹剧吗？所以在癫狂的表象下，埋着的是反讽式的机智内核。这样的文本运思也就显出了“扬抑”的节奏性能。有意思的是郭沫若在人生行事上也显出“大智若癫”表现。他曾多次撰文称颂毛泽东的诗词，其中写得最巧妙的是有一篇中竟采用了这样的“称颂逻辑”：一开始就说自己对中国诗歌从来是“目空一切”的。这样癫狂的言说真让人大跌眼镜，大吃一惊，先声夺人的效果也特别显著。但随即一转，说读了毛主席的诗词他才真正钦佩，心悦诚服。可见前一句实属虚张声势，深埋在癫狂表象下的内质其实是对毛泽东诗词的最高级称颂。由此凸显出来的是郭沫若在人生行事上常有的佯装癫狂，其实这只是表象，内质并不真是那么一回事，而是受理性指派的机巧行为，这样的行为准则也证实郭沫若的“扬抑”式生命创造节奏确也通向了他的一生行事，具有“扬抑”的运行进程。

须让率性顽抗通向明智随顺是郭沫若行为准则中最值得来一议的，它实际上指的是郭沫若在生命创造中和人生行事中都具有一个特点：从自我扩张中意志高扬一步步转为丧失自我后无奈的迎合。先看生命创造节奏。郭沫若在百年新诗中显示的才情少有人可与他相匹敌。才高往往胆大，容易在为文上离谱而乱了章法。有不少他的诗让人读后感到任性乱写。乱写得好的，不是没有，像李白把一场愁绪夸张成“白发三千丈，缘愁是个长”那样，郭沫若也有他在《天狗》一诗中可以把自我夸张成能“把全宇宙来吞了”，并宣称自己是“全宇宙底Energy底总量”。这极其离谱，写得极其任性，却也真够意气风发、神思飞扬的，不过他更有离谱得不成诗歌的——如同我们在前面已论及的《鸭绿江》《歌颂全运会》，竟把一些事件报导、宣传套话随意拼贴，弄得诗不像诗，文不像文，让人啼笑皆非。这是主体丧失自我后逆向心理的反映：厌烦于配合政治宣传而“自暴自弃”起来，“反正我就这么胡写了”。这样离谱地乱搞一通，其实也曲折地反映了他出于政治宣传需要而不得不为的无奈顺从。貌似乱写实际上是心情压抑导致的变态表现，因此体现着的生命创造节奏的“扬抑”运行。反映在人生行事上他也有从率性顽抗转为明智随顺的变态现象出现，在1927年春天，北伐面临被叛卖的前夕，他抗争精神显得超常的强烈，一连写下了两篇讨蒋檄文《请看今日之蒋介石》和《脱离蒋介石以后》，蒋介石为此大怒，说要消灭郭沫若的一切文章，而他毫不畏惧。但将近四十年后，“文革”刚开始，“破四旧”还未正式展开，他竟然在人代会上比任何一个知识分子都早宣称：把自己所有著作都烧掉，且还高呼拥护“文化大革命”的口号。这也反映着郭沫若在时代纷争的关键时刻头脑并不发热，不做意气用事之举。当然也不能不说他这种为迎合时局的做法是逼出来的，内中心灵压抑可想而知。由此说来郭沫若的这一条准则也是“扬抑”式的生命创造节奏在他人生行事上的深刻体现。

我们对郭沫若三条行为准则做了探讨后，可以这样说：郭沫若无论新诗创作或者人生行事都反映着一点：他绝对不是一个莽汉，而是深懂审时度势、随机应对之道的“智者”，而这又都是从他个性中所固有的那个以纵情始而静对终的“扬抑”式人生节奏派生的。他的这三条行为准则启示着如下一些内容：面对复杂而严峻的社会关系、时代斗争，人需要热烈的情绪投入，更需要用智慧的机灵的理性驾驭热情，伺机而动，伺机而伏，方能立已身于不败之地。而从另一方面说，全凭意气用事者没有一个不是走向悲剧结局的，这是居身现代世界铁定的法则，尤其是在社会大动荡的年代，人欲立于不败之地，非得让理性来制约情绪不可。所以对郭沫若在新诗创作和人生行事上能审时度势，随机应变应该辩证地看待，才能对他有恰如其分的认识。审时度势，随机应变在郭沫若身上的具现，是有一个固定模式的，那就是我们在前面一再说的“扬抑”型（即先扬而后抑）的节奏进程。对此，郭沫若曾在《论节奏》一文中举过一个实例：“钟声是先扬而后抑的，初起的时候顶强，曳着的袅袅的余音渐渐微弱下去。”这里的“顶强”，也就是体现在郭沫若身上的“纵情笑傲”“癫狂造势”“率性顽抗”，而隐在这后面的则是热血沸腾的情绪体验。这里的“微弱”也就是体现在郭沫若身上的“冷静应对”“机敏逆转”“明智”“随顺”，而隐在这些后面的则是敛眉沉思的理智经验。由此看来，所谓的“扬”，其实是郭沫若重情一面的表现；所谓的“抑”，其实是郭沫若重理一面的表现。所谓“扬抑”型节奏，对郭沫若来说，指的是他的重情始而重理终、重感性直觉始而重理性直觉终的人生创作个性特征。在《论节奏》一文中，郭沫若还这样说过：“大概先扬而后抑的节奏，便沉静我们；先抑后扬的节奏，便鼓舞我们。”据此而言，郭沫若的人生行事——特别是包括在人生行事中的新诗创作，作为“扬抑”型节奏存在，提供给我们的，不是简单干脆的判断，而是沉静细微的思索。

那么沉静细致的思索，主要的对象是什么呢？

这就是郭沫若作为诗人的流派归属。

谈郭沫若的流派归属，捷径是从他的“扬抑”型节奏表现出发来考察。但走这样一条路线来考察则非得既和浪漫主义挂钩又和古典主义联系不可。

梁实秋曾在《现代中国文学之浪漫的趋势》一文中对浪漫主义与古典主义精神性方面做过这样的比较：

> 古典主义者最尊重人的头，浪漫主义者最尊重人的心。头是理性的机关，里面藏着智慧；心是情感的泉流，里面包着热血。古典主义者说：“我思想，所以我说。”浪漫主义者说：“我感觉，所以我是。”古典主义者说：“我凭着最高的理性，可以达到真实的境界。”浪漫主义者说：“我有美妙的灵魂，可以超越一切。”按照人的常态，换句话说，按照古典主义者的理想，理性是应该占最高的位置，但是浪漫主义者最反对的就是常态，他们在心血沸腾的时候，如醉如梦，凭着感情的力量，想象到九霄云外，理性完全失去了统驭的力量。据浪漫主义者自己讲，这便是“诗狂”“灵感”，或是“忘我的境界”。浪漫主义者觉得无情感便无文学，并且情感还必须要自由活动。他们还以为如其理性从大门进来，文学就要从窗口飞出去。

这是对浪漫主义和古典主义极巧妙生动的比较，也是通过比较对浪漫主义、古典主义各自所具有的精神特性极全面深刻的阐释。根据梁实秋这样的见解再结合其他人对浪漫主义与古典主义精神特性的补充言说，再来看郭沫若，可以说在他的新诗创作中所体现出来的，既有浪漫主义的精神特性，又有古典主义的精神特性。

我们不妨分几个方面结合郭沫若的新诗创作实践，来为他既有浪漫主义色彩又有古典主义特点做一番论证。

一、既有抒情，又有述事而明理。郭沫若一生的新诗创作，始终是走着重灵而抒情和述事而明理两条路。年轻时写诗的他是个心灵的膜拜者。在写于1922年的《雪莱的诗》一文中，他说过："不是心坎中流露出的诗不是真正的诗"的话，但到后来，特别是新中国成立后，他几乎把这一点忘了，也许是标榜诗来自生活而有意识地把这一点丢了。若把他前后期的诗对照起来看，这一点差别是极明显的。我们在前面曾提及他两首都写波浪与天空关系的诗在把握客体对象上的差别，其一是1925年所写的组诗《瓶》中的第三十一首："我已成疯狂的海洋，/她却是冷静的月光！/她明明在我的心中，/却高高挂在天上。/我不息地伸手抓拿，/却只生出些悲哀的空响。"这是主体直觉幻感的产物，让人感受到他强烈的主观情绪。但在1957年所写的《波与云》中，对云与湖波的关系这样写："白云转瞬间流到了天外，/云影已被吞进波的心头。/波的皓手仍在不断伸拿，/动荡不会有止息的时候。"在这里云与湖波的关系完全建筑在述事上，可说全为的是用来印证（譬比）"动荡不会有止息的时候"这一理意。两个写在不同时期的诗文本，一属重灵抒情，一属述事明理，差别十分明显，还可拿写雪的海的两首诗——写于1919年的《雪朝》与写于1958年的《杏花》做个比较。前一首这样写："雪的波涛！/一个银白的宇宙！/我全身心好像要化为了光明流去，/Open-secret哟！"这是对雪朝一片光明的直觉表现，以"我全身心好像要化为了光明流去"这一强烈感受的直接抒发来点化，显示出重灵抒情的特色。而《杏花》则以杏花盛开漫天飘飞如同雪海奔涛的一场述事，这样写杏花盛开得"多而且快"："只要和暖的东风从天外吹来，/我们会使满山遍野变成雪海。"这是以述事来譬比明理，情已感受不到了。显然，《瓶》的第三十一首和《雪朝》的重灵而抒情有浪漫主义的情味，而《波与云》《杏花》述事而明理则有古典主义的理意。

二、既做超验想象，又做经验联想。郭沫若前期写新诗爱做超验想象，在宇宙绝对时空中让想象天马行空，使他所抒发的情思意绪让人有匪夷所思之感。如《女神》中的《太阳礼赞》，写他在万类同一的宇宙空间中展开的一场超越现实体验到的奇特想象，说太阳将出来时，连"天海中的云岛都已笑得来火一样地鲜明"，而太阳刚出时竟然"从我两眸中有无限道的金丝向着太阳飞放"，并且进一步想象成"我"——作为地球上的一个物质存在还可以和太阳做神异的交流："太阳哟，你请把我全部的生命照成道鲜红的血流！/太阳哟！你请把我全部的诗歌照成些金色的浮沤！"全是超验想象的神异表现。这是浪漫主义的。当年吕天石在《欧洲近代文艺思潮》中这样说："浪漫派……提倡极端地解放想象，使想象有绝对的自由。他们以为天才之能表现也是因为想象之自由。扬氏（E.Young）说过：在幻想的仙地，天才可以恣意奔放，在那里才有创造力，才能独断地统治它的幻想的帝国。"正是这些，足以证实郭沫若曾是多么醉心地追求着浪漫主义。但到后来，特别是新中国成立后，他越来越淡化超验想象而走向了经验联想。值得一提曾被广泛传诵的他一首短诗《题毛主席在飞机中工作的摄影》。这首诗也写太阳，甚至是写了两个太阳。当然，除了太空真实存在的太阳，另一个"太阳"是对毛泽东的譬比，是凭政治宣传口径的太阳比作领袖联想出来的。文本中这样写："在一万公尺的高空，/在安如平地的飞机之上，/难怪阳光是加倍地明亮，/机内和机外有着两个太阳。"这就没有《太阳礼赞》那样超验的想象和主体的激情，而只有经验联想的理念印证，而这正是古典主义追求的特点，情绪是并不那么强烈的，主体求的是譬比关系的静穆严肃而不乏堂皇气度的纪律。

三、既求现代情调，又求古代境界。有一路诗人，追求动，追求力，追求快节奏……凡与传统生态不相符且具有刺激性的新奇内容，都使他们神往，而这些内容又大都是现代城市文明才拥有的，这就使他们对现代情调神往起来而对新奇的追求是浪漫主义所特具的，所以对现代情调的神往也就成了浪漫主义的专利。郭沫若就是这类神往者。他前期的新诗凸显着求现代情调的特色。《笔立山头展望》就是这种现代情调追求的典型文本，前面我们已做过详细分析，这里只约略再提一提：它有三个特点可以认定是对现代情调的颂赞。首先是：喧嚣动荡，这在“打着在，吹着在，叫着在……/喷着在，飞着在，跳着在……/四面的天郊烟幕朦胧了”，以及“哦哦，山岳的波涛，瓦屋的波涛，/涌着在，涌着在，涌着在，涌着在呀”等诗行群中，可以见出；其次，强力角逐，这在“黑沉沉的海湾，停泊着的轮船，进行着的轮船，数不尽的轮船，/一枝枝的烟筒都开着了朵黑色的牡丹呀”这样的诗行群中见出；第三、竞相奔进，这在“弯弯的海岸好像Cupid的弓弩呀！/人的生命便是箭，正在海上放射呀”这样的诗行群中见出。这种动的、力的、快速节奏的综合，正是现代世界的生态情调，郭沫若把握住了这种非传统的新奇异态情调，也正表明他的新诗创作具有浪漫主义的精神特质。但这是他前期的事儿，《星空》以后一步步变了，特别是新中国成立以后，他的新诗诗境在向肃穆宁静、和谐共存、舒徐悠然转化，给人一个印象是他在求古代境界，在《星空》中有《南风》一诗，写几个白帕蒙头的青衣女人在松林边扫着松针，生起篝火，几缕白烟随南风荡向海空，诗人忍不住对这一篇众生相融、万物共存的和谐安谧生态发出赞叹：“好幅典雅的画图，/引诱着我的步儿延伫，/令我回想到人类的幼年，/那恬淡无为的太古。”原来他赞叹的是太古时代承袭下来的恬淡无为的古代境界。后来郭沫若又写了一部诗剧叫《孤竹君的二子》，是拿孤竹国两位王子不愿继承王位而潜往首阳山隐居的路上发生的故事写成的，所以诗人自称是“借古人来说自己的话”的“古事诗”，并在《幕前序诗》中借“作家”之口说：伯夷、叔齐的“言论”和“行为”表明，他们是“我们古代的非战主义者，无治主义者”，拿他们来作题材写，是因为“在我的眼中，他们这样的古人才是永远有生命的新人”。所以，在文本中淋漓尽致地呈现了古代境界之美。1957年写的《西湖的女神》，第一节说西湖里有一位女神，月夜常会出来把游人“诱引向湖底的青天”，这是套用德国诗人海涅的《罗累莱》一诗的，还不算什么。第二节这样写：“今夜的湖上幸好没有月，/我没有看到西湖的女神。/不是我被诱进西湖的水底，/是西湖被诱进了我的心。”这可是改变了《罗累莱》的悲剧：让千百年传承下来的西湖生态境界“诱进”了诗人的心儿里，就很美妙地表达了郭沫若对和谐安逸的古代境界的神往。这种种都反映着诗人郭沫若的心里对古代境界那种神往是十分强烈的。这可是对古典主义的审美趣味的追求。而古典主义，正如朱光潜在《什么是古典主义》一文中所说，是“注重模仿古典”的，“他们的信条很简单，‘易走极端’！‘跟着理性走’！‘模仿古人’……”这也足见，郭沫若新诗创作中有古典主义倾向。

四、既重特殊存在，又重普遍事物，记得由夏衍所译的木间久雄《欧洲近代文艺思潮论》一书中曾有这样一个说法：“和古典主义的着力点放在普遍的事物上相反，浪漫主义的着力点是放在特殊的事物之上。”木间久雄对“浪漫主义的着力点是在特殊的事物之上”的说法还有个具体的补充，认为这意味着“就是个人的情绪、天才、情热是问题的中心”，如此说来对“古典主义的着力点放在普遍的事物之上”的说法，也可以有个具体的补充：就是群体的思潮、能量、意志是问题的中心。据此当可以明白：浪漫主义和古典主义在精神上有个特大差别：前者重自我，后者重群体。而我们说郭沫若的诗歌精神还有一个特色既重特殊存在，又重普遍事物，究其实也是既重自我又重群体。这从郭沫若一生的新诗创作来看，确也可见出这么两种抒情趋向。在他新诗创作前期——特别是写作《女神》期间，重自我表现是非常突出的。《天狗》一诗最有力地反映着他对自我力量那种极度夸大的张扬。但写《星空》中那些诗时，重自我——也就是重特殊存在已有所收敛，写了《洪水时代》，借夏禹之口宣称：“我若不把洪水治平/我怎奈天下的苍生？”这就有点重群体——也就是重普遍事物了。1925年他写了大型爱情组诗《瓶》，通过一场婚外恋情的抒唱，再一次大大张扬了一番重自我，而两年多一点时间后他因投身革命，在大革命遭到叛卖而蛰居上海时写了诗集《恢复》，慷慨陈词：为人类大同的理想事业甘愿献身，再一次发出崇尚群体的高歌。重自我即重特殊事物的抒情追求虽然是属于浪漫主义精神的体现，而重群体亦即重普遍事物的抒情追求则有古典主义精神的倾向。值得一提的是郭沫若曾有过一忽儿张扬自我，一忽儿崇尚群体的交替式抒情追求，正反映着他的诗歌精神还处在浪漫主义与古典主义之间徘徊的阶段。但从《恢复》以后，特别是新中国成立以后的诗，则整个儿把抒情追求转向了重群体，把着力点放在普遍事物上，即诗歌精神上了，从而选定了走古典主义的路子，而着力点放在特殊事物上的重自我表现，却再也见不到了。

我们分四个方面对郭沫若既具有浪漫主义诗歌精神又具有古典主义诗歌精神做了论证后，有一个问题也就需要明确下来：这两类诗歌创作精神在郭沫若的新诗创作中是并存的呢还是前后承继关系？在上面第四个方面的论证结束处我们说了一句感慨的话：新中国成立后郭沫若的新诗创作已走定了古典主义的路子，而“着力点放在特殊事物上的重自我表现，却再也见不到了”。这话也反映着这是一种浪漫主义在前而古典主义在后的前后承继关系。这其实在我们考察郭沫若生命创造节奏界定为先扬而后抑型进程时，已点出来了：浪漫主义纵情高歌是“扬”，古典主义敛眉深思是抑，他的生命创造节奏既然是先扬而后抑的，那么他的诗歌精神，定然也会是从浪漫主义转为古典主义。于是一个郭沫若流派归属的结论似乎也可做出来了：

郭沫若终其一生是一个浪漫主义昙花一现的古典主义诗人！

是的，我就这样认为。

不过，我们也没有必要把话说得那么极端。

在浪漫主义与古典主义的关系上，西方学术界早就有一种说法。朱光潜在《什么是古典主义》一文的最后就这样说“丕德（Walter Pater）说浪漫运动是‘浮斯德和海伦的结婚’，浮斯德是中世纪幻想和热情的结晶，海伦是希腊美的代表，可见古典主义也是浪漫主义中一个重要的成分了。”这个综合论的说法很可注意。其实有高度文学修养的作家、诗人往往会在他们的创作中自发地追求这种综合，从而创作出优秀的甚至不朽的作品。郭沫若新中国成立后——甚至还可以追溯到1928年以后写的最成功的诗篇是《骆驼》，这首诗就是“浮斯德和海伦的结婚”而生的宁馨儿，在我看来至少有如下几个特点：一、这首诗纵情高歌理想事业和持续不懈的追求精神，文本第四节把这方面的抒唱推至极顶：“看呵，璀璨的火云/已在天际弥漫，/长征不会有/歇脚的一天，/纵使走到天尽头，/天外也还有乐园。”郭沫若自己曾说：“有理想，有热情，不满足现状而企图创造出些更美好的什么的，这种精神便是浪漫主义。”如果说这些是壮怀激烈的浪漫情绪的直抒，那么文本的第一、二节，像这样的诗群："在黑暗中，/你昂头天外，/导引着旅行者，/走向黎明的地平线"，"暴风雨来时，/旅行者/紧紧依靠着你/渡过了艰难。"这就是比拟性述事以明理，理性的形象化表达，古典主义色彩较浓，这表明浪漫主义是和古典主义通过这些并存在这个文本中的；二、这首诗恢复了郭沫若在"女神"时期惯于展开的超驰想象，使接受者有可能站在宇宙绝对时空的高度来把握理想前景，从而树立更高远的奋斗目标，诗中所说"纵使走到天尽头，/天外也还有乐园"，就是极动人而让人能"思接千载、视通万里"的超验想象表现。这种想象就是为浪漫主义所具备的，而诗中也有存在于地球相对时空的理想境界的表现，比如第三节："春风吹醒了绿洲，/贝拉树垂着甘果，/到处是草茵和醴泉，/优美的梦！/像粉蝶蹁跹，/看到无边的漠地/化为了良田。"这可全是来自为古典主义者所惯于展开的经验联想。绚丽中不乏堂皇，虚幻中不乏贴实。这些又都表明《骆驼》的意象营构与组合也是浪漫主义审美趣味与古典主义审美趣味并存的；三、这首诗具有追求新奇的浪漫派所偏爱的现代情调，竟然采用了两个用以拟喻"骆驼"的意象，说"骆驼，你星际火箭，/你，有生命的导弹"，这"星际火箭"和"导弹"可全是拿现代科学词汇包装起来的，富有能感发现代情调功能的现代化意象，但文本在开头一节为拟喻"骆驼"而选用的意象却不同，说"骆驼，你沙漠的船，/你，有生命的山"，这"沙漠的船""生命的山"以及后面的"贝拉树""醴泉"等则给人以古色古香的古代境界，是为古典主义者所偏爱的。这也表明《骆驼》里浪漫主义和古典主义的审美趣味是并存着的；四、特别值得注意的是这个文本中的"骆驼"竟然是自我精神与群体意志相叠合而成的复式拟喻意象。诗中这样说"骆驼"："你给予了旅行者/以天样的大胆。/你请导引着向前，/永远！永远！"这是以骆驼拟喻个体生命的创造追求，满怀激情地隐示主体不断追求生命创造，一场为浪漫主义所拥有的自我表现。诗中还说"骆驼"虽已处在"璀璨的火云/已在天际弥漫"的光明境界中，但犹怀着"长征不会有/歇脚的一天，/纵使走到天尽头，/天外也还有乐园"，这是以象征性意象来表现我们人民不停顿追求民族复兴的意志的精神象征性表现，一句"长征不会有/歇脚的一天"就可以见出这里面蕴有的，是古典主义者孜孜以求的群体精神意志表现。这一来自我表现与群体表现在"骆驼"这个意象上的叠合也就更显示着浪漫主义与古典主义在这个文本中的并存。

凭着这种种，我们可以说《骆驼》是"浮斯德与海伦结婚"所生的宁馨儿——一首百年新诗中的精品之作。

凭着这种种，我们可以说：郭沫若如果能在写《骆驼》所选择的路上继续探求和开拓下去，共和国时期他的新诗创作会超过"女神"时期。

可憾的是，他就只写了这首《骆驼》，不再探求和开拓下去了。结果他最终扮演的角色只能是：一个浪漫主义虚有其表的古典主义诗人，并且承袭了古典主义的两个消极方面——如同朱光潜在《什么是古典主义》中所说的："一失之冷，二失之陈腐。"

而还有一个结果是："郭老，郭老，诗多好的少！"

2019年5月15日夜10时10分

写完这一节于银座

经典的生成及其特征

◉叶　橹

百年新诗的历史进程，尽管存在着种种褒贬不一的议论。但这毕竟是一种不可逆转的潮流。一百年对于人的个体生命而言也许十分漫长，可是对于一种全新的诗体从诞生到成熟来说，只能说是历史的瞬间而已。近些年对百年新诗中存在的问题以及经验教训的探讨，无疑会对今后新诗的发展产生有益的影响。我在这里想专门谈一下新诗这一百年中，有没有形成一些经典性的诗作，如果有的话，它们是怎样生成的，又具备一些什么特征。

新诗的横空出世，当然得首推胡适的大力提倡以及一大批响应者和追随者的功劳。但是中国新诗的提倡者们，虽然在理论上有造势之功，而在创作实践上却缺少经典性的力作以彰显它在艺术上的示范性。时下一些诗选中所选的胡适的诗作如《朋友》《鸽子》等，其实算不上什么好诗，仅仅作为对这位历史性人物的纪念和尊重的标志吧。以我个人的阅读感受，周作人的《小河》和沈尹默的《月夜》，这一长一短的两首诗，倒是新诗初期具有一点经典意义的诗。理由无它，就是因为它们体现了一种时代的精神特征。《小河》的娓娓道来中暗喻的性质，让人体会到一种冲破"坚固的石堰"之艰难；《月夜》的言简意赅的对独立精神的褒赞。这些正是当时社会思潮的暗流涌动的呈现。后人读这些诗，或有嫌其语言不够精练和过于直白之弊，但如果能设身处地细想一下，也许就能谅解其缺点了。我们都知道，当年那些提倡和推动新诗的人，都是一些国学根底深厚的文人，他们主动弃绝对古文的坚守而重辟对白话文写作的新路，实在是宝贵的探求精神。像钱玄同、刘半农等人为提倡白话诗而对旧体诗说过的一些偏激言论，甚至成为后来一些人攻击和否定新文化运动的口实。不过话还得说回来，如果没有那种摧枯拉朽的气势，白话诗恐怕亦将被扼杀在襁褓之中了。

胡适们对新诗的提倡和鼓吹，由于理论上存在的缺陷，如"话怎么说诗就怎么写"之类，势必造成新诗初创期的语言拖沓而缺失诗意，在诗的文本上无法树立标志性的作品。直到郭沫若《女神》的出现，新诗终于有了自己的经典性作品的亮相。并不是说《女神》中的每一首诗都堪称经典，而是它的那种狂飙式的气势总体上成为一种时代的标志。以我的观点，《凤凰涅槃》可以称得上是那个时代当之无愧的经典。它不仅是当时最长的诗，其结构的规模和整体气势，也可以说是容纳了一个时代转折期的丰厚深邃的历史内涵的。在语言的表达方式上，它也可以说是真正意义上的白话诗，完全克服了新诗初创期那种"夹生"的白话的缺点。《凤凰涅槃》的出现，似乎向我们证明，新诗文体如果不能创造出自身的经典式作品，它就很难立足和站稳脚跟。所以对郭沫若在新诗史上的地位，我们绝不能因为他在1949年以后的为人为文的乏善可陈而一概否定。

我们从《凤凰涅槃》这样的诗作的出现，不仅可以窥视到文学经典的生成，往往是同时代的呼唤和需要分不开的。至于它会定位在哪一个人身上，则只能说是必然中的偶然。正如小说创作选择了鲁迅的《狂人日记》为标志一样，郭沫若的出现也可以看成是历史对他的选择吧。

任何事物的发展过程，总会因为各种内外因素的相互作用而引发一些变化的契机。新诗在经历了一段时间发展之后，由于自身的惰性而产生的平庸造成语言的拖沓，缺乏创新意识，以致逐渐遭到读者的冷漠。正是在这种沉寂的状态下，由周作人的推荐而现身的李金发，恰恰成为一粒掷向死水的石子。李金发的近乎怪异的语言方式，半文半白且夹杂片言只语的外来词语的诗歌，一方面是被斥责为“不懂”，另一方面则吸引了不少惊异和好奇的目光。他引来的争论，恰好给诗坛造成了一种活力。朱自清后来说他的诗读起来每一句都懂，串起来则不知所云，正反映了对诗的欣赏和解读方式受到了新的挑战。诚然，由于李金发自身的文化修养所限，他的对古文的半通不通，加上在诗作中夹杂的外语，使他的诗很难进入读者内心。严格地说，李金发的诗无法成为经典，但他的某些诗句，如“生命便是死神唇边的笑”之类，的确在奇突中闪耀着些许诗性的光芒。他的《弃妇》和《里昂车中》，甚至也可称为新诗中的出类拔萃之作。但是总体来说，他的影响在改变人们对诗的写作和阅读方式上有功不可没之处，而他也是研究新诗发展过程中无法绕过的一个人物。历史上有一些人，在推动和改变其进程中，对秩序的破坏之力大于建设之功，但人们仍然不能不记住他的贡献，李金发也许就是这样的人。

随着新诗创作的日渐走向自由的探索，一些各具特色的诗人的相继涌现，人们开始注意到像闻一多、徐志摩、何其芳、冯至等人的诗，可以说都在某些方面呈现出自由创作带来的丰富多彩的格局。回顾20世纪二、三十年代中国新诗的整体格局，的确可以说，如果不是由于抗日战争的爆发，新诗的创作形势必定会是真正意义上的百花齐放和优胜劣汰的。抗日战争不仅改变了中国的政治局面，它也在很大程度上影响了新诗创作的走向。诗人的成就也因为不同的艺术追求而分化。面对民族的生死存亡，诗人们的创作追求自然会受到民族大义的指涉。正像当年田间的诗句：“假使我们不去打仗，/敌人用刺刀/杀死了我们，/还要用手指着我们骨头说：/“看，/这就是奴隶！”当“打仗”成为第一要义时，诗的艺术追求自然会退居到无足轻重的地位了。

所幸的是，特定的时代却向我们推出了另一种类型的经典式诗人。他就是艾青。艾青以在狱中写出的《大堰河——我的保姆》并发表于1934年5月1日《春光》月刊上而一举成名。他的一系列诗篇的连续发表，不仅使他成为当之无愧的诗坛泰斗，受他影响的新一代诗人更是难以胜数。他的《我爱这片土地》《雪落在中国的土地上》《太阳》《手推车》等诗篇，完全可以当之无愧地成为新诗经典。究其原因，除了他独具的诗人气质之外，还同他对现实关注的独特视角有很大关系。艾青的诗语具有冲击普通人心灵深处的震撼力。像“为什么我的眼里常含泪水/因为我对这土地爱得深沉”；“雪落在中国的土地上/寒冷在封锁着中国呀”这类既表现了普通人心灵感受又突显着诗性语言冲击力的表达方式，令人过目难忘。这也是他的诗为什么能够在多次街头朗诵中受到广泛欢迎的根本原因。从对社会和人心影响的持续性和广泛性看，艾青可以说是新诗史上独一无二的诗人。

诚然，时势造英雄。没有那种时代氛围和民心所向，艾青也不可能有如此巨大的影响。然而在渐行渐远的历史进程中，人们会逐渐淡忘了一切，以致后来一些人只从他一些失败的诗作中贬低其历史地位。我始终认为，发现一个人的优点比议论一个人的缺点更具启迪性。特别是像艾青这样具有经典性意义的诗人。他的诗不仅是新诗中的出类拔萃者，也是我们共同的宝贵精神财富。

因为涉及的是新诗经典生成的话题，我特别对郭沫若和艾青的诗做了较多的议论。原因在于，我认为他们之所以能在新诗历史上具有经典性的意义，首先是时代性的选择。他们的诗都蕴涵着丰富的社会内涵而具备现实性和历史性。古今中外的经典性作品，无不是同它的时代共生的。就诗人的个性而言，郭沫若的狂飙式豪情，艾青的沉郁和忧伤中的执着，也可以说是体现了时代的现实特征。这种既具时代性又体现个人性的诗作，能成为经典性的标志，完全符合我们对文学作品性质的认知。

一种正常的文学生态，除了创作的自由与竞争，还必须有自由的批评与探求。有的经典性作品，甚至就是因为在批评和争论中而确立其价值的。百年新诗的历史不乏例证。

戴望舒的《雨巷》发表后，如果没有叶圣陶、朱自清和卞之琳等人对它的赞扬和批评，便不可能受到如此的关注。更经典的例子是卞之琳的《断章》。因为刘西渭对该诗“装饰”一词的解读，引来卞之琳的不同意见。双方的争论引来各种的不同解读，从而奠定了《断章》在新诗发展过程中特别引人注目的事件。它也因此而成为新诗的著名经典。固然，《断章》是一首难得的好诗，但它的歧义性和丰富性，应该说是在批评和争论中才深入发掘的。这恐怕远远超出了诗人自身想表达的“相对性”的初衷了吧。这个事实证明，有独到眼光的批评对于发现经典诗作具有特殊意义。

从根本上说，诗之能否成为经典，当然主要决定于它自身的内在蕴涵。有的时候，由于诗人自身的艺术追求的独特性和一般人的艺术欣赏习惯的特性，往往也会在一个时期中不被人们关注。这种情况在后来被命名为“九叶派”的一些诗人身上，有着非常明显的表现。像穆旦的《诗八首》、郑敏的《金黄的稻束》，都是在新时期以后才特别地被重新认识的。这种文学现象在历史上并不鲜见，但在我国，由于特殊的历史变动而显现出它的某种程度的诡异性甚至是荒诞性。《诗八首》发表于1942年，以当时的国内形势，它自然不太可能引起人们的注意。可是在1949年之后，文艺观的偏见导致对它的漠视，也不足为奇。穆旦的爱情观念及其艺术表现手法的现代性，在20世纪40年代的中国也属先锋，而到了80年代以后才被接受，这中间的四十年，明显地表现了一种艺术观念上的停滞甚至是倒退的现象。我不禁想起了1956年所写的评闻捷诗歌的文章，我最为欣赏的就是《苹果树下》。我之所以写那篇文章，在很大程度上就是被它所打动的。当时的我，甚至连穆旦的名字都不知道，《诗八首》即使给我读，我也读不懂。可是回顾历史，《苹果树下》仍然可以算得上是那个时代的优秀之作。可是如果避开年代，将二者比较，人们一定会以为闻捷在前而穆旦在后。这就是历史对我们的嘲讽。

历史的诡异之处还在于，一个诗人或一首诗产生的影响，往往并不同它的艺术质量成正比的。有一些人和诗，曾经产生过所谓轰动效应，但时过境迁则悄然而逝。

诚然，在历史进程的喧哗与骚动中，有一些体现了时代脉动和具备诗性品格的诗，也会因其历史内涵和艺术价值存留下来成为经典的。曾经轰动一时的“朦胧诗”，在后来的不断更新换代的思潮中，也受到不少贬抑性的评价。特别是其中一些代表性人物，在其后发表的文章中有意无意地流露出一种“悔其初作”的情绪。我个人是不同意这种做派的。坦率地说，有的诗人如果没有当年那些代表性诗篇，人们不会记得他后来的一些作品。一个人的写作方式也许作为代表来显示新的觉醒。其实，一首诗成为社会的公品之后，它的价值实现已经不属于诗人自己。像《回答》《阳光中的向日葵》《中国，我的钥匙丢了》这一类诗，只要是经历过那个时代的人，一定能体会到它们的历史内涵，甚至会产生刻骨铭心的回忆。不管写这些诗的人后来还写了什么或不再写作,它们的价值都不会被淹灭。我甚至认定,这些诗就是那个时代的经典。

应该承认,从20世纪80年代以后,我们的创作环境,相对的自由和宽松。尽管人们在心灵深处依然存在着戴着镣铐跳舞的感受,但还是做了很大的努力。因此,近四十年的诗歌创作毕竟有了一些收获。如果说我们依然缺少公认的经典之作,至少我们可以认为,诗人们正在朝着这个方向努力。其实,诗歌经典的出现,并不是刻意追求的结果。我们如果以一种水到渠成的心态来看待它的话,也许在不经意间它就会出现了。我甚至相当坚定地相信,一些堪称经典的诗篇正在潜行之中,时机一到,它们就会浮出水面的。当代人对于已经出现的经典之作,未必都能一一识破。想想昌耀的命运,我们或对此有更深切的体会。

近四十年来,我们不断地听到一些呼唤经典和寻找经典大师的呼声,可是另一方面又不时听到一些对诗歌评论的非议和恶讽。一些人不分青红皂白地把对某些优秀诗作的评析诬为“吹捧”。试想一下,没有当年茅盾和胡风对艾青的“吹捧”,一本薄薄的只有九首诗的《大堰河》会成为新诗中的经典吗?没有刘西渭对《断章》的慧眼独具的解读,说不定这首只有四行的短诗就被淹没在众多庸诗的海洋之中了。所以我认为,诗歌经典之作的出现,一方面要有众多诗人的独创思维的支撑,另一方面则需要有一批慧眼独具的批评家的鼓励。这是诗的双翼,缺一皆不可能让诗的翅膀飞翔起来。

以我个人之见,当下我们的诗歌创作中相当普遍地存在着两种倾向:一种是去政治化,认为诗离政治越远越容易写出好诗,另一种是去抒情化,认定抒情就是浅薄的表现。我不想就此多说,只是提出来供诗人们参考。从诗的发展历史来看,这两种倾向符合古今中外的诗歌历史状况吗?那些经典之作是完全同政治和抒情无关吗?如何正确地认识和理解这些因素在诗歌创作中的地位,应该是值得我们认真思索的。

人们之所以期待经典性作品出现,是因为它既是人类精神创造力的体现,又是从实践的意义上标志性地呈现为这种创造力的沿袭和继承以及如何发扬的问题。历史过程中许多曾经现身的作品大都消失了,而只有少数经典性的作品得以流传,这就是一种优胜劣汰的选择过程。随着人类精神产品的日益丰富,许多曾经被认为是经典性的作品,会被逐渐地分批分次地被人们淡忘,而那些新的经典则被树立起来。所以,对待经典的鉴定和确认,会是一种流动性的状态。但是我们从这个过程中可以观察到,任何经典性作品被确立,必须具备下面一些特征:

首先,它应该是在不同程度上反映和体现一种时代内涵及其脉动的历史进程,因而让后人得以感受并洞悉人心所向的作品。人们从它身上能体验到特定时代的历史氛围,有助于他们理解自身所处的时代特征,从而在历史与现实的对比中认清自己所处时代与历史的同异。历史告诉我们,并不是所有时代都是进步取代落后,文明战胜野蛮的。有的时候恰恰是逆行式地进行的。这正是许多经典作品给我们的启迪。

其次,经典作品常常出现在一种时代大转变的进程之中,而它的出现又往往会经历一种否定之后的肯定。远的不说,“朦胧诗”中那些代表作的遭遇可以证明。这种现象说明,历史的惰性很容易形成保守的势力而扼杀新生事物。对于诗来说,谁能够在保守势力的氛围中突破陈规,就有可能成为经典的代表性作品。

再次,诗人能不能彰显和张扬独特的艺术个性,在独创性的道路上树立丰碑,是诗人能否成为经典性诗人的标志。历史上有少数标志性的诗人,也有只以个别标志性诗篇而成为经典的。杜甫的诗被称为诗史,而张若虚则以“孤篇盖全唐”为人称道。百年新诗中会否有这类诗人呢？还是让历史和后人检验吧。要知道杜和张都曾经被埋没了数百年之后才被发掘出来的。

最后，我有一个看法，国人由于对传统的旧体诗的迷恋，往往以能朗朗上口和容易背诵作为评价诗的重要的甚至是唯一的标准，因此而对新诗发出很多诘难。我以为这是不正确的。新诗的语言和结构的规模，注定了它很可能成为复杂和深邃的诗，甚至是需要耐心去品读体味的。旧体诗中固然有许多易背而流畅的绝句和格律诗，但是像《离骚》《蜀道难》《北征》之类的诗，除了极少数顶级人物能够背诵，一般读者是不可能背下来的。我们不能因此而否定它们的经典性。新诗中的《慈航》《漂木》则更是不可能背诵的。

时代在前进，新诗在发展。我们将会面临许多新的写作、欣赏、评论方面的新问题、新挑战。我们只有不断提高自身的写作能力和欣赏习惯、评论眼光，才有可能创造出新的经典，欣赏和评论那些我们尚不熟悉的经典，以确立它们在诗史上的地位。

2018.8.3 完稿于扬州

宏大的生态抒情

——洪铁城《大峡谷》序

◉骆寒超

记得二十多年前洪铁城就写过一首长诗《新世纪如是说——关于空间，环境，人……》，我在一篇文章里还对它有过这样的评说：“《新世纪如是说》说得上是诗人内心独语的鸿篇巨制，就我有限的阅读而论，称它奇文不为过。它是诗学、哲学、生存预测学，是人论、建筑论、生态环境论，是时空观、创造观、新世纪文化观等等的大综合。这场内心独语是漫长而意境深远的，其核心是在特定的时间框架——新世纪里我们如何充分发掘自身的文化创造潜能，为建构人类美好的生存空间而奋斗。”正是这首好诗留在心里的深刻印象，才使我历经多年岁月，也难以忘掉这位职业是写作“石头的史诗”的建筑师朋友，所以前些日子曾给铁城打过一个电话，除一般的寒暄以外，还特别问了一句：“你还在写诗吗？”这一问也就使我在几天后惊喜地收到了一个快件：他的一部电子打印稿《世纪遗言》，附信中他诚恳地希望我能读一读它。我于是读了，再次被铁城把握诗歌世界的宏大气魄所深深感动，并且有一份责任感在心头滋生，觉得必须为它讲几句话。

这是归属于生态文学的作品，是对环境保护进行的一场抒唱。很多年来我们遵奉过典型环境中典型抒情的创作原则，而典型环境则只被看成是人与人之间的阶级关系，却从没有考虑过人与自然之间的生态关系。其实，这两种关系所构成的环境是一样重要的，甚至可以说：人与人的阶级关系犹可超脱——一个人生活在荒岛上的鲁滨逊不是超脱了吗？人与自然的生态关系却断断乎超脱不了的，可是我们高谈阔论典型环境就从未涉及人与自然的生态关系所构成的环境，即使偶尔涉及了也只把它看成是背景，起的不过是人物情感的烘染作用，不会把它上升为典型性去考虑。倒是台湾诗坛较早地注意到人与自然生态的平衡，并对此做这样那样的抒唱。前些年我和台湾诗人余光中一起在澳门大学开会，比邻而居，常于茶余饭后谈诗论文。有一次他忽然感慨地说：“大家只晓得我写乡愁诗，却没人注意我还写环保诗，如《控诉一支烟囱》，控诉工厂大烟囱喷吐的黑烟对城市环境的污染，诗发表后，引起参议员们纷纷响应并向高雄市政府抗议，以致逼该市环保局检讨失职，工厂搬家哩！”说到此，光中先生掩不住几分得意神情。此刻，我读着铁城的这部《世纪遗言》（曾更名为《和平与战争》，最后定名《大峡谷》），忍不住想：《控诉一支烟囱》还只是对城市工厂烟囱带来生态和谐环境遭受破坏这个具体问题的干预，就能起到这么大的影响；《大峡谷》可是对我们这个国家整体的生态失衡、环境和谐遭到破坏敲起了警钟，这样一场典型环境中的典型抒情，并且又是如此宏大的抒情，其意义之大那是可想而知的了。而这也使我对铁城的这场抒情主题的探求要刮目相看了。并且我还要说中国诗坛因《大峡谷》的存在而可以做这样的宣告了：新诗的一个新品种——生态诗已经正式走上创作舞台。

《大峡谷》显然是一场宏大抒情。这样说一方面是指它的抒情主题是全局性的，既涉及人与自然全方位的生态关系，又涉及由此派生的整个地球生命体的生存命运；有关这方面的美学价值不言自明，就不多说了，另方面，还指作为抒情对象的题材极广泛，即既涉及人与自然关系得以全方位体现的几大对象，又涉及每一对象内部的几条支脉。如果说每个方面几条支脉的有机组合使它得以自成体系，那么这几个方面几条体系有机的组合也就确立起了一个广泛丰富的题材系统。《大峡谷》是具有这样广泛的题材系统特色的。从这个意义上看，这部长诗其实反映着铁城在把握诗歌世界中概括生活的宏大气魄。原稿全作有《开篇》，提出了新世纪必须以尊重人的生存权作为抒唱生态和谐的前提性导引；有《尾声》，推宕出一个有关人类生存的智慧认识：不能再让生产力提高建筑在过度消耗资源、破坏生态平衡上，最后定稿时他忍痛割爱删掉了，保留中间五个乐章，抒唱了人类在五个方面的生态失衡，也就是说：以《第一篇章》显示的土地方面，以《第二篇章》显示的草木方面，以《第三篇章》显示的城市方面，以《第四篇章》显示的农村方面和以《第五篇章》显示的环境污染方面，最后用《第六篇章》写人。前五大类对象各自显示的每一个方面，内部又各以多条支脉组合成生态失衡体系，如《第三篇章》写诗人以一个城市规划设计师的目光对现代化城市的观感，既记录了他考察北京、上海、杭州、重庆、苏州、无锡、深圳、金华、义乌、东阳等城市后的感受，又表述了他漫游华盛顿、洛杉矶、巴黎、伦敦、东京、布拉格、威尼斯、悉尼、雅典、开罗等都会的印象，然后在此基础上抒写了城市人与农民工、开发区与城中村、摩天楼与贫民窟、大马路与垃圾巷等等贫富、善恶、美丑对立统一的环境，把一个城市和谐环境遭到严重破坏提升为城市生态失衡体系凸现了出来。又如《第四篇章》，作为一条支脉，内在各项抒唱对象也有机地组合成了农村生态失衡体系。这一篇也以相当多篇幅写了诗人访问国内外一些村庄后的观感印象，对一些名扬天下的著名村庄和谐生态做了深情的赞美，如张家界的华西村、浙江奉化的滕头村，还动情地对一些名村如天津的大邱庄、昔阳的大寨、凤阳的小岗村、布达佩斯的霍洛克村等的盛衰历史做了真实的抒叙，并在此基础上把抒情笔触伸向农村人文关怀的腹地，提出农村城市化的名村效应牵引出来的是：村庄办工业造成环境破坏，农村过度开发自身地理、文化资源造成生态失衡，而作为一种连锁反应，更有空巢老人涌现、留守儿童剧增等等问题。所以，《第四篇章》通过另一条生态失衡体系，为当今中国人与自然和谐关系遭受严重破坏提供了另一渠道的抒情信息。总之从这些例证中可以见出：这部抒唱生命生态必须和谐共处的长篇抒情诗，题材之广泛、组合之体系化在当今诗坛是具有超常美学意义的。可以说诗人洪铁城为我们提供了一部生态抒情的百科全书。

《大峡谷》还值得我们珍视它的综合抒情性。我不讳言，这部长篇抒情诗有一些章节中诗人引用他人议论文字、叙说某些事件，引证统计数字以及他自己直接出面对某些现象发议论等等，所占比例不在少数。这些算不得抒情，只是散文。但从全作总体格局看，抒情，并且是激越的抒情，才是主要的。退一步说，这样长篇的抒情诗，如果一直抒情下去，倒会导致无趣的，适当插入一些事件叙述和议论作为调剂，使整体的抒情与叙事、议论之间能够有相互对照与映衬，倒既很得体又很必要。这也原是合于艺术辩证法的。从这样的标准出发看的抒情性，我特别欣赏它那种以抒情为主，抒情、叙事、议论和谐综合得十分和谐的特色。可以这样说：这是一场综合抒情。这种综合抒情在百年新诗的长篇抒情诗创作中，做得好的不多，即便是一些优秀的长篇抒情诗，如白采的《羸疾者的爱》、冯至的《北游》、柯仲平的《海夜歌声》、辛劳的《捧血者》、贺敬之的《放声歌唱》、唐湜的《幻美之旅》等,在综合处理上也未必很匀称,倒是殷夫的《在死神未到之前》、艾青的《向太阳》和胡风的《时间开始了》才综合得匀称,特别是《时间开始了》综合抒情成功率极高。《大峡谷》可说是步了这些优秀文本的后尘,特别是经多次修改后现在已定稿的《第一篇章》《第二篇章》《第三篇章》等,综合抒情得就比较成功。如《第一篇章》使它能取得这份成功的先决条件是铁城对围绕土地问题的生活感受特别强烈而真切,这当然缘于他是从农村来的,是在与土地相依为命的生存氛围中长大的,因此土地成了他独特的审美敏感区。唯其如此,才使他对人与土地之间的生态失衡特动情绪,特感忧虑,特能陷入沉思,这一来,以抒情为基础,让抒情、叙事、议论结合起来的综合抒情也就形成了。这个乐章是铁城从回忆自己青春岁月的人生经历开始的。刚告别少年时代的他就成了塞北一名中国治沙队队员,长年累月奋战在腾格里,“固沙造林,引流汙地”,逼使那一片沙漠退却。但四十年后,森林竟被砍伐,沙漠反攻回来。旧地重游,诗人忍不住动情地唱道:“往日的碧草连天/往日的牛羊遍地/往日的河水清冽/往日的牧歌悠扬/啊,满目少女般的清纯/再也没有了/与西部一起背负的罪名/是北京特大沙尘暴的策源地……”正是这严峻的现实,使他回忆起史书中记载过的楼兰王国覆没与罗布泊消失的大悲剧。由于人与自然和谐环境的破坏,仅仅是:“一千年时间可以使一个/国家,消失得莫名其妙;/数百年时间可以让一个/浩瀚的湖泊,消失得无影无踪/数十年时间可以叫一大片/绿洲,变成沙漠/变成荒无人烟的/死亡禁区”。面对这些令人难以置信的事实,诗人进一步告诉我们:猛然间“我从灵魂深处/感到害怕”了。这些全是抒情、叙事和议论水乳交融成一体的综合抒情。这样的抒情,才使广阔的题材得以充分起用,宏大的主题得以超常展开,而整个文本也因此能具有抒情的智慧化、智慧的情绪化的诗美品格。

《大峡谷》这部万行长诗是铁城花了近二十年时间写成的,中间有过多次大的修改,而我则是每次修改稿的最初阅读者,所以也可以说是他艰辛修改的见证人。如最初几个稿本中文本面铺得太大,头绪太纷繁,给人以顾此失彼、捉襟见肘的感觉;写城市的《第三篇章》就犯有此病。这次的定稿本做了很大调整,一切集中于城市生态环境和谐的主旨而展开,就相当有机了。又如最初几个稿本事件穿插太多,引证数字和有关新闻报导、名人言论也不在少数,使文本有点喧宾夺主,削弱了抒情性,其中写草木的《第二篇章》就犯有此病,这次的定稿本大加增删,不少叙述、数字、新闻报导都抒情化了,也使这一篇成了全作最有诗意的一章。当然,这样一部规模空前的抒情长诗,相应地也要求它有一套有别于一般抒情诗、叙事诗的艺术表现体系,而这对任何一个有写诗经验的诗人都会是一个难题;铁城也不例外。因此,这部长诗在文本构成中有这样那样的不成熟也在所难免,过分苛求是不必要的。

必要的是:我们得肯定《大峡谷》是一部当今诗坛所罕见的、极具气魄也具有特色的生态抒情长诗。因此,也值得推崇。

2014年11月7日写于浙江大学求是村

2018年8月11日改于浙江大学求是村

附体的精灵：诗歌中的神秘、隐蔽和燃烧的声音

◉吉狄马加

当我们回到这片土地的时候，我们便会与这片土地上所有神奇的事物融为一体，无论是肉体还是精神，我们都会从最初的源头再一次获得神秘的力量。这似乎是一次末端和开始的必然对接。人类精神创造的经验告诉我们，那些基本的定义和规律从未有过改变，尤其是在语言和词语所构筑的世界中，当创造者在舌尖与笔端将语言和文字燃烧与宝石的时候，这一过程给我们的惊叹和震撼其实并不是我们所能看见的宝石本身，而是我们无法捕捉的那种光一般幽暗的隐秘，当然也包括宝石所闪现出的难以定义的隐喻。在我们生活的这片群山中，所谓神秘主义并非我们的一种发现，数千年来我们的祖先就相信万物有灵，我们的毕摩（祭司）一直是联系天和地的使者，同样他们也承担着人鬼之间的沟通和联系，在他们的身上始终留存着一种能力，那就是超越肉体能够与另一个精神世界进行对话的禀赋。毫无疑问，这一能力是一般人所不具备的，就是在21世纪，人类已经步入更现代的社会生活中，他们仍然顽强地在我们彝人的现实世界里存在着，我们还能看到他们在为死去的魂灵超度，还能听到他们浑厚悠远的诵读经文的声音，也能遇到他们在做法事时现场插下的神枝，这些神枝对应着天象的图案。在今天这个急速变化着的现实面前，虽然我们置身于多种文化的交织中，现代的生活方式正在被更多的人所接受，但是那种来自意识深处的观念和信仰却如影随形。多少年来，作为诗人的我一直在思考一个问题，就是如何去理解诗歌就其本质而言，所能给我们提供的那些更多的未知的东西是什么？因为每当我听到毕摩（祭司）在诵读经文的时候，特别是当他进入一种特殊的状态时，他的语言和词就在瞬间如同漂浮的火焰，这种语言和词语传达给我们的不仅仅是内容，更多的是一种神秘的召唤，这种召唤要高于语言和词语，当然它始终还是语言和词语的一个部分。就我们理解和特殊的感受，我必须相信一切伟大的创造，其实都需要来自一种所谓超越理性的强大的原动力。在这一点上，伟大的西班牙诗人加西亚·洛尔加印证了我的看法，他始终认为，通过有生命的媒介和联系传达的信息，最能发挥诗歌中“杜恩德”（duende）的作用，如果直接翻译成中文就是“灵性的力量”。同样，伟大的俄罗斯女诗人马琳娜·茨维塔耶娃在其文章《现代俄罗斯的史诗与抒情诗——弗拉基米尔·马雅可夫斯基与鲍里斯·帕斯捷尔纳克》中这样写道：“马雅可夫斯基是会被穷尽的，不能被穷尽的是他的力量，他用这力量使事物穷尽，那准备就绪的力量，就像土地每一次都卷土重来，每一次都一劳永逸。……帕斯捷尔纳克的行动相当于梦的行动，我们

不理解他，我们陷入他之中，落到他的下面，进入他的里面，对于帕斯捷尔纳克，我们理解他的时候，也即是抛开他、抛开了意义进行理解。”英国诗人特德·休斯也一直认为巫师和诗人有许多共同的地方，那就是他们都强调个体所具有的先知意识，他们的身上均被赋予了通神的能力，而这种能力往往是常人所不具备的，巫师的特殊身份和诗人的特殊身份都是被那种种神秘力量选择的。特德·休斯曾这样评价他的前辈诗人、伟大的爱尔兰人叶芝：“爱尔兰民族精神和超自然的力量充满了叶芝的内心，爱尔兰神话、民间传说充满了他的诗歌。他披上了神秘主义的精神护甲，在很短的时间里，建立起了自己壮观的人生目标：重建爱尔兰的能量，挑战英雄祖先、失落的神，以及爱尔兰屈服的灵魂。”这一切都充分说明，通过语言和词语所进行的创造，其内在的神秘的原动力一直围绕着我们，而语言和词语所延伸出的一切未知和空白，从来就是诗歌最富有魅力、最耐人寻味的部分，也因此，我才将这次诗歌圆桌会议的主题确定为“附体的精灵：诗歌中的神秘、隐蔽和燃烧的声音”。

2019年6月1日

让我们都来“新的抒情”

◉骆　苡

非常荣幸能参加本次诗歌圆桌会议。吉狄马加老师将此次会议的主题定为：“附体的精灵：诗歌中的神秘、隐蔽和燃烧的声音”。我觉得这个话题非常有意思，尤其当我们汇聚在西昌邛海——这个风景如画，被崇山峻岭环抱，碧水蓝天日日浸淫的神奇之地，彝族同胞粗犷、豪放的舞姿和仿佛从远古飘荡而来的充满原野气息的歌声，让我们有了对这一话题最直观的注解。

诗歌，就我的理解，其最本质的诉求就是人的情绪宣泄。是一种强烈的、抑不住的情感喷发。

在一个篇幅有限的文本样式之中，要将这种情绪宣泄最大化，我想，除了语言的精炼、意境的超妙之外，溢出语意的氛围烘托也十分重要。通过这种烘托，可以将诗歌引向更广阔的表达空间，使读者获得多重的解读，以及更强力的感染。

现在，我们在诗歌编辑过程中，发现大量的诗作都满足于诗的叙述，即古人所说的“赋”这一表现手法上，偶尔有些比喻，“兴”却少之又少。而且，诗歌的题材选取上也十分狭窄，淹没在日常琐事杂务中。而我始终觉得诗应当是超凡脱俗的，与滚滚红尘应保持适当的距离。

将近八十年以前，穆旦为卞之琳新出的诗集《慰劳信集》写过一篇书评，提出过一个主张：我们需要“新的抒情”！

他说的“新的抒情”就是：让情性体验和理性经验结合，让情感和智慧结合，让激情抒发成为理性领悟。

这个主张我们很赞同，不应以时间的褪去而淡化抒情。

不搞单边的浪漫主义，那是会走向滥情的；不搞单边的知性主义，那是会走向寡情的。

我们也赞同20世纪初西方流行的新浪漫主义，主张灵的觉醒，主张诗人要有一种特异功能：穿透事物的表象灵视到更深层处隐蔽着的东西。

这场灵的觉醒，这场灵视，会使诗歌抒情进入神秘境界。

由此说来，“新的抒情”也就是神秘的抒情。

如果说这样的抒情也有样板，那么艾青的《吹号者》、穆旦的《赞美》、昌耀的《慈航》和吉狄马加的《我，雪豹……》，就是。

为了抒情中的智慧升华，为了抒情中的神秘灵魂，我代表大型新诗季刊《星河》告诉诸位，我们即将推出一个专栏。

它就叫“新的抒情”。

我们期待着在座的诗人——新世纪的艾青们，新世纪的穆旦们，新世纪的昌耀们，和主持这次国际诗会的马加先生，都能来我们《星河》做“新的抒情”。

生命的玄妙、大自然的鬼斧神工和宇宙的无穷无尽，使我们有了信仰和敬畏的理由，使我们的心久久激荡，难于平静。当我们从车水马龙的洪流中浮身而出，作为一名诗歌爱好者，我想灵魂的安身尤为重要。我赞同吉狄马加老师的观点：我们俯身于这片神奇的土地，与最初的源头来一次对接，必然会获得无穷的力量。

当我们将这股力量融于诗歌创作之中，那么，神秘的隐喻、燃烧的激情或许会不知不觉明灭在字里行间，为诗增色！

谢谢大家！

稿 约

一、欢迎抒情诗、叙事诗、散文诗、诗剧等不同体裁的新诗创作，欢迎诗学理论、新诗史探、个案专论、文本解读、史料钩沉、诗坛掌故、诗人访谈及域外译作。

二、欢迎自由体新诗，也欢迎格律体新诗，尤其欢迎自由格律体新诗。

三、欢迎与新诗建设有密切关系的中国传统诗学、域外诗学专论。

四、抒情诗一般不超过30行，叙事诗一般不超过200行，长篇抒情诗和长篇叙事诗不受此限。

五、来稿文责自负，本刊保留技术性处理权。

六、本刊人手有限，一律不退稿。凡来稿三个月内不见录用通知，作者可另做处理。

七、本刊只收电子稿件，来稿邮箱：

18969025677@163.com

八、联系电话：0571-88083536

18969025677

扫二维码进入《星河》

征订启事

大型新诗丛刊《星河》于2009年创刊，全年四期，国内公开发行，每期定价49元，全年起订。需订阅者请直接和本编辑部联系。

电话：0571-88083536，18969025677

邮编：310012

地址：浙江省杭州市天目山路浙江大学西溪校区内